第二辑

在北师大
课堂讲诗

谭五昌　著

陕西师范大学出版总社

图书代号：WX17N1388

图书在版编目（CIP）数据

在北师大课堂讲诗. 第二辑 / 谭五昌著. —西安：
陕西师范大学出版总社有限公司，2018.1
ISBN 978-7-5613-9686-5

Ⅰ.①在…　Ⅱ.①谭…　Ⅲ.①诗歌评论—世界
Ⅳ.①I106.2

中国版本图书馆CIP数据核字（2017）第303286号

在北师大课堂讲诗（第二辑）
ZAI BEISHIDA KETANG JIANG SHI（DI-ER JI）

谭五昌　著

选题策划 / 刘东风　郭永新
责任编辑 / 张　佩
责任校对 / 宋媛媛
封面设计 / 观止堂_未泯
出版发行 / 陕西师范大学出版总社
　　　　　（西安市长安南路199号　邮编710062）
网　　址 / http://www.snupg.com
印　　刷 / 西安市建明工贸有限责任公司
开　　本 / 720mm×1050mm　1/16
印　　张 / 21.25
插　　页 / 2
字　　数 / 340千
印　　数 / 1—2000
版　　次 / 2018年1月第1版
印　　次 / 2018年1月第1次印刷
书　　号 / ISBN 978-7-5613-9686-5
定　　价 / 48.00元

读者购书、书店添货或发现印装质量问题，请与本公司营销部联系、调换。
电话：（029）85307864　85303629　　传真：（029）85303879

序

　　我一向认为，中国当代诗歌是中国当代文学最具活力的组成部分，作为一种敏感的文体，中国当代诗歌长期扮演着导引中国当代文学发展方向的先锋角色，成为诸多中国当代文学思潮、现象的先声与先导。譬如，20世纪70年代末崛起的朦胧诗之于20世纪80年代初出现的现代派小说的艺术启发，20世纪80年代初期诗坛萌生的文化寻根诗之于20世纪80年代中期一时盛行的寻根小说潮流的直接影响，20世纪80年代中期蔚为大观的以日常生活叙事为核心内容的"第三代"诗歌之于20世纪80年代后期席卷文坛的新写实小说风潮的美学回响，如此等等，无不有力地彰显出中国当代诗歌独特而重要的文学史地位与价值。此外，在中国当代文坛上，诸多卓有成就的小说家、散文家与剧作家，均有深厚的诗歌修养，其中不少作家有过诗歌的创作经历与经验，有些作家至今还在坚持写诗。总之，今日中国作家对于当代诗歌的阅读与写作大大提升了整个中国当代文学创作的艺术水准与审美品位，当代诗歌依然是守护当代文学"文学性"标准的最合理的文体。因而，在大众文化语境中，中国当代诗歌虽然自20世纪90年代以来有被边缘化的趋势，但它的文学地位、审美精神价值实际上从未被边缘化，反而从边缘走向了中心。

　　自2005年下半年开始，我给北京师范大学文学院中国当代文学专业研究生开设了"中国当代诗歌研究"这门课程。说实话，在当下诗歌被边缘化的时代语境中，我开始时对这门课的受欢迎程度并不抱期待，我想，能够顺利完成这门课程的授课任务就应知足了。但出乎我意料的是，中国当代文学专业的研究生整体上对这门课程表现出颇高的参与热情，他们在课堂上对我关于当代诗人的诗歌解读与讲授予以积极主动的呼应。不仅如此，一些其他专业的研究生与部分北师大文学院访问学者也闻讯进入我的诗歌课堂，大家围绕着某位诗人的创作或一首具体作品争相发言，各抒己见，有时意见分歧，激烈碰撞，将诗歌课堂上自由的学术气氛营造得颇为热烈，令我甚感欣慰。其中，不少对当代诗歌热情极高的同学在课间与我进行交流的时候，极力鼓动我把课堂讲诗进行录音，然后整理成文字稿，最后出版成书。青年学子对于当代诗歌有如此饱满的热情，难能可贵，于是我欣然接受了他们的建议。

从2011年开始，不知不觉，我在北师大课堂讲诗及与学生们对话讨论的录音工作已连续进行了五个学年。五年下来，"中国当代诗歌研究"这门课程让我感到最有收获的一点是，通过对中国当代诗歌史上那些具代表性的诗人的代表性作品比较系统的阅读与鉴赏，学生的审美鉴赏力均有了较大程度的提升，文学的敏感性普遍有了不同程度的增强。而尤为重要的一点是，通过学习，学生们已经消除了对于中国当代诗歌的偏见，认识到中国当代诗歌作为一种文体的先锋性角色，以及其在中国当代文学版图中独特而重要的位置。作为一名从事中国当代诗歌研究与批评工作多年的学者，我自认为目前新诗的教育工作及推广普及工作在国内高校及中学校园做得相当不够，可以说非常欠缺，这情形令人忧虑。新诗教育工作是对当代人进行审美情感教育、生命伦理教育、道德理想教育的系列性教育工程，意义至为重大。因而，我本人能够在新诗教育工作方面做些力所能及的事情，自然是很有意义的。

2017年恰逢新诗百年（1917—2017）这个重要的历史时间节点，在某种时间意识与使命意识的双重感召下，从2017年年初开始，我耗费大量的时间、精力与心血集中整理五年来积累的课堂讲诗录音文字稿，并且决定将它总体命名为《在北师大课堂讲诗》。因为我每一学年在课堂上所讲解的诗人与作品均不同,讲课内容有其独立性,所以我决定以五辑的形式出版这套《在北师大课堂讲诗》。前面三年我主讲中国大陆老中青几代具有代表性诗人的诗歌创作,后面两年主讲台港澳地区代表性诗人以及海外华语诗人的诗歌创作,由此对应性地将这五本书命名为《在北师大课堂讲诗》(第一辑)、《在北师大课堂讲诗》(第二辑)、《在北师大课堂讲诗》(第三辑)、《在北师大课堂讲诗》(台港澳专辑)、《在北师大课堂讲诗》(海外专辑)。力图以一种非常宽宏的文化视野全方位、立体化地勾勒出地域辽阔、色彩斑斓、气象万千的中国当代诗歌版图,冀望关注中国当代诗歌的人们为之骄傲。

《在北师大课堂讲诗》全五辑以一种具现场感的讲诗、解诗的鲜活形式呈现在读者面前。它所采用的对话体、口述体近些年也颇为流行,受到很多读者的认可与喜欢。我真诚希望借着这五辑《在北师大课堂讲诗》,和喜欢中国当代诗歌或目前对中国当代诗歌知之不多但存有学习之心的莘莘学子与诸多诗歌爱好者,共同分享我们所喜欢、所热爱的某位或若干位当代诗人的诗歌艺术与精神世界。同时,我也特别希望以此为媒介与平台,与海内外有见识、有情怀的诗人与新诗研究专家们一起,共同完成对这套书中所有诗人的作品解读,利用他们出色的诗学智慧与审美鉴赏能力,为众多与现代汉语共同成长的中国人及海外华人的日常生活,镀上一层诗意的光芒。

我最终的梦想是,当我和我的学生们在北师大小小的课堂上讲诗、论诗、赏诗并且诵诗之时,在这广袤的神州大地上,在这有现代汉语生根开花的星球的每一个角落里,都能听到中国当代诗歌美丽、活泼的音节在回响,都能听到充满艺术魔力的现代汉语的清音在宇宙中飞扬。

是为序。

谭五昌

目录

第一讲　郭小川诗歌解读

时间：2012年4月13日

地点：北师大七教405教室

主讲教师：谭五昌

听众：北师大2011级中国当代文学专业研究生

谭五昌：在今天这个诗歌处于边缘化的时代，我们在北师大的课堂上专门讲诗、评诗，无论如何，也称得上一道独特的文学风景线吧。当代诗歌的解读、鉴赏与研究课程，在中国高校还是比较少见的。可以这样说，哪个高校开设了这样的课程，就说明这个高校人文教育结构比较完整。因为，诗歌，尤其是新诗，很大程度是不可解读与言说的，充满神秘意味。张清华老师将诗歌解读、阐释与评论行为称为"猜测上帝的诗学"，应该就含有这层意思吧。所以作为一个诗歌批评与研究者，要小心翼翼地与诗人的诗歌文本进行对话，而不能武断地下结论。在这门课上，每个人都可以通过自己的诗歌修养、理解和鉴赏力，进入一个诗人的诗歌文本，一个属于其自身的诗歌世界，进而理解与把握诗人的精神状态和灵魂面貌。

今天，我们选择郭小川的诗歌作为解读和研究对象。

20世纪50年代，中国当代诗歌的主潮是政治抒情诗，其中最有代表性的两位诗人是贺敬之和郭小川。但是为什么我们今天讲郭小川，而不是贺敬之呢，这里面就有个对比了。严格来说，贺敬之是一个非常纯正的政治抒情诗人，从他的诗歌文本里，我们可以很完整、很鲜明地看到政治对文学、对诗歌的一种规训。而郭小川就不大一样了，一方面，他有很浓郁的政治情结，另一方面，他又有强烈的个人情感的表达。这两者在郭小川的诗歌文本中形成了大我与小我、历史与个人之间复杂的对立与融合关系。而这种内在冲突所造就的诗歌文本的复调性，正是郭小川诗歌创作的一个重要风格特点。

郭小川1919年出生于河北丰宁，18岁加入中国共产党。1955年，他写出了自己的成名作——《投入火热的斗争》，从此踏上了诗歌创作的道路。郭小川的诗歌创作大致可分为四个阶段。第一个阶段从1955年到1956年，可称为颂歌阶段，这一时期，诗人以一种不可遏制的政治激情，借鉴马雅可夫斯基的"阶梯式"形式，用诗歌来表现社会主义建设的时代主题。第二个阶段从1957年到1960年，那是诗人感情的深化阶段，这一时期，诗人在宏大叙事的背景下进行了个人化的思考，相继写出了《致大海》《望星空》《一个和八个》等著名诗歌篇章。第三个阶段是20世纪60年代前期，此一时期诗人走遍了全国各地，借鉴了传统的诗歌形式，创造了"新辞赋体"和"新散曲体"，对社会主义建设的风貌、祖国的大好河山，进行了抒情化的描写。此时诗人在艺术上趋于成熟，政论和说教成分明显减少。第四个阶段是1966年至1976年，诗人作为一个革命者的豪情壮志被重新激发，"战士"身份加强了，而"诗人"的身份在淡化。郭小川在这一阶段的重要代表作是《秋歌》和《团泊洼的秋天》。需要提醒大家注意的一点是，这时期诗人多采用新格律体的形式，诗歌通常可以吟诵，对当时的年轻人影响很大。

郭小川早期的诗歌艺术价值可能相对较小，但我们可以感受一下诗人诗歌作品的艺术形式和呈现的精神风貌。第一首要讲解的诗是诗人写于1955年的《投入火热的斗争》，从标题我们就可以看出这首诗展示了一种政论式的、呼吁式的姿态。郭小川听了"建设社会主义"的号召，以诗做出了自己的响应，鼓舞普通老百姓投入火热的社会主义建设和斗争当中。

我先来读一下这首诗，同学们可以一起来感受这种马雅可夫斯基式的政治抒情诗的形式与格调。

投入火热的斗争

"喂，

年轻人！"

——不，我不能这样称呼你们，
这不合乎我的
也不大合乎你们的身份。
嬉游的童年过去了，
于是你们
一跃
而成为我们祖国的
精壮的公民。

也许
你们心上的世界
如蓝天那样
明澈而单纯，
就连梦
都像百花盛开的旷野
那般清新……
然而迎接你们的
却不尽是
小鸟的
悦耳的歌声，
在前进的道路上
还常有
凄厉的风雨
和雷的轰鸣……
祖国
它无比壮丽
但又困难重重啊！
在那遥远的海上的早晨，
高悬五星红旗的

崭新的轮船，

满载了货物

迎着太阳的万道金光

在远方隐没；

而帝国主义的机群

却正载着

仇恨和惊惶

呼啸而过。

成群结队的货车

在青藏公路的中途停歇下来了，

草绿色的帐幕

在晚霞的光照下

海浪般闪烁；

这时，在一万公尺以上的高空，

敌人的飞机

有时会

忽然掠过，

而带着凶器和电台的特务匪徒

在黑夜中

暗暗降落。

当飞鸟离窠的时候，

田间大路上

扬起了欢乐的歌声，

农民们赶着牲口

把一束束成熟了的庄稼

运回生产合作社，

而隐伏在林子里的富农

敌意地探视着，

要寻找一切机会

挑起乡村的纷乱和风波。

在喧闹的城市

——这社会主义的中心，

汽笛的声浪

豪迈地向四方

传播，

工人们不倦地

边走边谈着

明天的工作；

这时，资产阶级的反动人物

正奢华而又懦怯地

大宴宾客，

不，他们是在狼一般贪婪地

聚议着什么！……

公民们！

这就是

我们伟大的祖国。

它的每一秒钟

都过得

极不平静，

它的土地上的

每一块沙石

都在跃动，

它每时每刻

都在召唤你们

投入

火热的斗争，

斗争

这就是
生命，
这就是
最富有的
人生。
不要说：
"我年纪轻轻
担不起沉重。"
不，
命运
把你们的未来
早已安排定，
你们的任务
将几倍地
超过你们的年龄。
前一代——
你们的父辈
真正称得起
开天辟地的
先锋，
他们用
热汗和鲜血
做出了
前人所梦想不到的事情，
而伟大到无边的
事业
却还远没有完成，
你们当然会
加倍地英勇

以竟全功。

上前去！

把公开的和隐蔽的敌人

消灭干净，

一切剥削阶级

也要叫它

深深埋葬在坟墓中。

只有残酷的斗争

才能够保证

那崇高的

和平的

幸福的劳动。

呵呵，你们这一代

将是怎样的

光荣！

不驯的长江

将因你们的奋斗

而绝对地服从

国务院的命令，

混浊的黄河

将因你们的双手

变得澄清，

北京的春天

将因你们的号令

停止了

黄沙的飞腾，

大西北的黄土高原

将因你们的劳动，

变得

和江南一样

遍地春风。

光焰万丈的

共产主义大厦

将在你们的年代

落成。

公民们，

至于你们中间的

每一个，

那用不着

我来说什么。

记住吧，

祖国需求于你们的

比任何时候

都要多，

而它的给予

也从不吝啬，

你们贡献给它的越多

你们的生活

也越光辉

越广阔……

谭五昌：这首诗写于1955年，首刊于《人民文学》，副题为"致青年公民，并献给全国青年社会主义建设积极分子大会"，署名"马铁丁"。这完全是郭小川配合当时的形势与政策而创作的诗歌，在诗中，诗人以革命先烈的身份与口气对青年晚辈讲话，说教色彩特别浓厚，整个语调是鼓励、规训、劝导的，是一首典型的政治规训诗或政治鼓动诗。我觉得，像这样的诗歌，在座的同学可能难以产生共鸣。可能你们的父辈或祖父辈，有共和国早期经历的人，对这首诗及这种类型的诗无论是在内容还是形式上都会很有感触。其实，这也是一种革命理想的诗意表达，诗人写得很有激情。罗雪峰，你看完这首诗有什么感觉？

罗雪峰同学：我跟这首诗比较"隔"，但也能感受到诗人的激情。诗人完全是以一种革命战士的姿态在写诗和生活，但是不能引起今人更多的共鸣。

谭五昌：有同学觉得这首诗很"矫情"，能不能用这个词？

罗雪峰同学：我认为不能用。我读过郭小川的传记，在了解了诗人的人生经历和追求之后，我能感觉到其诗歌里的真诚，真是诗如其人。只不过他所写的都是国家、革命等，一些我们在今天看来很宏大的东西。

谭五昌：罗雪峰同学讲得不错。要判断一部作品是否真诚，我们需要先判断它与诗人真实的情感状态、时代语境是否一致。很明显，在20世纪50年代的时代语境中，诗人是发自内心地呼吁、号召青年投身到火热的建设中去的。但是，当时代语境发生了转换以后，我们再来读这些诗，再来感受诗中的情感，可能就会觉得无法融入，或者说觉得这些诗句比较"矫情"了。所以，我们应该以历史的眼光、尽量客观地看待前辈诗人的诗歌创作及其情感表达。

《向困难进军》也是郭小川第一阶段的代表诗作之一，与《投入火热的斗争》在主题上属一个谱系。值得一提的是，在诗作中，诗人叙述了自己的革命经历，鼓励青年人向革命前辈学习，用大无畏的革命精神去取得社会主义道路的成功。革命前辈在新民主主义革命中取得了胜利，而现在的社会主义则需要两代人齐心协力去实现。在作品中，诗人常用夸张的手法，比如，诗人这样描述"困难"：

> 困难
> 这是一种愚蠢而又懦怯的东西，
> 它
> 惯于对着惊恐的眼睛
> 卖弄它的威力，
> 而只要听见刚健的脚步声
> 就像老鼠似的
> 悄悄向后缩去，

它从来不能战胜

人们的英雄的意志。

在诗的最后，诗人向青年公民发出了"向困难进军"的号召：

我要号召你们

凭着一个普通的战士的良心

以百倍的

勇气和毅力

向困难进军！

不仅用言词

而且用行动

说明你们是真正的公民！

在我们的祖国中

困难减一分

幸福就要长几寸，

困难的背后

伟大的社会主义世界

正向我们飞奔！

诗歌的语调是昂扬有力、激情飞扬的，可以说，如果你没有吃饱饭，是无法读出诗人的激情的。这首诗的副题是"再致青年公民"，是《投入火热的斗争》的姊妹篇，强调的都是斗争主题、胜利主题。这两首诗体现了20世纪50年代郭小川政治抒情诗的典型风貌，向我们展示了诗人此时期的创作在主题、修辞、审美风格等方面的主要特色。

接下来，我们来解读一下《致大海》这首诗。这首诗体现了郭小川作为一个有艺术特色和思想个性的政治抒情诗人的独特价值。"大海"是一个非常宏大的意象，象征着崇高的信仰。古今中外，所有诗人在"大海"面前都会感觉到自身的渺小，直到"第三代"诗歌阶段，韩东的《你见过大海》开始对"大海"的传统意义与崇高价值进行后现代式的解构。而郭小川的《致大海》是一首关于如何成长，如何获得自我的主体性，或者说是讲述诗人如何成长为一个有主体性的革命者的政治抒情诗。我们解读这首诗的关键就是要理解"大海"与主人公"我"的关系。十余年前，我写了一篇关于这首诗的评论文章，名为《不合格的抒情》。为什么叫"不合格"的抒情呢？因为诗中的"我"思想感情还不够纯正，不够无产阶级化。虽然诗中主人公后来努力达到了一个无产阶级革命者的境界，但在我看来，这还是一种人为的"拔高"，里面还是掺杂着许多复杂的非无产阶级的元素，比如忧伤、感伤等情感。罗雪峰，你来读一下这首诗吧，注意用合适的语调把"我"的成长历程和情绪展示出来。

致大海

大海啊，
我又一次
来到你的奇异的岸边。
……无须频频的招手，
也不用那令人厌倦的寒暄，
厚重的情谊
常像深层的海水
　——并不荡起波澜。
没有朗朗的大笑，
也没有苦咸的眼泪
滴落在风前，
在我胸中涌起的
是刻骨铭心的纪念。
我自己呀，
从来也不是
剽悍而豁达的勇士，
无端的忧郁

像朝雾一样

蒙住了我的少年。

小小的荣誉或羞辱，

总是整夜整夜地

在我的脑际纠缠，

我反抗着，怨恨着，

只不过是为了个人的命运

取得些微的改善。

在一个秋天的

没有月亮的夜晚，

我，如同一只失惊的猫，

跳出日本侵略者的铁栏。

载着沉重的哀愁

偷偷地，偷偷地

登上那飘着英国旗的商船。

统舱里，充塞着

陈货和咸鱼的腥臭气味，

被绑着手脚的浮尸

在船边激荡起来的

带血的泡沫中打旋。

当黄色的波涛，

吞没了岸上的灯火，

我也仿佛沉入海底，

周围是无边无际的黑暗。

夜风呀，

吹去了

一个知识分子的可怜的梦幻，

残忍的世界哟，

何处才有

这个脆弱的生命的春天?

啊，真是神话般的奇遇啊!

——当黎明降临时

伴随着太阳向我迎来的

竟是一条发亮的黄金似的海岸。

……我甚至来不及站在岸边

谛听大海的深沉的咆哮，

也不曾想起

要问一声早晨好，

少年的倨傲的心

又重新在我的肋骨中暴跳，

我急速地迈着英武的步子，

踏上了海滨的林荫大道。

我毫不思索人生

也无心去追寻

大海的奥妙，

放浪地躺在软和的沙滩上，

足足睡了三个香甜的午觉;

又跟一位比我更自负的同伴

在高谈阔论中

度过三个通宵。

第四天，在阳光满地的清早，

我又匆匆地走了。

我走了，带走的记忆是什么呢?

无非是来时的渺小的哀愁，

去时的稚气的欢笑;

我走了，目的何在呢?

与其说是为灾难中的祖国报效，

不如说是为了在反抗侵略的战争中

索取对于个人的酬劳。

大海啊，

你刚健而豪迈的声响，

并没有给我的心灵以感召，

你的博大与精深

也不曾改变

我的胸怀的狭小。

啊，殷红的大旗，

把我卷进了西北高原的风暴，

一只跛了腿的驴子

把我驮到一座古老而破落的城堡，

在那里，我换上了

灰布的军装，

随后，一声号令

把我喝上了战斗的岗哨。

而党的思想和军队的纪律

这时就以其特有的真理的光辉，

无孔不入地把我的身心照耀，

而死神则像影子一样

追踪着我，并且厉声逼问我

——你是战斗，还是逃跑？

我不久就被折服了，

纵然我的心中

也有过理所当然的烦恼；

我再也不想到别处去了，

因为我已经渐渐地

与周围的世界趋于协调。

北方的风砂的呼啸之声，

在我的耳边

变为使我迷醉的音乐，

而遥远的海洋呢

我已经忘记了

好像在梦中都不曾见到。

啊，大海，又是神话般的奇遇啊？

——今天我再一次

来到你的黄金似的岸边，

以战士的激情

默默地向你致敬。

……那平静的海滨

立刻出现了红楼绿树的倒影，

那里，好像站着一位旅店的主人，

对着他所熟识的宾客笑脸相迎。

小群小群的渔船也向岸边驶来，

白帆，好像海鸥扇着翅膀，

向久别的亲人传送柔情。

而我呀，好像还是在火线上那样，

为了一种神圣的爱

甚至甘心情愿

献出自己的生命，

不，好像世界上已经没有了我，

我就是海，

我的和海的每一呼吸

都是这样息息相通。

高大的天空

成了最有天才的画家，

不住地把那雄劲的大笔挥动，

它给大海涂上万种色彩，

而且变幻无穷。

爽朗的风

仿佛无所不能的神仙，

迈着轻捷的脚步在海上巡行，

它到了哪里，

哪里就开出云朵似的浪花，

发出金属般的回声。

巨大的太阳

如同点石成金的术士，

用它的神妙的手把大海拨弄，

那无数条水波变成了无数条金鱼，

放肆地跳跃着，挤撞着

展开了一场火烈的战争。

无边的海面，

仿佛一个顶天立地的巨人，

袒露着他的硕大无比的前胸，

让一切光波在这里聚会，

让一切声音在这里喧腾，

让一切寒冷者在这里得到温暖，

让一切因劳累而乏困的人

在这里进入幻丽和平安的梦境。

大海啊，

在你的面前，

我的心

久久地、久久地不能安静，

我并不是太愚蠢的人，

可是为什么，为什么不能更早些

开始你那样的灿烂的人生！

太多的可耻的倦怠，

太久的昏沉大睡，

代替了你那样的勤奋和清醒；

无聊透顶的争执，

为了小小的不如意而忧心忡忡，

代替了你那样的大度和宽容；

孤高自傲的癖性，

只会保护自己的锐敏的神经，

像梦魇似的压住了你那样的广阔的心胸；

生活的琐屑与平庸，

无病呻吟而又无事奔忙，

像垃圾一样

填塞住像你那样的远大的前程。

现在，我总算再一次地

悟到了我的明哲的神圣，

让你的圣洁的水

洗涤洗涤我的残留着污迹的心灵。

啊，大海，在这奇异的时刻里，

我真想张开双手

纵身跳入你的波涛中。

但不是死亡，

而是永生。

我要像海燕那样

吸取你身上的乳汁

去哺养那比海更深广的苍穹；

我要像朝霞那样

在你的怀抱中沐浴，

而又以自己的血液

把海水染得通红；

我要像春雷那样

向你学会呼喊，

然后远走高飞

去吓退大地上的严冬；

我要像大雨那样，

把你吐出的热气变成水滴，

普降天下，使禾苗滋长，

使大海欢腾……

谭五昌：好。在罗雪峰朗诵这首诗时，我观察了一下，大家兴趣还是比较浓的。现在大家想想诗歌中的"大海"有什么含义，该怎么理解。

苟瀚心同学：我觉得"大海"指的是跟主流价值观相似的一种思想境界。

谭五昌：事实上，它不是相似，它就是主流价值观的一个载体，比如共产主义的伟大信仰。诗人崇拜大海，因为它是价值的源泉、奋斗的目标，是无数人理想的集合体。

另外，这首诗里还有大量的个人化叙事。刚开始，"我"作为一个青年学生，傲慢自私，心胸很狭窄，在没有投入革命和信仰怀抱之前，有着小资产阶级的思想情感；而"大海"在作品中是无产阶级信仰、理想、情感的化身，所以二者是冲突的。比如诗中写道，"无端的忧郁/像朝雾一样/蒙住了我的少年"，"忧郁"这个词在这里是十分小资的，所以前面的诗句，读的时候都要带着一种忧郁的语调，到了后面，语调才慢慢变得激昂起来，越来越明亮和阳光。"夜风呀/吹去了/一个知识分子的可怜的梦幻"，在这里，诗意出现了转折，因为"我"的身份是一名知识分子，观念是个人主义的，但这个观念悖于历史潮流，所以"我"找不到奋斗的目标和方向。"啊，真是神话般的奇遇啊！/——当黎明降临时/伴随着太阳向我迎来的/竟是一条发亮的黄金似的海岸。"在此，"我"的目标和理想终于出现了，那就是黄金似的"大海"，诗歌文本至此也出现了一种明亮的情感色彩。诗人于是"谛听大海的深沉的咆哮"，价值观和方向感确立起来了，像夜行者遇到了指路明灯，像《青春之歌》里的林道静遇到了卢嘉川。某种意义上，可以说卢嘉川也是"大海"的化身，是一个信仰传道士，和这首诗里的"大海"起到了同样的作用。"我走了，带走的记忆是什么呢？/无非是来时的渺小的哀愁/去时的稚气的欢笑/我走了，目的何在呢？/与其说是为灾难中的祖国报效/不如说是为了在反抗侵略的战争中/索取对于个人的酬劳。"诗人在此对自己以前各种非无产阶级的思想情感进行了一次总结与清算，他带走的是"渺小的哀愁"，这是与过去的自己的一种勇敢告别；"我"宣称要参加反侵略战争，这是找到了自己明确的人生目标。在这里，诗人的个人价值与祖国的价值及人类的未来结合起来了；诗人对于个人自我价值的认可，与对一个民主国家的想象结合在一起了。

"大海啊/你刚健而豪迈的声响/并没有给我的心灵以感召/你的博大与精深/也不曾改变/我的胸怀的狭小。"在这里，我们可以看出，"我"与"大海"还没有真正地、深刻地融合到一起，暗示"我"的革命主体性与自觉性还没长成。所以，诗人继续写道，"啊，殷红的大旗/把我卷进了西北高原的风暴"，在这种革命思想的洗礼下，小资思想的"我"朝着无产阶级的、集体主义的"我"慢慢转型。于是，"我不久就被折服了/纵然我的心中/也有过理所当然的烦恼/我再也不想到别处去了/因为我已经渐渐地/与周围的世界趋于协调。"这个时候，主人公已经得到了改造。最后，诗人经过一番考验，又再一次来到大海边："——今天我再一次/来到你的黄金似的岸边/以战士的激情/默默地向你致敬。""我"在这里已经与大海的理想、抱负融为一体了，所以这个时候诗人以战士的激情向大海致敬。接着，全诗出现了一个抒情的高潮："而我呀，好像还是在火线上那样/为了一种神圣的爱/甚至甘心情愿/献出自己的生命/不，好像世界上已经没有了我"。至此，"我"已变成"无我"，个人主义被集体主义取代了，"我"的革命主体性已经在想象中完成了。然后，诗人再一次进行了忏悔："现在，我总算再一次地/悟到了我的明哲的神圣/让你的圣洁的水/洗涤洗涤我的残留着污迹的心灵。"请大家注意，"我"的革命主体性是通过忏悔获得的，因此，"我"获得主体性的过程实际上是很勉强的。在灵魂深处，诗人有非常强烈的知识分子性和个人主义色彩，他现在要通过忏悔的方式获得精神主体性，实现与"大海"的融合。

"我真想张开双手/纵身跳入你的波涛中/但不是死亡/而是永生。"到了最后，诗人的感情非常真挚，而且在"大海"面前还有一种道德自卑感。全面来看，尽管诗人的情感非常真诚，甚至炽烈，但还是"不合格"的，因为诗人确立主体性经过了非常曲折的过程，而且是通过忏悔的方式实现的，还远远达不到自觉的状态，不像其他主流诗人（比如贺敬之），一开始就是"大海"自觉的一分子。这首诗写于1957年，诗人此时还在写这种政治性的忏悔诗，表明他革命者身份的认同在内部出现了巨大矛盾，但这也使得他的诗歌文本有着丰富的思想内涵与精神文化价值。这就是我对这首诗的简要解读，不知道同学们有什么感受。

褚云侠同学：我觉得这首诗跟之前两首风格不一样。前面两首诗整体上是比较激昂地、正面地抒发革命情感；这首诗一开始是看见大海，崇拜大海，之后才慢慢融入大海，是一种渐进的抒情方式。还有，这首诗有种宗教性，如果把政治背景去掉，这首诗将会有更大的承载和更丰富的蕴涵。

谭五昌：对，如果从更大的背景来看，"大海"代表了一种普遍性的精神信仰。这首诗，把它的创作年代抹去后，读者还是会有感触的。所以，它的精神文化价值是非常丰富的，也是持久的，经得起历史语境变迁的考验。而且，请大家注意这首诗的语调，不同于前两首诗的宣教语气，这首诗的情绪基调是忧伤的、自我忏悔的、自我表白式的，所展现出的情感与前面两首诗中诗人作为革命前辈表现出的自豪感是不一样的。

1957—1958年是郭小川创作叙事诗的高潮期，这时期的主要作品有《深深的山谷》《一个和八个》《白雪的赞歌》等。《深深的山谷》展示了革命信仰与个人命运之间的冲突，诗中，大刘的情人表示，虽然革命会胜利，但他看不到哪天才会实现这个目标。对一些革命者来说，这种思想是很真实的，也是很尖锐的。事实上，很多革命者必须等到革命胜利后才能谈情说爱、结婚生子，必定会有人对革命何时会胜利产生某种怀疑。在《深深的山谷》里，大刘的情人也曾经对革命很向往、很忠诚，但在遇到困难时，他又对革命的前途绝望了。最终，他选择了跳崖。在当时看来，这个人绝对是革命意志不坚定的，他的行为是对革命的背叛，而诗人能表达这样一个尖锐的思想命题，其勇气是了不起的，郭小川真是一个敢于独立思考的诗人。我觉得，在这方面，贺敬之确实无法跟他比较。在贺敬之的诗歌里面，我们看不到这么多复杂、冲突的东西，他的诗与主流意识形态合而为一。而在郭小川的诗歌里，我们能看到作为一个有独立思想和意志的诗人对历史、对社会潮流和人生价值的独到看法。

叙事诗《一个和八个》讲的是在延安时期，一个革命同志被当成特务和内奸，与八个真正的罪犯关在一起将被处决时所发生的事。当时，确实有这种情况，但一般人都不敢去触碰这样的题材。郭小川以一种大无畏的精神，写了革命队伍中的冤假错案，这是要冒很大风险的，所以我很佩服郭小川的勇气。

《白雪的赞歌》展示了革命与爱情的冲突，讲的是一个女同志以为自己的丈夫死了，便与一位医生发生了感情。但是后来，这位女同志发现自己的丈夫还活着，就陷入了革命伦理与爱情伦理的内在冲突。这好像是一个三角恋的故事。最后，女同志压抑自己对医生的感情，回到了丈夫的身边。在这首长诗中，丈夫和医生都是革命战士，按说女同志选择哪一个都是符合革命伦理的。但这里面还存在着一种民间的伦理，女同志与丈夫结婚在前，医生只能算"第三者"插足，因此当丈夫回来的时候，民间的伦理占了上风，于是女同志与丈夫和好如初。

现在我们来讲一首郭小川里程碑式的作品——《望星空》，这是写于中华人民共和国成立十周年的一首诗。在我看来，这也是一个内部分裂的文本，一个政治抒情的文本和一个个人抒情的文本。诗的前面两节表达个人思想感情，三、四两节表达国家意志，因此是个精神分裂式的诗歌文本。

"望星空"这个题材是比较古老的，星空代表着宇宙的浩渺和大自然的广阔，望星空时人都会产生一种渺小感，这是一种十分具有哲学意味和诗学意味的体验。这首诗第一、二节是很打动人的，非常真实地描写了人在星空之下的脆弱、渺小感，并且写出了一种宇宙感，属于个体的生命化文本；第三、四节则是一种伪装的国家意志的文本。下面请罗雪峰朗读前两节，鲁博林朗读后两节。

望星空

一

今夜呀，

我站在北京的街头上。

向星空瞭望。

明天哟，

一个紧要任务，

又要放在我的双肩上。

我能退缩吗？

只有迈开阔步，

踏万里重洋；

我能叫嚷困难吗？

只有挺直腰身，

承担千斤重量。

心房呵。

不许你这般激荡！——

此刻呵，

最该是我沉着镇定的时光。

而星空，

却是异样的安详。

夜深了，

风息了，

雷雨逃往他乡。

云飞了，

雾散了，

月亮躲在远方。

天海平平，

不起浪，

四围静静，

无声响。

但星空是壮丽的，

雄厚而明朗。

穹窿呵，

深又广，

在那神秘的世界里，

好像竖立着层层神秘的殿堂。

大气呵，

浓又香，

在那奇妙的海洋中，

仿佛流荡着奇妙的酒浆。

星星呀，

亮又亮，

在浩大无比的太空里，

点起万古不灭的盏盏灯光。

银河呀，

长又长，

在没有涯际的宇宙中，

架起没有尽头的桥梁。

呵，星空，

只有你，

称得起万寿无疆！

你看过多少次：

冰河解冻，

火山喷浆！

你赏过多少回：

白杨吐绿，

柳絮飞霜！

在那遥远的高处，

在那不可思议的地方，

你观尽人间美景，

饱看世界沧桑。

时间对于你，
跟空间一样——
无穷无尽，
浩浩荡荡。

二
呵，
望星空，
我不免感到惆怅。
说什么：
身宽气盛，
年富力强！
怎比得：
你那根深蒂固，
源远流长！
说什么：
情豪志大，
心高胆壮！
怎比得：
你那阔大胸襟，
无限容量！

我爱人间，
我在人间生长，
但比起你来，
人间还远不辉煌。
走千山，
涉万水，
登不上你的殿堂。

过大海，

越重洋，

饮不到你的酒浆。

千堆火，

万盏灯，

不如一颗小小星光亮。

千条路，

万座桥，

不如银河一节长。

我游历过半个地球，

从东方到西方。

地球的阔大幅员，

引起我的惊奇和赞赏。

可谁能知道：

宇宙里有多少星星，

是地球的姊妹行！

谁曾晓得：

天空中有多少陆地，

能够充作人类的家乡！

远方的星星呵，

你看得见地球吗？

——一片迷茫！

远方的陆地呵，

你感觉到我们的存在吗？

——怎能想象！

生命是珍贵的，

为了赞颂战斗的人生，

我写下成册的诗章；

可是在人生的路途上，

又有多少机缘，

向星空瞭望！

在人生的行程中，

又有多少个夜晚，

见星空如此安详！

在伟大的宇宙的空间，

人生不过是流星般的闪光。

在无限的时间的河流里，

人生仅仅是微小又微小的波浪。

呵，星空，

我不免感到惆怅！

于是我带着惆怅的心情，

走向北京的心脏……

三

忽然之间，

壮丽的星空，

一下子变了模样。

天黑了，

星小了，

高空显得暗淡无光，

云没有来，

风没有刮，

却像有一股阴霾罩天上。

天窄了，

星低了，

星空不再辉煌。

夜没有尽，

月没有升,

太阳也不曾起床。

呵,这突然的变化,

使我感到迷惘,

我不能不带着格外的惊奇,

向四围寻望:

就在我的近边,

在天安门广场,

升起了一座美妙的人民会堂;

就在那会堂的里面,

在宴会厅的杯盏中,

斟满了芬芳的友谊的酒浆;

就在我的两侧,

在长安街上,

挂出了长串的灯光;

就在那灯光之下,

在北京的中心,

架起了一座银河般的桥梁。

这是天上人间吗?

不,人间天上!

这是天堂中的大地吗?

不,大地上的天堂。

真实的世界呵,

一点也不虚妄;

你朴质地描述吧,

不需要做半点夸张!

是谁说的呀——

星空比人间还要辉煌?

是什么人呀——

在星空下感到忧伤?

今夜哟,

最该是我沉着镇定的时光!

是的,

我错了,

我曾是如此地神情激荡!

此刻我才明白:

刚才是我望星空,

而不是星空向我瞭望。

我们生活着,

而没有生命的宇宙,

既不生活也不死亡。

我们思索着,

而不会思索的穹窿,

总是露出呆相。

星空哟,

面对着你,

我有资格挺起胸膛。

四

当我怀着自豪的感情,

再向星空瞭望。

我的身子,

充溢着非凡的力量。

因为我知道:

在一切最好的传统之上,

我们的队伍已经组成，
犹如浩荡的万里长江。
而我自己呢，
早就全副武装，
在我们的行列里。
充当了一名小小的兵将。

可是呵，
我和我的同志一样，
决不会在红灯绿酒之前，
神魂飘荡。
我们要在地球与星空之间，
修建一条走廊，
把大地上的楼台殿阁，
移往辽阔的天堂。
我们要在无限的高空，
架起一座桥梁，
把人间的山珍海味，
送往迢遥的上苍。

真的，
我和我的同志一样，
决不只是"自扫门前雪"，
而是定管"他人瓦上霜"。
我们要把长安街上的灯光，
延伸到远方；
让万里无云的夜空，
出现千千万万个太阳。
我们要把广漠的穹窿，

变成繁华的天安门广场，

让满天星斗，

全成为人类的家乡。

而星空呵，

不要笑我荒唐！

我是诚实的，

从不痴心妄想。

人生虽是暂短的，

但只有人类的双手，

能够为宇宙穿上盛装；

世界呀，

由于人的生存，

而有了无穷的希望。

你呵，

还有什么艰难，

使你力不可当？

请再仔细抬头瞭望吧！

出发于盟邦的新的火箭，

正遨游于辽远的星空之上。

谭五昌：我们先看诗歌一、二节，这两节描写了诗人在天安门前仰望星空的真实体验。这时的诗人是一个普普通通的生命个体，而不是共产党员、革命战士，或者说有社会主义豪情的新人，这些身份在星空下通通消弭了。诗人感受到星空如此庄严，宇宙如此浩瀚，人的生命如此脆弱。"呵，星空/只有你/称得起万寿无疆！"赞美了星空的伟大之后，接下来的第二节，则写出了诗人自身的渺小。"呵/望星空/我不免感到惆怅/说什么/身宽气盛/年富力强/怎比得/你那根深蒂固/源远流长！"请注意，在这里，诗人代表的是革命者，而诗歌中大自然的主体性彻底遮蔽、阻碍了革命者的主体性，革命者的主体性被无限缩小、压低，为此，诗人感到无限惆怅。"呵，星空/我不免感到惆怅/于是我带着惆怅的心情/走向北京的心脏……"其实，诗人用大自然的庄严、星空的伟大来衬托人的渺小，这种感情是很真实的，但是到了诗的第三节，突然出现了非常戏剧性的转折。"忽然之间/壮丽的星空/一下子变了模样/天黑了/星小了/高空显得暗淡无光"，之前如此壮丽的星空一下子变得暗淡无光了，这是为什么？哪位同学能从诗里找到原因？

薛晨同学："就在我的近边/在天安门广场/升起了一座美妙的人民会堂"，这里的天安门和人民大会堂，是巨大的政治符号。国家的意志、革命的情感开始向诗人的大脑里渗透，诗人决定对以前非无产阶级的情感进行纠正。

谭五昌：诗人在写了第一、二节之后，就意识到其中的抒情虽然是真诚的，但可能会被别人认为存在严重的政治问题，于是采用先抑后扬的手法，对无产阶级革命事业、社会主义事业和新中国进行赞美。"就在那会堂的里面/在宴会厅的杯盏中/斟满了芬芳的友谊的酒浆/就在我的两侧/在长安街上/挂出了长串的灯光/就在那灯光之下/在北京的中心/架起了一座银河般的桥梁/这是天上人间吗？/不，人间天上！/这是天堂中的大地吗？/不，大地上的天堂。"无疑，诗歌中的这个转折过于突然，这是一种矫情的表达，而不是激情，或许，诗人自己都能感觉到这种抒情的勉强吧。"真实的世界呵/一点也不虚妄/你朴质地描述吧/不需要做半点夸张！"这里出现了一个反差，明明是在夸张，却说是质朴的描述，诗人的自我辩护显得欲盖弥彰。接着，诗人对自己之前的忧伤、惆怅进行了反省、忏悔，并对星空进行贬损，"我们生活着/而没有生命的宇宙/既不生活也不死亡/我们思索着/而不会思索的穹窿/总是露出呆相/星空哟/面对着你/我有资格挺起胸膛"。诗人对星空的态度瞬间发生了戏剧性的变化。

到了第四节，诗人革命主体性的抒情，或者说国家化的感情诉求达到了高潮，星空在这种政治话语面前，变得没有任何优越性了。现在，"我"变成了价值的主体，而星空则变成了价值的客体。诗人开始使用十分夸张的想象，"我们要在地球与星空之间/修建一条走廊/把大地上的楼台殿阁/移往辽阔的天堂"。这好像是要发射"神舟八号"，建立月球基地了，事实上，诗人的这种想象是在夸大社会主义建设取得的成就。"人生虽是暂短的/但只有人类的双手/能够为宇宙穿上盛装/世界呀/由于人的生存/而有了无穷的希望。"前两节所贬低的，现在变得崇高，就像烙大饼一样，翻了个面。诗人的主体性信仰，因为天安门、大会堂的出现，而发生了戏剧性变化。"请再仔细抬头瞭望吧！/出发于盟邦的新的火箭/正遨游于辽远的星空之上。"盟邦是指苏联，诗人最后做出预测，我们国家要跟苏联紧密合作，共同开发宇宙。这成为一个潜在性"错误"，在1958年之后，苏联与中国的关系更加紧张，所以这首诗后来遭到批判也是不可避免的。

从整首诗来看，这是一个分裂的文本。如果没有前面的部分，这首诗就只是应景的歌功颂德之作。我们从中能看到政治性话语是如何影响一个诗人，使其从真实抒情转变为虚假抒情的。不管怎么说，这个文本是很有意思的，值得我们深入分析。我不知道大家对这首诗有怎样的看法，是喜欢，还是不怎么喜欢？

褚云侠同学：我觉得诗歌的前半部分比较好，写到了人与宇宙的关系，人在宇宙和星空面前的一种渺小感。诗歌后半部分的语言也还不错。总体而言，这首诗虽然是自由体，却很有音乐性，并且押"ang"韵。

彭希聪同学：对这首诗，我其实没有太大的感觉。诗人的语言挺好的，但是我难以进入其语境去好好体会它。

谭五昌：好。下面我们解读另外一首诗，诗人写于20世纪60年代的《乡村大道》，我还挺喜欢的。我们的同学中谁有乡村生活经验？

王思宇同学：我是来自农村的。不过我们那里只有乡村小道，没有乡村大道。它们随着四季变化，非常有生命力。

谭五昌：郭小川在他的《乡村大道》里把道路描写得很生动，并且把乡村大道升华了，非常有想象力，可以说写出了一个时代的风云变幻。诗人在《乡村大道》里呈现了怎样的时代经验，这是我们分析这首诗时要重点把握的。我先来读一下这首诗吧。

乡村大道

一

乡村大道呵，好像一座座无始无终的长桥！

从我们的脚下，通向遥远的天地之交；

那两道长城般的高树呀，排开了绿野上的万顷波涛。

哦，乡村大道，又好像一根根金光四射的丝绦！

所有的城市、乡村、山地、平原，都叫它串成珠宝；

这一串串珠宝交错相连，便把我们的锦绣江山缔造！

二

乡村大道呵，也好像一条条险峻的黄河！

每一条的河身，至少有九曲十八折；

而每一曲、每一折呀，都常常遇到突起的风波。

哦，乡村大道，又好像一道道干涸的沟壑！

那上面的石头和乱草呵，比黄河的浪涛还要多；

古往今来的旅人哟，谁不受够了它们的颠簸！

三

乡村大道呵，我生之初便在它上面匍匐；

当我脱离了娘怀，也还不得不在上面学步；

假如我不曾在上面匍匐学步，也许至今还是个侏儒。

哦，乡村大道，所有的山珍土产都得从此上路，

所有的英雄儿女，都得在这上面出出入入；

凡是前来的都有远大的前程，不来的只得老死峡谷。

四

乡村大道呵，我爱你的长远和宽阔，

也不能不爱你的险峻和你那突起的风波；

如果只会在花砖地上旋舞，那还算什么伟大的生活！

哦，乡村大道，我爱你的明亮和丰沃，

也不能不爱你的坎坎坷坷、曲曲折折；

不经过这样山山水水，黄金的世界怎会开拓！

谭五昌：哪位同学可以讲一下，诗人在《乡村大道》中呈现了怎样的时代经验？

王思宇同学：诗中表达了要经过苦难、挫折才能成长起来的一种观点。我个人觉得，诗人在用各种比喻描述乡村大道的时候，非常生动，特别吸引人。

鲁博林同学：我觉得诗人主要是对社会主义建设的一种歌颂，虽然有挫折，但从总体基调来说，还是很乐观的。

谭五昌：两位同学都表达了自己对这首诗的看法。我们从今天的角度去感受这条20世纪60年代的大道，可能还是有些困难的，但这首诗在艺术上是非常可取的。诗歌用不同的意象来描述乡村大道，表达自己的一种社会主义经验。他通过乡村大道来歌颂社会主义建设的曲折，以及最终的光辉前景。在第一节中，诗人重点突出了乡村大道的长；而第二节，诗人重点突出乡村大道的险峻。诗人用了比喻——像一条条险峻的黄河，同时突出它的曲折——九曲十八弯，每一弯都会遇到突起的风波。这里的"风波"不只是自然意义上的刮风下雨，还暗喻残酷的阶级斗争。乡村大道，也是社会主义的大道，诗人说出了社会主义建设的曲折和艰险。第三节，诗人联系自己的生活经验，讲自己出生的时候在乡村大道上学步，这强调了锻炼的重要性。诗人宣称："凡是前来的都有远大的前程，不来的只得老死峡谷。"的确，只有经过磨炼，才能经受住社会主义的考验，才能取得成功。最后一节，诗人再次总结人生的哲理："如果只会在花砖地上旋舞，那还算什么伟大的生活！"诗人在这里批判了资产阶级的腐朽生活，提倡无产阶级的艰苦朴素，认为只有历经艰苦的生活，才能创造光明的未来。"不经过这样山山水水，黄金的世界怎会开拓！""黄金的世界"是一个理想的、乌托邦的世界，如果不经过曲折，是没法实现伟大理想的。诗人在这里表达了一种对乡村生活、社会主义生活的热爱，以及对未来的坚定信仰。

下面这首《青纱帐——甘蔗林》，我本人也是很有感觉的。诗人把北方和南方最有代表性的两种农作物巧妙地放到了一起，呈现出诗人走南闯北的革命经验，并采用新辞赋体，非常打动人。诗中有一种对青春岁月的缅怀，很多上了年纪的人对这首诗很有感情，都愿意去朗诵，甚至都能把它背诵出来。下面还是由我来读一下这首诗。大家可以思考一下，这首诗唤起了你们哪些青春经验，或者说你们的青春经历与郭小川有没有重合的地方。

青纱帐——甘蔗林

看见了甘蔗林，我怎能不想去青纱帐！
北方的青纱帐啊，你至今还这样令人神往；
想起了青纱帐，我怎能不迷恋甘蔗林的风光！
南方的甘蔗林哪，你竟如此翻动战士的衷肠。

哦，我的青春、我的信念、我的梦想……
无不在北方的青纱帐里染上战斗的火光！
哦，我的战友、我的亲人、我的兄长……
无不在北方的青纱帐里浴过壮丽的朝阳！

哦，我的歌声、我的意志、我的希望……
好像都是在北方的青纱帐里生出翅膀！
哦，我的祖国、我的同胞、我的故乡……
好像都是在北方的青纱帐里炼成纯钢！

这里却是南方，而不是遥远的北方；
北方的高粱地里没有这么甜、这么香！
这里却是甘蔗林，而不是北方的青纱帐；
北方的青纱帐里没有这么美，这么亮！

北方的青纱帐哟，常常满怀凛冽的白霜；
南方的甘蔗林呢，只有大气的芬芳！
北方的青纱帐哟，常常充溢炮火的寒光；
南方的甘蔗林呢，只有朝雾的苍茫！

北方的青纱帐哟，平时只听见心跳的声响；
南方的甘蔗林呢，处处有欢欣的吟唱！
北方的青纱帐哟，长年只看到破烂的衣裳；
南方的甘蔗林呢，时时有节日的盛装！

何必这样问呢——到底更爱南方，还是北方？
我只能回答：我们的国土到处都是一样；
何必这样问呢——到底更爱甘蔗林，还是青纱帐？
我只能回答：生活永远使人感到新鲜明朗。

风暴是一样地雄浑呀，雷声也一样地高亢，
无论哪里的风雷哟，都一样能壮大我们的胆量；
太阳是一样地炽烈呀，月亮也一样地甜畅，
无论哪里的光华哟，都一样能照耀我们的心房。

露珠是一样地明澈呀，雨水也一样地清凉，
无论哪里的雨露哟，都一样是滋养我们的琼浆；
天空是一样地高远呀，大地也一样地宽敞，
无论哪里的天地哟，都一样是培育我们的温床。

呵，老战士还不曾衰老，新战士已经成长，
我们的人哪，总是那样胆大、心细、性子刚；
呵，老一代还健步如飞，新一代又紧紧跟上，
我们的人哪，总是那样胸宽、气壮、眼睛亮。

看吧，当敌人挑衅时，甘蔗林将叫他们投降；

那甜甜的秸秆啊，立刻变成锐利的刀枪！

看吧，当敌人侵犯时，甘蔗林将把他们埋葬；

那密密的长叶啊，立刻织成强大的罗网！

北方的青纱帐啊，你为什么至今还令人神往？

因为我们的甘蔗林呀，已经是新时代的青纱帐！

南方的甘蔗林哪，你为什么这样翻动战士的衷肠？

因为我们的青纱帐呀，埋伏着千百万雄兵勇将！

谭五昌：这首诗是1962年写的，更多的是表达对战斗青春的一种缅怀。青纱帐——甘蔗林，采用对比的手法，写了青纱帐的壮阔、甘蔗林的甜美。北方的青纱帐跟战火中的中国历史进程联系在一起，而甘蔗林代表中国社会主义建设的甜蜜生活，这种构思非常巧妙。当然在社会主义建设的关键时刻，甘蔗林也是要经过艰苦斗争的，所以在新时代的甘蔗林中，可能也还有战斗的存在。这首诗把战斗文化审美化了，是一种政治化的美学。确实，在很长一段时间里，我们的诗人对战斗文化有一种很奇特的怀念，这首诗也可以从这个角度去解析。另外，这首诗所采用的新辞赋体，使诗歌整齐划一，节奏鲜明，让人读起来像唱歌一样，很有音乐性。那么，同学们对这首诗有什么感受吗？

苟瀚心同学：我觉得因为是诗人生长、生活过的地方，所以这首诗有一种贴近土壤的、真实的情感，带有一种明媚的时代气息，很有美感。

薛晨同学：我读这首诗的时候，看到青纱帐，想起了成熟、收获的季节。诗人在青纱帐中回忆一段岁月，本身也带有一种收获的意味。我比较喜欢这首诗表达出的真挚情感。

彭希聪同学：我觉得诗歌时空跨度很大，很有画面感。青纱帐是青色的，甘蔗林也是青色的，两种意象都是一片茂盛的青色，融合在一起，给人一种很阳光、很壮阔、很青春的感觉，并且让人感觉到诗人对祖国的一种赞颂之情。

谭五昌：彭希聪抓住了这首诗的一个重要特点，时空跨度很大，从过去到现在，从北方到南方，在艺术性上确实很有可取之处。

我们最后来讲郭小川的一首诗《团泊洼的秋天》，其时郭小川已经被送去劳教，并且被剥夺了发表诗歌的权利。他写出来的诗，只能藏到抽屉里，变成"抽屉文学"的一部分。团泊洼，是天津的一个郊区；秋天，是一个收获的季节。在我们看来，团泊洼的秋天是很平静的。但这首诗是一个政治预言，也是一个政治寓言，其中有很多内在的矛盾冲突。下面我来朗读，大家感受一下团泊洼表面平静与内在骚动的对比，以及产生的强大艺术张力。

团泊洼的秋天

秋风像一把柔韧的梳子，梳理着静静的团泊洼；
秋光如同发亮的汗珠，飘飘扬扬地在平滩上挥洒。

高粱好似一队队的"红领巾"，悄悄地把周围的道路观察；
向日葵摇头微笑着，望不尽太阳起处的红色天涯。

矮小而年高的垂柳，用苍绿的叶子抚摸着快熟的庄稼；
密集的芦苇，细心地护卫着脚下偷偷开放的野花。

蝉声消退了，多嘴的麻雀已不在房顶上吱喳；
蛙声停息了，野性的独流减河也不再喧哗。

大雁即将南去，水上默默浮动着白净的野鸭；
秋凉刚刚在这里落脚，暑热还藏在好客的人家。

秋天的团泊洼啊，好像在香甜的梦中睡傻；
团泊洼的秋天啊，犹如少女一般羞羞答答。

团泊洼，团泊洼，你真是这样静静的吗？
全世界都在喧腾，哪里没有雷霆怒吼，风云变化！

是的，团泊洼的呼喊之声，也和别处一样洪大；
听听人们的胸口吧，其中也和闹市一样嘈杂。

这里没有第三次世界大战，但人人都在枪炮齐发；
谁的心灵深处——没有奔腾咆哮的千军万马！

这里没有刀光剑影的火阵，但日夜都在攻打厮杀；
谁的大小动脉里——没有炽热的鲜血流响哗哗！

这里的《共产党宣言》，并没有掩盖在尘埃之下；
毛主席的伟大号召，在这里照样有最真挚的回答。

无产阶级专政的理论，在战士的心头放射光华；
反对修正主义的浪潮，正惊退了贼头贼脑的鱼虾。

解放军兵营门口的跑道上，随时都有马蹄踏踏；
"五七"干校的校舍里，荧光屏上不时出现《创业》和《海霞》。

在明朗的阳光下，随时都有对修正主义的口诛笔伐；
在一排排红房之间，常常听见同志式温存的夜话。

……至于战士的深情，你小小的团泊洼怎能包容得下！
不能用声音，只能用没有声音的"声音"加以表达：

战士自有战士的性格：不怕污蔑，不怕恫吓；
一切无情的打击，只会使人腰杆挺直，青春焕发。

战士自有战士的抱负：永远改造，从零出发；
一切可耻的衰退，只能使人视若仇敌，踏成泥沙。

战士自有战士的胆识：不信流言，不受欺诈；
一切无稽的罪名，只会使人神志清醒，头脑发达。

战士自有战士的爱情：忠贞不渝，新美如画；
一切额外的贪欲，只能使人感到厌烦，感到肉麻。

战士的歌声，可以休止一时，却永远不会沙哑；
战士的明眼，可以关闭一时，却永远不会昏瞎。

请听听吧，这就是战士一句句从心中掏出的话。
团泊洼，团泊洼，你真是那样静静的吗？

是的，团泊洼是静静的，但那里时刻都会轰轰爆炸！
不，团泊洼是喧腾的，这首诗篇里就充满着嘈杂。

不管怎样，且把这矛盾重重的诗篇埋在坝下，
它也许不合你秋天的季节，但到明春准会生根发芽。……

　　谭五昌：诗人首先写他被改造的地方——团泊洼的秋天是很平静的，但是诗人与他的同志们内心是不平静的。1975年，两种政治势力的较量正处于紧张时刻。诗人在这首诗里面，是以一个觉悟的战士的身份在说话，所以诗里出现了很多政治术语，比如《共产党宣言》、毛主席的伟大号召……因此，这是一首真正意义上的政治抒情诗，或者政治性的预言诗。诗人对当时的政治走向看得非常清楚，预言"四人帮"不会横行到底；同时他还描写了当时真实的社会图景，比如提到当时流行的两部电影，一是《创业》，二是《海霞》。诗人

说："是的，团泊洼的呼喊之声，也和别处一样洪大/听听人们的胸口吧，其中也和闹市一样嘈杂。"人们的内心喧闹不安，诗人和他的同志们到了晚上都会悄悄地交流。"在一排排红房之间，常常听见同志式温存的夜话/……至于战士的深情，你小小的团泊洼怎能包容得下！/不能用声音，只能用没有声音的'声音'加以表达"，在这里，战士的深情是对国家的深情，却只能用没有声音的"声音"表达，说明当时依然处于一种政治高压之中。所以这首诗只能放到自己的抽屉里，给极少极少的知己看，否则就会犯很大的政治错误。

在这首诗里，诗人用排比的手法对战士的品格进行了重新塑造，读起来非常铿锵有力。"战士自有战士的性格：不怕污蔑，不怕恫吓"，突出了战士的两个品格，一是忠诚，二是坚持真理，敢于说真话。诗歌的结尾也很有意思："不管怎样，且把这矛盾重重的诗篇埋在坝下/它也许不合你秋天的季节，但到明春准会生根发芽。……"在这里，诗人已经预言了"四人帮"的毁灭，预言了中国的政治前景。但同时，诗人内心矛盾重重，所以他在作品的备注中说"还需要做多次多次的修改，属于《参考消息》一类，万勿外传"，这表达了诗人非常复杂的心态。这首诗在诗人去世后首刊于《诗刊》1976年第十一期。我觉得，郭小川用绝笔之作，为自己塑造了一个真正的政治抒情诗人的形象。

整体来看，郭小川在20世纪70年代创作的政治抒情诗的思想价值、历史价值很大，但是艺术价值不大。真正能够确立郭小川在当代诗歌史上独特地位的，还是他在二十世纪五六十年代写的一批能够大胆表白个人思想情感与独立思考立场的诗篇。正因为那些诗篇，他在当代诗歌史上获得了一个比较重要的地位。

总而言之，在郭小川这些充满不同程度政治意识和政治情结的诗篇里，我们看到了一个诗人在政治话语与个体话语、革命者与诗人身份之间的犹疑和挣扎，而他的诗歌文本便是其多重身份与复杂感情冲突又融合的结晶体。

这就是郭小川，作为一个政治抒情诗人，他的创作既有成功的，也有失败的，但整体来说，他的诗歌文本有丰富的内涵与言说空间，有非常高的研究价值。关于郭小川，就讲解到这个地方，大家还有什么要补充的吗？

罗雪峰同学：作为一个诗人，郭小川在艺术上是很有追求的，总是敢于碰触别人不敢碰的题材；另一方面，郭小川一直葆有一种很纯洁的战士情怀，他写《一个和八个》的时候，就传达了自己的想法，就算被人误会了，也不改其志。《团泊洼的秋天》里也有这样的情感表达。从这些诗歌中，可以看出诗人纯洁的品格。

褚云侠同学：我觉得郭小川从20世纪50年代到70年代的创作，都有一种知识分子性贯穿其中。我非常喜欢最后一首《团泊洼的秋天》，我觉得诗人是以一个知识分子的敏感性刺破了当时社会表面平静的面纱，他指出平静只是一种表象，而平静下面涌动着各种矛盾。

谭五昌：褚云侠同学提到的这个知识分子性，我觉得很有意义。当然，不一定是在这首诗中体现出来的。这可能是郭小川的创作呈现出丰富性、多元性的一个重要原因。

鲁博林同学：我从两个方面来对郭小川进行评价，一是文学史方面，二是艺术性方面。他的文学史意义大于艺术意义。他的诗就是文人集团反映当时社会的代表产品；而艺术方面，我觉得他在形式上的贡献比较大，比如新辞赋体。

谭五昌：这个补充很好，郭小川在诗歌创作上进行了很多形式的探索和实践，比如创造性地运用楼梯式、新辞赋体、新格律体、自由体、半格律体，确实比较丰富。

薛晨同学：我觉得诗人在那样的政治语境中，不可能脱离政治话语。但是诗人能在那种情境下，尽可能地表达一些个人话语，是非常可贵的。

谭五昌：敢于表达自己的独立思想，是确立郭小川文学史地位的最重要原因。如果他不敢表达自己的个人情感，不敢写这样的诗篇，就只是表达国家意志的诗歌工具。综合大家的意见，我们可以看到郭小川各方面的价值，文学史方面的，艺术审美方面的，政治社会方面的。总之，郭小川是一个值得被当代文学史研究与记住的诗人。

第二讲　李瑛诗歌解读

时间：2012年4月20日

地点：北师大七教405教室

主讲教师：谭五昌

听众：北师大2011级中国当代文学专业研究生

谭五昌：李瑛是当代著名军旅诗人，也是中国当代诗人中产量最丰富的诗人，出了五十多本诗集。当然，诗歌创作不能完全从数量上来看，还得看质量。1949年，李瑛从北京大学毕业，投笔从戎，随后和公刘等诗人辗转到了大西南，成为20世纪50年代大西南青年军旅诗人中重要的一分子。20世纪80年代，李瑛军旅诗人的身份开始淡化，逐渐变成一个纯粹的诗人了。这说明随着生活环境的变化，"军队作家"这种意识形态在他身上逐渐淡薄，他从而回归到了诗人的本真立场上。李瑛被誉为诗坛的"常青树"，创作历程已经有六十年了，而且越写越好。如果说在20世纪50—70年代，李瑛的作品还不能完全符合文学史的期待，但自20世纪80年代，其作品是越来越光彩夺目了。

李瑛早期创作（20世纪50—70年代）的作品政治抒情色彩非常浓烈，他以一个军人的身份在诗歌中发言。李瑛的中期创作（20世纪80—90年代）与晚期创作（21世纪以来）开始回归诗歌本体，进入诗歌创作的高峰阶段。可以说，如果没有他20世纪80—90年代的诗歌创作，李瑛在中国诗坛上是没有那么大影响力的。如今已经八十多岁高龄的他还依然在写诗，这非常令人钦佩。下面我们对李瑛具体的诗歌文本来进行解读。

《哨所鸡啼》是李瑛在1960年创作的，它真实地再现了当时的军旅生活，但这首诗在同类的军旅诗或者政治抒情诗中似乎并不是十分出彩。下面我们请鲁博林同学来"演绎"一下《哨所鸡啼》。

哨所鸡啼

是云？是雾？是烟？
裹着苍茫的港湾；
是烟？是云？是雾？
压着港湾的高山

山上山下，一团混沌，
何时才能飞出霞光一片？
忽然间，哪里，在哪里，
一个生命在快乐地呐喊！

压住了千波万壑，
吐出了满腔喜欢；
嘀！是我们哨所的雄鸡，
声声啼破宁静的港湾！

看它昂立在群山之上，
拍一拍翅膀，引颈高歌；
牵一线阳光在边境降临，
霎时便染红了万里江山。

莫非是学习了战士的性格，
所以才如此豪迈、威严？
也许因为是战士的伙伴，
所以才唱出了士兵的情感！

谭五昌：鲁博林同学的音调和音色还是很贴近当时时代的氛围的。这首诗对风景的描写非常雄放，典型地展现了革命浪漫主义创作手法的艺术风貌。

作者在诗中首先对哨所壮阔的风景进行了描写，通过对云、雾、烟的描写说明哨所的地理位置很高。站在这个很高的位置上，诗人借用对鸡鸣的描写来表现一个军人自豪而庄严的体验。"忽然间，哪里，在哪里/一个生命在快乐地呐喊！"呐喊声来自雄鸡，"雄鸡"这个意象是有讲究的。一方面，它能够同革命军人的形象相对衬——雄赳赳，气昂昂，突出军人的威武和雄壮；另一方面，在当时的诗歌语境中，"雄鸡"还有深层的含义，"一唱雄鸡天下白"，它是与前途光明的含义联系在一起的。因此这首诗的风格是激昂有力的，语调是雄性阳刚的，整个审美风格是崇高的、奔放的。诗歌第四节描写了雄鸡的英姿，这不仅仅是在写一只雄鸡，实际上是战士们集体意志和灵魂的外化，所以在结尾，诗歌进行了点题："莫非是学习了战士的性格/所以才如此豪迈、威严？/也许因为是战士的伙伴/所以才唱出了士兵的情感！"至此，我们可以一目了然地看出这首诗借用"雄鸡"来歌唱战士们成为社会主义主人的骄傲自豪的情感。隔了半个世纪读这样的诗歌，不知道大家有怎样的体验？

薛晨同学：我觉得这首诗歌情调比较激昂，从当时的语境来看，这首诗歌的情感是非常热情真实的，我还是比较喜欢这首诗的。

谭五昌：大家对这首诗的评价超乎我的想象，至少没有用"矫情"这样的字眼来形容，对李瑛来说也算是比较公正的。总体来说，我们还是肯定了它在艺术上的一些特点。对李瑛来说，也是对他作为中国当代著名诗人实力的一个肯定。

接下来的这首诗《戈壁日出》也很有意思，一看标题，就知道它很有西域风情，而且具有一种豪放派军旅诗风的味道。我们请薛晨同学来朗读一下这首诗。

戈壁日出

尖峭的冷风遁去，
荒原便沉淀下茫茫戈壁；
我们在拂晓骑马远行，
多么渴望一点颜色，一点温煦。

忽然地平线上喷出一道云霞，

淡青、橙黄、橘红、绀紫，

像褐色的荒碛滩头，

委弃着一片雄鸡的翎羽。

太阳醒来了——

它双手支撑大地，昂然站起，

窥视一眼凝固的大海，

便拉长了我们的影子。

我们匆匆地策马前行，

迎着壮丽的一轮旭日，

哈，仿佛只需再走几步，

就要撞进它的怀里。

忽然，它好像暴怒起来，

一下子从马头前跳上我们的背脊，

接着便抛出一把火给冰冷的荒滩，

忽然又投出十万金矢……

于是一片燥热的尘烟，

顿时便从戈壁腾起，

干旱熏烤得人喘马嘶，

几小时便经历了四季。

从哪里飞来一片歌声，

雄浑得撼动戈壁？

是我们拜访的勘测队员正迎面走来：

"呵，只有我们最懂得战斗的美丽……"

谭五昌：当时，李瑛他们驻守在西北边疆，经常会到沙漠、戈壁去执行任务。这首诗真实地描写了一个战士在戈壁上巡游的场景。诗歌先把戈壁日出的情景用绚丽的色彩表现了出来："忽然地平线上喷出一道云霞/淡青、橙黄、橘红、绀紫/像褐色的荒碛滩头/委弃着一片雉鸡的翎羽。"然后，他用拟人的手法向我们展示了一个非常鲜活生动的太阳："太阳醒来了——/它双手支撑大地，昂然站起/窥视一眼凝固的大海/便拉长了我们的影子。"从这样的描写中我们可以看出作者非凡的联想能力。接下来的诗句，"我们匆匆地策马前行/迎着壮丽的一轮旭日/哈，仿佛只需再走几步/就要撞进它的怀里"。这让没有看过戈壁日出的人们有了一种身临其境之感。"于是一片燥热的尘烟/顿时便从戈壁腾起/干旱熏烤得人喘马嘶/几小时便经历了四季。"这显示出由于太阳的炽烈，戈壁上的生活非常艰难。我们可以看到，在前面的六节诗句中，李瑛利用他非凡的想象力非常生动鲜活地为我们展现了戈壁日出的情景。结尾一节卒章显志，点明主题，回到二十世纪六七十年代诗歌惯用的模式上。主题句"从哪里飞来一片歌声/雄浑得撼动戈壁？/是我们拜访的勘测队员正迎面走来/'呵，只有我们最懂得战斗的美丽……'"也是这首诗的诗眼，它歌颂了战斗的美丽，同时也表明了作者对战斗文化的迷恋和颂扬。他觉得在戈壁中生存是对人的考验，而通过这种考验是需要拥有战斗的意志的。所以说，这首诗是颂扬战斗意志和英雄主义激情的。

或许我们现在看这首诗的结尾，觉得有一些突兀，但在当时的语境下，只有这样才符合"政治标准第一，艺术标准第二"的文化氛围。可以说这样的主题完全是附加上去的，不是从诗人真实的生命体验中升华出来的。

通过《哨所鸡啼》《戈壁日出》这两首诗，我们可以看到，李瑛以一个军旅诗人的身份抒写大自然景色的时候，革命战士的主体性一定凌驾于大自然之上。在当时的语境下，诗人是把军人的主体性无限放大了。

尽管在上面的诗歌中，我们看到李瑛夹杂了许多政治化的激情和国家集体意志，但我们也要真切地看到李瑛的功力：诗句的气势性，描绘的精确性，遣词造句的艺术性。这都显示出他作为一个优秀诗人的潜力和品质。从这些诗歌我们可以预言，李瑛一旦摆脱政治意识形态的桎梏和军人身份的约束，一定会写出充满艺术光彩的诗篇。

下面我们来看李瑛20世纪70年代的一首代表性作品。"文化大革命"使李瑛的创作受到了局限，同时，当时的时代语境和文化氛围也让他不能很快地跳出政治抒情诗的框架。《一月的哀思》这首诗非常著名，并且影响很大，奠定了李瑛作为中国当代著名诗人的地位。它是以悼念周总理为主题的。周总理在中国人民心目中是永垂不朽的，他以他的人格魅力影响了几代中国人。在"文化大革命"中，周恩来尽自己最大的努力解救战友同志，尽自己最大的努力维持国家的正常运转，他的气度和人格魅力是很多人无法匹敌的。这首诗描写了中国人民对周总理逝世的巨大悲痛，是一种真实情感的反映，也正因为如此，这首诗朗诵起来效果非常好。在国家大型的清明节诗会上，《一月的哀思》一般都会成为首选。现在我来为大家朗读一下这著名的诗篇吧。

一月的哀思（节选）
——献给周恩来总理

一

我不相信
一九七六年的日历，
会埋着个这样苍白的日子；
我不相信
死亡竟敢和他的生命
连在一起；
我不相信
迎风招展的红旗，
会覆盖他的身躯；
我只相信
即使把他交给火，
也不会垂下辛勤的双臂。

但，千山默哀，

万水波息，

微茫里，却传来

无尽的哀乐，

哽咽的汽笛。

声音，

这样悲切，

却又这样有力，

——似飓风掠过大海，

——似冷雨抽打大地。

报纸，披着黑纱，

电波，浸着泪滴；

每盏灯，像红肿的眼睛，

每颗心，都在哀悼伟大的战士：

回来吧，总理，

我们敬爱的周总理！

中国，怎能没有你！

人民，怎能没有你！

革命，怎能没有你！

且忍住裂心的剧痛，

一任泪眼迷离。

我要做一只小小的花圈，

献给敬爱的周总理。

但是，该把它放在何处？

几十年，你走遍大地，

偌大的国土呵，

哪里能容下它，

和我这一点赤诚的心意？

呵，今天，

追念你——会受迫害，

哀悼你——将遭通缉，

我这小小的花圈呀，

只能把它悄悄地放在

我的并不宽敞的家里，

放在你的遗像前，

我想，这就是——

放在长天漠漠的风雪中，

放在黄河不息的涛声里；

放在旗飞鼓响的战场，

放在万木吐绿的大地……

并且，我要写一首诗，

暂埋进这冰封雪覆的土地，

待明天，春满人间，

我坚信，它会萌生，

迎着阳光，

长出绿油油、绿油油的

美丽的叶子……

二

敬爱的周总理，

我无法到医院去瞻仰你，

只好攥一张冰冷的报纸，

静静地

伫立在长安街的暮色里。

任一月的风，

撩起我的头发；

任昏黄的路灯，

照着冰冷的泪滴。

等待着，等待着，

载着你的遗体的灵车，

碾过我们的心；

等待着，等待着，

把一个前线战士的崇敬，

献给你。

呵，汽车，扎起白花，

人们，黑纱缠臂。

广场——如此肃穆，

长街——如此沉寂。

残阳如血呵，

映着天安门前——

低垂的冬云，

半落的红旗……

车队像一条河，

缓缓地流在深冬的风里……

为什么有人，

不许我们缅怀你伟大的一生？

为什么有人，

不许我们赞颂你不朽的业绩？

但此刻，

长街静穆，万民伫立，

一颗心——一片翻腾的大海，

一双眼——一道冲决的大堤。

多少人喊着你，

扑向灵车；

多少人跑向你，

献上花束和敬礼；

多少人想牵动你的衣襟，

把你唤醒；

多少人想和你攀谈

知心的话题……

车队像一条河，

缓缓地流在深冬的风里……

历史呵，请记着——

一九七六年一月十一日，

在中国，在北京，

一辆车，

碾过一个峥嵘的世纪。

车上——躺着一个

中国共产党的优秀党员，

车上——躺着一个

伟大的无产阶级革命家；

车上——躺着一个

真正的生命，

车上——躺着一个

人民骄傲的儿子。

——一个为八亿人，

耗尽了最后一丝精力的

伟大的英雄；

——一个为三十亿人，

倾尽了最后一滴心血的

伟大的战士！

敬爱的周总理，

你就这样

从你熟悉的长安街从容走过，

像生前，从不愿惊动我们，

轻轻地从我们身边走去……

车队像一条河，

缓缓地流在深冬的风里……

呵，祖国——

茫茫暮霭中，

沉沉烟云里：

多少个家庭的

多少面窗子，

此刻，都一齐打开，

只为要献给你这由衷的敬意。

多少农民，肃立在梯田上，

瞩望你；

多少工人，攀登在井架上，

呼唤你；

千万名战士持枪站在哨位上，

悼念你。

这就是我们的丧仪呵：

主会场——

九百六十万平方公里的祖国，

分会场——

五大洲南北东西；

云水间，满眼翻飞的挽幛，

风雷中，满耳坚定的誓语。

江水沉凝，青山肃立，

万木俯首，星月不移……
看，这是何等
庄严、肃穆、伟大的
葬礼！

车队像一条河，
缓缓地流在深冬的风里……

总理，敬爱的周总理，
泪眼，看不清你的遗容，
却只见你胸前
没有绶带，没有勋章，
只有一枚
你长年佩戴的像章，
像你一颗火热的心，
跳动，跳动，
永不停息。
——那是"为人民服务"
五个金灿灿的大字，
辉映着你心头那
闪光的镰刀和铁锤；
辉映着你身上那
穿过无数次急风暴雨的红旗；
辉映着你头上那
一轮光芒四射的太阳，
照彻五洲，
照彻天宇……

谭五昌：这首诗塑造了周恩来高大完美的人格和政治家形象，它的成功之处就是以非常真实、形象、生动的诗句表达了中国人民对周恩来的无限崇敬与热爱，所以这首诗在中国当代诗歌史上还是有它独特的影响力的。这首诗是分几个时间段来写的，周恩来一逝世他便开始写，到十月份打倒"四人帮"的时候写完，因此，这首诗也折射了两个时代的不同风貌。它既是一首怀念伟人的诗，又是一首政治预言诗。可以说，这是一首极有"味道"的诗。

进入20世纪80年代，李瑛创作了他代表作之一的《我骄傲，我是一棵树》，后来这首诗的名字也成为他一本诗集的名称。这是一首转型诗，是李瑛军旅诗人身份的最后一次典型化体现，在这之后，他军人身份的表达开始逐渐淡化。这首诗一共有三节，我们请彭希聪同学、苏楷越同学、薛晨同学来分别朗读一下。

我骄傲，我是一棵树

一

我骄傲，我是一棵树，
我是长在黄河岸边的一棵树；
我是长在长城脚下的一棵树；
我能讲许多许多的故事，
我能唱许多许多支歌。

山教育我昂首屹立，
我便矢志坚强不扑；
海教育我坦荡磅礴，
我便永远正直地生活；
条条光线，颗颗露珠，
赋予我美的心灵；
熊熊炎阳，茫茫风雪，
铸就了我斗争的品格；
我拥抱着——

自由的大气和自由的风，

在我身上，

意志、力量和理想，

紧紧地、紧紧地融合。

我是广阔田野的一部分，大自然的一部分，

我和美是一个整体，不可分割；

我属于人民，属于历史，

我渴盼整个世界

都作为我们共同的祖国。

二

无论是红色的、黄色的或黑色的土壤，

我都将顽强地、热情地生活。

哪里有孩子的哭声，我便走去，

用柔嫩的枝条拥抱他们，

给他们一只只红艳艳的苹果；

哪里有老人在呻吟，我便走去，

拉着他们黄色的、黑色的、白色的多茧的手，

给他们温暖，使他们欢乐。

我愿摘下耀眼的星星，

给新婚的嫁娘，

做闪光的耳环；

我要挽住轻软的云霞，

给辛勤的母亲，

做她们擦汗的手帕。

雨雪纷飞——

我伸展开手臂覆盖他们的小屋，

做他们的伞，

使每个人都有宁静的梦；

月光如水——

我便弹响无弦琴，

抚慰他们劳动回来的疲倦的身子，

为他们唱歌。

我为他们抗击风沙，

我为他们抵御雷火。

我欢迎那样多的小虫——

小蜜蜂，小螳螂，小蝴蝶，

和我一起玩耍；

我拥抱那样多的小鸟——

长嘴的，长尾巴的，花羽毛的小鸟，

在我的肩头做窠。

我幻想：有一天，我能

流出奶，

流出蜜，

甚至流出香醇的酒，

并且能开出

各种色彩、各种形状、各种香味的

花朵；

而且我幻想：

我能生长在海上，

我能生长在空中，

或者生长在不毛的

戈壁荒滩、瀚海沙漠……

既然那里有

粗糙的手、黝黑的背脊、闪光的汗珠，

我就该到那里去，

做他们的仆人，

我知道该怎样认识自己，

怎样为使他们愉快地生活，

工作……

我相信：总有一天，

我将再也看不见——

饿得发蓝的眼睛，

卖血之后的苍白的嘴唇，

抽泣时颤动的肩膀，以及

浮肿得变形的腿、脚和胳膊……

人民啊，如果我刹那间忘却了你，

我的心将枯萎，

像飘零的叶子，

在风中旋转着

沉落……

三

假如有一天，我死去，

我便平静地倒在大地上，

我的年轮里，

有我的记忆，我的懊悔，

我经受的隆隆的暴风雪的声音，

我脚下的小溪淙淙流响的歌；

甚至可以发现熄灭的光、熄灭的灯火，

和我引为骄傲的幸福和欢乐……

那是我对泥土的礼赞，

那是我对大地的感谢；

如果你俯下身去，会听见，

我的每一个细胞都在轻轻地说：

让我尽快地变成煤炭

——沉积在地下的乌黑的煤炭，

为的是将来献给人间，

纯洁的光，

炽烈的热！

谭五昌：这首诗具有典型的20世纪80年代的风格，在这首诗里，我们可以感受到李瑛军旅诗人身份的最后一次闪光。在诗中，诗人塑造了一个胸怀祖国和人民的"大我"形象："我"转化成一棵树在想象、在抒情，"我"代表着人民的意愿在诉说、在呼喊，"我"的身上肩负着强大的使命。这正符合80年代军旅诗人的精神状况。诗人通过这首诗表达对祖国、人民的炽热之爱，我们可以从中看出诗人的视野和情感变得越来越开阔和真挚。总之，这首诗所表达的人民性、时代感、情感的普遍性，是比较出色的。从这首诗之后，诗人便开始回归诗人的本体位置。大家对于这首诗有什么感受？

王力可同学：我觉得这首诗与李瑛早年的政治抒情诗相比，更能让我接受。因为这首诗的艺术性更强，更有感染力，艺术形象也更加丰富蓬勃。

彭希聪同学：这首诗与他的前期诗歌相比，更有诗的特色，政治性在淡化。他用了"以小见大"的手法来表现他对祖国、人民的热爱之情。

谭五昌："以小见大"是李瑛惯用的创作手法，本诗就借用一棵小树来展示诗人的广阔情怀和精神视野。这首诗可以说是诗人后来诗歌创作的一个隐喻，因为在后面的诗歌中，他的题材和范围是越来越开阔的。虽然他的风格一以贯之，但整个诗歌的情感方向开始转型，进入了更加开阔的领域。

李瑛20世纪80年代后期开始淡化军人的意识，于是，作为纯粹诗人的李瑛出场了。他的诗歌创作开始回归诗歌的本体，语言、意识、情感等方面都是从诗歌的本体角度去探讨的。到了20世纪90年代，也就是李瑛70多岁的时候，他开始实现诗歌创作的飞跃，诗歌创作达到了高峰。《清明》这首诗在表述和经验传达上可以说达到了登峰造极的地步。我个人是比较推崇这首诗的。下面请薛晨同学来朗读一下这首诗，大家好好体会。

清　明

这一天，是用黑框镶起的日子
每立方空间都充满坚硬的酸楚
这一天，鸟、野花和溪水
都严肃得像生铁

无论墓园或荒冢
哭不出声音的石碑
冷冷地站着
幽香和苦涩一起
从草根渗出，穿透
四月的春寒和冷雨

这一天，揭开隐痛和伤口的人几乎死去
而死去的人都将回到家里
使生存和死亡的界限
变得模糊
这一天，在人间，本来是有限的距离
却凝成无限的痛苦
时间和空间酿成一碗烈性酒
许多历史故事，许多风雨
都已寂灭如尘土
只临终前吐出的那句话
仍悬在眼前
不论多久也不会风化

仿佛一伸手就能触到

那个浓浓的带血的情结

这一天的太阳

是一只复原的古陶罐

这一天的日历

是一方湿手帕，或

是一张薄薄的剖心的刀片

这一天，一半是真，一半是梦

谁也说不清，人们

是走出了历史抑或走进了历史

谭五昌：读完这首诗，你有什么感想呢？是否同意我刚才的判断？

薛晨同学：诗人用一系列的形象传达出清明时节一种失落、沉重或者是苦涩的情调。诗歌最后所说的"谁也说不清，人们/是走出了历史抑或走进了历史"，表现的不仅是个人的情感，更像一种集体的历史反思和历史情感。

谭五昌：清明节是中国的传统节日，在全球化的语境下，这首诗是中国经验的一个典型表现，我想每个中国人读到这首诗都应该是很有感触的。这首诗的意象很中国化，语言表达精准、深刻、生动，体现了一个实力派诗人的深厚造诣。

第一节中的"黑框"想象很奇特，它"每立方空间都充满坚硬的酸楚"，坚硬不仅表现"黑框"的质地，更映衬出"酸楚"的固化与长久，它不是一时一刻就能化解的。"鸟、野花和溪水/都严肃得像生铁"，诗人把主观感情投射到外在事物上，从而把这种情感无限地散发出来，从中我们可以看出诗人非常出色的运用语言和意象的能力。接着，空间位移，从家里跳跃到野外，诗人运用了"哭不出声音的石碑"这个意象，就把伤痛的经验到位地表达出来了。"幽香和苦涩一起/从草根渗出，穿透/四月的春寒和冷雨"，诗人又化为旁观者，冷静地把所有人在这一天的悲伤艺术化地呈现了出来。

接下来的第三节可以说是神来之笔，诗人把人们在这一天因伤痛而产生的恍惚感很逼真地表现了出来。"这一天，揭开隐痛和伤口的人几乎死去"，这是写活着的人，活着的人因为失去至亲而产生了一种痛苦的体验：这一天大家不得不揭开愈合已久的伤疤来重新舔舐。"而死去的人都将回到家里"，转换角度写死人的灵魂回到家里与亲人团聚。李瑛在这里把中国人设立清明节的初衷（生死相聚）很巧妙地表达了出来："这一天，在人间，本来是有限的距离/却凝成无限的痛苦/时间和空间酿成一碗烈性酒"。接下来的"许多历史故事，许多风雨/都已寂灭如尘土"则陷入了对亲人的回忆，"只临终前吐出的那句话/仍悬在眼前"，说明亲人的临终遗言对在世的人的重要性。再接下来则描写了诗人对这一天的宏观感受。"这一天的太阳/是一只复原的古陶罐"，用时间的流动性写出了几千年来中国人在这一天的永恒心态。"这一天的日历/是一方湿手帕，或/是一张薄薄的剖心的刀片"，这里的意象运用非常到位，可以说是一针见血地扎到了读者的心坎上。最后的结尾也非常神妙："这一天，一半是真，一半是梦/谁也说不清，人们/是走出了历史抑或走进了历史"。我们是摆脱了对亲人的记忆，还是走进了对亲人的记忆？我们是死去，还是活着？在这如幻如真的记忆中，大家都理不清自己的状态。所以说，这首诗把中国人的清明经验写到了淋漓尽致的地步。

总的来说，这首诗构思完整，意象精确到位，丰富而有力度，诗歌外在情境冷静克制，内在情绪炽热激动，在内外交融中表达了对亲人极为真切、深刻的怀念。因此，我个人认为这首《清明》是杰出的。大家可以谈谈对这首诗的理解。

罗雪峰同学：这首诗写得特别好，它的情感力度和意象表达非常能打动我。尤其是这几句："这一天，揭开隐痛和伤口的人几乎死去/而死去的人都将回到家里/使生存和死亡的界限/变得模糊"，我觉得写得特别深刻。因为当最亲密的人离开我们以后，我们在日常生活中可能只会对他们偶有怀念；而在清明节那一天，他们将重新回到我们生活的世界里，我们也可以回到与他们一起生活的时间里，这样一个空间和时间的穿越结合让我特别有感触。

谭五昌：在清明节这一天，生与死的界限能够被"打通"，关于这一点，我也是有体验的。我想罗雪峰同学所要表达的是，死亡是人存在的另外一种方式，亡者在精神上、灵魂上并没有离开他们所爱的人。李瑛的这首诗正好把这种意蕴表达出来了。

王思宇同学：我觉得这首诗最好的地方就是它表现出了李瑛军人身份、政治意识的消退。如果他还是写诸如烈士或者英雄的题材，那么气象或者说思想深度就不会如此深刻和博大。这首诗在讲历史和生与死时并没有明确具体的指向，但是它的深度反而增加了。

谭五昌：也许这首诗在有的同学看来，题材不够新颖。不过，当一个人的生活经验和阅历逐渐变得丰富的时候，读这首诗便会别有一番滋味在心头。好了，这首诗我们就讲解到这里。接下来看看这首《逆风飞行的鸟》能给我们带来怎样的生命体验。请褚云侠同学朗读这首诗。

逆风飞行的鸟

不是树叶
是一只褐色的鸟
在枯寂的荒原上空
逆风飞行

在狂怒的风暴里
几乎摔落地面
忽又猛地飞升
蜷缩的腿爪在奋力蹬动
从它几乎被撕裂的翅膀
我听见艰难的喘息和苦痛
但它仍挣扎着奋力搏击
无畏地向前飞行

是一把火在浪里燃烧
是一朵花开在空中

生活里有数不尽的风雨

世界才因你而生动

祁连山下那只逆风飞行的鸟

是我见过的最美的一只

苟瀚心同学：这首诗写的是一个很小的个体，并且非常生动形象。诗中"世界才因你而生动"所表达的思想与前面所展现的"大我"思想不同：即使你不是英雄，你很平凡，你仍可以活得有意义。这便是我读这首诗的初感。

谭五昌：李瑛诗歌的整体基调是大气、阳刚、雄浑。从这首诗我们可以看到他继承了以往的美学风格，但在情感经验上却开拓了另外的领域。这首诗写得非常结实、饱满，它生动地描述了一只勇敢、坚强的逆风飞行的鸟。"是一把火在浪里燃烧/是一朵花开在空中"，这里运用了两个鲜活空灵的意象——火和花，把鸟的意志和灵魂之美形象地呈现出来了。可以说，这首诗给我们展现了鸟魂是如何铸造而成的。"生活里有数不尽的风雨/世界才因你而生动"，这赞美了鸟能够与险恶的环境相搏击，显示了鸟意志力的强大，灵魂之美油然而生。这首诗的结尾也很巧妙，语言干净饱满，收放自如。这首诗具有人道主义的立场，而不是表现某种意识形态。所以说，字字句句都显现着力度，它是李瑛20世纪90年代诗歌风格的一个客观呈现。同时期，他还写了相似题材的诗歌《一只死去的藏羚羊》，《逆风飞行的鸟》写的是活灵活现的鸟，现在我们看到的是寂然无声的藏羚羊，我们又能感受到什么呢？请王力可同学来诵读这首诗歌。

一只死去的藏羚羊

呼吸和脉搏

都已停止

一双圆溜溜的眼睛

仍大睁着却不再转动

褐色的干枯的毛

被血泊粘在沙碛上

四只轻捷的蹄子和

一具结结实实的肌腱和骨架

沉沉地压着地平线

世界凝固在冰冷的抽象里

只两只带结节的长角

黑亮黑亮的像两把长刃

一如它的生命和性格

倔强地坚挺在空间

成为荒原的新高度

使大地更加沉郁和冷峻

这里已远离人烟

却仍然不是圣洁的地方

一个失血的音符

僵死在那儿

这里是大西北高原真正的尽头

　　王力可同学：李瑛诗歌在20世纪90年代的总体风格是明朗的，但我觉得这首诗并不明朗。本来是特别富有生命力的藏羚羊却不得不面对生命的流逝，在诗人的眼里确是一种无奈和惋惜。诗句"这里已远离人烟/却仍然不是圣洁的地方"，暗示了外在邪恶势力的存在。

　　谭五昌：这首诗歌在风格上是凝重沉郁的，但并不晦涩，因为它还是能够解读的。这首诗写的是藏羚羊非正常死亡的事件。诗人借藏羚羊的非正常死亡来谴责屠杀珍稀动物的野蛮行径。"一个失血的音符/僵死在那儿/这里是大西北高原真正的尽头"，这句诗表明藏羚羊代表着一种生命的高度和美的尊严，即使它死了，也保持着这种高度和尊严，这是对藏羚羊生命与价值的肯定。这首诗不仅可以从人道主义的角度来解读，还可以从生物环境角度来解读，所以说它是多角度的，这体现了李瑛诗歌视野的开阔性。总之，李瑛的诗歌不是小情小调的，无病呻吟的，而是比较博大精深的。

进入21世纪以来，李瑛在全国各地采风旅游，写了许多旅游性诗篇。如今进入耄耋之年，他的诗歌写作开始往回忆的道路上走，所以创作了很多回忆性的、表现童年经验的诗篇。李瑛20世纪80年代的诗歌属于抒情诗，从90年代到当下的创作，基本上属于经验写作，或叙事性诗歌写作。从这个角度来看，我们的老诗人李瑛，进入21世纪以来，有意无意地运用了一种叙事诗的写作方式来呈现他的童年经验。我们首先来讲一下《井的怀念》这首诗，我们看看，在李瑛的笔下，井给他的童年带来了什么样的快乐，带来了什么难以忘怀的经验。请苏楷越同学诵读一下这首诗。

井的怀念

扔在废墟边的我的童年
镶在我生活中的亮点
是一眼闪光的井

井水是苦涩的
却洗过我沾满烂泥的小腿
却浇过我房后的小菜园
我听见过它雨后的蛙鸣
摸过它井壁的青苔
像井绳在石板勒出的凹痕
只有它永远记得我
井水是苦涩的
却始终珍藏着
我污脏的小脸和
母亲年轻的容颜
我喝着它凉冰冰的水

吃着它泡得凉冰冰的瓜菜

它滋润我生命的根

苦苦地把我养大

只有它的记忆是真实的

今夜，月光从窗口泻下来

照着枕头上我的白发

使我猛然想起那闪闪的井水

井水是苦涩的

我却总觉得它是甜的

沉积井底的我童年的岁月

已无法打捞

在这里，且让我投给它

一粒小小的石子

这是我跳动的滚烫的心

立即会听到它一声

深沉的清脆的回响

谭五昌：很明显，这首诗属于诗人回忆性的写作。在过去，井可以说是村民生活中最重要的东西。这首诗没什么特别深刻、丰富的思想，就是对童年和童年生活的怀念。诗人的怀念集中在一口井上，因为这口井是他生活中的亮点，苦涩而贫穷的童年时代，欢乐都系于这口井上，诗人童年的所作所为都和这口井连在了一起。比如，"我听过它雨后的蛙鸣/摸过它井壁的青苔"，而且诗人说"只有它永远记得我"，可见诗人的童年是很孤独的。所以他说："井水是苦涩的/却始终珍藏着/我污脏的小脸和/母亲年轻的容颜"。可见他对这口井的感情很深，它滋润了作者生命的根。

另外，这首诗的时空跳跃性很大，前面回忆，后面回到当下，回到此时此刻，回到他写作的时间环境当中。"今夜，月光从窗口泻下来/照着枕头上我的白发"，这使他想起闪闪的井水。在结尾，诗人对童年往事进行了富有想象力的表达：让自己的心变成一颗小小的石头，投到井里面去，立刻会听到一声深沉的清脆的回响。诗人借对小时候井的怀念来表达对童年岁月、童年生活经历的怀想，非常真实、自如、深情、动人。大家也简单说一下对这首诗的感觉吧。

彭希聪同学：这首诗感情很真挚，透过它，我似乎看到了童年许多温馨的画面，感受到了对亲人的怀念。

谭五昌：还有一点你可能没有发现，就是它包含了很多细节。这首诗是以对童年的细节描写来取胜的，比如说"沾满烂泥的小腿""井绳在石板勒出的凹痕"等，一个贫穷而可爱的小孩子的形象就被生动地塑造出来了。诗作的细节描写是鲜活的，充满生活气息和原生态的景象，所以才能给我们留下深刻的印象。另外，如果从精神分析的角度来阐释年长人们的怀旧心态，这首诗便又具有了精神分析学的价值。

我们接下来解读《小时的衣服》。小时候穿过的衣服，大家肯定还有一点模糊的记忆吧？总是还有一种别样的感情吧？请彭希聪同学诵读一下这首诗。

小时的衣服

这是我婴儿时穿的衣服
曾埋过我生命的原始的根
也许还沾着尿味和奶香
我却始终珍藏着它
只是我每长一岁便远离它一年

这是妈妈用鸡蛋换来一块土布
在跳动的油盏下缝成的
至今，它的褶皱里
仍埋着妈妈的
手指、眼睛和她的心
以及土墙洞的火苗

和草房顶上漏下的星光

使我怯于抚摸

以后我渐渐长大

它不肯长大

许多事情我已忘记

它不肯忘记

七十多年来

每年春暖我总要晾晒一次

总要感谢它曾给我的温暖

总要闻一闻我婴儿时的气息

这时便会听到

饥饿年代里

妈妈的叹息和

我的哭声

使我颤栗

如今，妈妈早已逝去

我已变成老人

我把它捧在手上

看一次觉得它变得沉重一次

我总想，在妈妈眼里

我是她永远的婴儿

她始终担心我的冷暖

她最深的爱

给了我撕心裂胆的幸福和疼痛

至今，我仍然觉得

那缝衣的线头

仍缠在她的手指上

褚云侠同学：我对这首诗感触很深，我觉得不仅仅是小时候的衣服吧，许多童年的东西，都会给予我们很深的感触。岁月变迁，时间流转，但有些东西是不变的，包括它们承载的亲人对我们的关怀和爱，正如诗人说的，"至今，它的褶皱里/仍埋着妈妈的/手指、眼睛和她的心"。

王力可同学：结合上一首诗，我觉得诗人的童年也许并不幸福，所以他比较珍惜童年时候所拥有的一些东西。小时候得到的越少，回忆时就越觉得珍贵。

谭五昌：结合两位同学的发言，我们能够看到诗人是把诗歌情绪的焦点汇聚到小时候穿的衣服上，并以此来歌颂母爱的沉重和温暖。沉重是李瑛青少年时代的特点，诗人处在一个动荡的年代，所以母亲能给他的东西很少，把用鸡蛋换来的土布做成衣服给他穿。"至今，它的褶皱里/仍埋着妈妈的/手指、眼睛和她的心"，这种意象非常朴素、鲜活和动人，表明了母亲的一针一线都凝聚了深沉的母爱，这和古代孟郊《游子吟》中"临行密密缝，意恐迟迟归"所传达的意蕴是一脉相承的。"漏下的星光"是对一个贫穷家庭的暗示性描写，一个母亲能够给儿子的最具中国特色的母爱，一个最朴实的中国底层母亲的形象，在作者朴素、生动的笔下呈现了出来。诗人说不能忘怀婴儿时的衣服，实际上是不能忘怀母爱，所以他说"七十多年来/每年春暖我总要晾晒一次"，这种温暖不是衣服带来的温暖，而是母爱带来的温暖。这首诗表面上写衣服，实际上通过写衣服来赞美母爱，赞美那种伟大的、生生不息的母爱。"我总想，在妈妈眼里/我是她永远的婴儿"，这是全诗的点睛之句。"给了我撕心裂胆的幸福和疼痛"，这是很有力度的表达，非常极端化的表达。"疼痛"是因为我无以报答母爱，这是孟郊"谁言寸草心，报得三春晖"式的中国游子对母亲特有的愧疚。作为一个儿子，我觉得这种体验也是具有中国色彩的。结尾就通过一个细节表明了这种中国情怀："至今，我仍然觉得/那缝衣的线头/仍缠在她的手指上"。在诗人对母亲的记忆里，母亲拿着线头，随时随地给儿子缝补衣服的形象，通过具有本土特色的想象和语句呈现出来了。一句话，这首诗是中国乡村生活细节、中国母亲形象、中国经验的呈现与表达。即使你生活在城市中，如果母亲买了衣服（虽然不是她缝制的）给你，我想你也会很感激这份母爱的。倘若家里很穷，母亲亲自缝制了衣服给你，则会显得更加珍贵。

这首诗表达了老一代中国母亲对儿子深沉的爱。所以这首诗是在用中国传统化的细节，塑造一个中国传统母亲的形象，表达了诗人对母亲的深厚情感。罗雪峰同学，请谈一下你对这首诗的感想。

罗雪峰同学：这首诗的分量其实很重，除了对母亲的怀念，还有对那个饥荒年代的回忆。此外，我觉得人怀念过去其实是一种对自我存在的找寻，我们生活在世界上，总要有确认自己存在的方式，将回忆记下来，比如重返我们去过的地方、欣赏拍过的照片，都是对自我存在的一种认可。

谭五昌：还有一点我要提醒大家一下，就是李瑛的创作越到后面就越显得朴素，比如描写童年记忆，他用的意象和语言就很朴素，但是很到位。最后，我来讲讲李瑛先生的一首爱情诗。李瑛一生基本没有写过什么爱情诗，但下面这首诗涉及了爱情主题，希望同学们认真体会，我来为大家诵读一下。

两棵银杏的爱情

银杏，落叶乔木，孑遗植物，雌雄异株，寿命极长，可达千年以上。

——植物学

也许世界上
这里是爱情开始的地方

两棵银杏赤着脚
分站在小河两岸
它们相互张望着不说一句话
只把影子重叠在水里

河水对他说随我走吧
他说不
白云对她说随我去吧
她说不

他们知道一只酒杯是孤独的

当滴银的夜晚
鸟和鱼都在巢中睡去
他们会紧紧抱着，相互抚摸
他会向她倾吐秘密和梦想
她会给他唱歌

爱情是无法说出的东西
他们相互占有
犹如幸福和痛苦
把血给它，心脏就会跳动
把氧给它，肺叶就会呼吸
生命只能闭着眼思索
它离骨头最近

谭五昌：这首诗传达了什么样的爱情理念？这首诗对爱情经验的叙述，有什么样的味道和境界？请大家各抒己见。

苟瀚心同学：这首诗描述的好像是一种互动的过程，就像两个个体合为一个整体。整首诗的感情基调是理性当中透露出一种热烈，有一些难以言说的味道。

苏楷越同学：我挺喜欢这首诗的。虽然诗中用了一些抽象的语词，但整体来看就不一样了，透过表面的意象可以看到深层的感情。诗中没有什么时代的问题，每个时代的人都可以感受那种美学体验，这使得本诗具有一种超时代性。

谭五昌：是的，这首诗的时代感不强，有超越时代经验的特质。它写了一种爱情，表面上是冷静的，是有一定距离的，但他们把影子重叠在了河水里。我们知道，一个人总会孤独，所以喜欢两个人在一起。白天他们像是分开的，但夜晚，鱼都睡了，爱恋的双方是在一起的。"他们会紧紧抱着，相互抚摸/他会向她倾吐秘密和梦想/她会给他唱歌"，在这里，诗人发挥了他独特的想象力：他们的影子倒映在河水中，他们看不见的根纠结在一起。这是一种对爱情的深刻理解：爱情中，外在的距离不是距离，只要他们在精神上是时刻相依的，就是一种至高的幸福的生命体验。真正的恋爱是恋爱者双方的心没有距离，尽管他们的身体有距离，所以诗人言称，"爱情是无法说出的东西/他们相互占有/犹如幸福和痛苦"，真正的爱情是双方共同分享幸福和痛苦。"把血给它，心脏就会跳动/把氧给它，肺叶就会呼吸/生命只能闭着眼思索/它离骨头最近"，这是很有哲理的话，真正的爱情是对爱刻骨铭心，它表面上是冷的，骨子里却是热的，是外冷内热的体验。这种表达和浪漫主义诗人的爱情表达，比如海子的"姐姐，今夜我不关心人类，我只想你"这种直接表达是不同的。李瑛的这首爱情诗通过想象、理解，能慢慢渗透到心间，使我们对爱情有一个更深层次和更高境界的领悟。

这首诗也显示了老一代诗人对爱情的态度，他们往往比较含蓄、深沉，有一种自我压抑的、克制的、内敛的、理性的性格，所以李瑛能够写出这样理性的至少是表面非常理性的爱情诗篇。我们不会看到李瑛写一个男人对一个女人热烈的犹如火山爆发一样的爱情，他没有这样的情感气质，也没有这样的表达。

李瑛这代人，擅长把"小我"的东西压抑，但李瑛的视野还是挺开阔的。尽管自20世纪90年代以来出现了重大的转型，李瑛的诗歌在精神层面上还是关注到了整个祖国的环境、整个民族的生存状态与发展前景，即使是他对小时候的回忆、对母爱的赞美，也有一种人类普遍经验的表达。如此开阔的视野使李瑛的诗歌不仅摆脱了狭小的格局，也获得了更广博的意义与更高程度的认可。李瑛用他词语艺术的创造力，给中国诗坛带来了一个言说不尽的话题，无可置疑。李瑛是棵诗坛的"常青树"，他始终把诗歌当成一种虔诚的追求，一步一步摆脱了外在身份的束缚，回到了本土诗人的立场，继续写作。他不断地学习，向古今中外优秀的诗人学习他们的艺术经验，创作出了数量不菲的优秀诗作，使自己的诗歌作品保持了一种纯粹、大气、开阔的品格与境界，取得了令人瞩目的成就，在中国当代诗歌史上占有比较重要的位置。当然，李瑛能取得现在的成就也是他孜孜不倦、长期勤奋刻苦的结果。李瑛给了我们一个非常有益的启示：一个诗人，确立自己写作的身份与立场，是非常重要的。如果一个诗人不解决这个问题，不知道自己要写什么，不知道为什么而写，不知道要保持什么样的身份，那么他的写作可能就是盲目的、受束缚的。

如果我们要找出李瑛的创作存在的缺陷的话，就是他的诗歌风格太正了。李瑛的诗歌美学面貌绝大多数是质朴而深沉的，也就是说，他诗歌风格的丰富性和多样性还没有充分展现出来，比如非常幽默的、轻松的、俏皮的、口语化的诗作还不多见。一个诗人当然可以保持自己固有的风格与写作方式，然而作为读者的我们也有理由要求诗人在风格的多样性、诗歌的活力上，跟当下的文化语境与审美趣味实现对接。如何让一个诗人的作品被更多的年轻人接受并欣赏，应该是一个值得我们大家认真考虑的命题。

第三讲　郑敏诗歌解读

时间：2012年4月27日

地点：北师大七教405教室

主讲教师：谭五昌

听众：北师大2011级中国当代文学专业研究生

谭五昌：郑敏是"九叶派"硕果仅存的代表诗人。郑敏的诗歌写作，在20世纪40年代就开始了，并且一直延续到当下，她是横跨20世纪、21世纪的"诗坛常青树"。

郑敏祖籍福建闽侯，1943年毕业于西南联大哲学系，她有哲学背景，请大家注意这一点。她当时最推崇的导师是冯至先生，冯至又是里尔克的学生。我们很多中国现当代诗人都有一个外国老师，或者说有自己心仪的外国偶像。像冯至先生就受到德语诗人里尔克的影响，所以冯至的诗歌中有非常多的哲学元素。郑敏是冯至的弟子，因此郑敏诗歌的一个非常重要的特色，也是她所独有的，就是哲思色彩。后来，郑敏又访美留学，对于英美文学、现代派文学思潮及后现代文学思潮都有很深入的研究，因此，郑敏是一位非常有学养的诗人。

郑敏最早的一部诗集叫《诗集1943—1947》，这是她20多岁时的作品集，早期代表作《金黄的稻束》就出自其中。到20世纪80年代，郑敏的另一部重要诗集《寻觅集》，抒发了诗人在长期压抑之后获得解放和新生的喜悦。这部1986年出版的《寻觅集》是郑敏在诗歌上的一种探索，一种重新寻找自己诗歌艺术风格的文字见证。20世纪90年代初，郑敏又出版了《心象》，这是一部非常有艺术价值的诗集，主要收录她在20世纪80年代创作的作品。我觉得其中的《心象组诗》是我见过的20世纪80年代最有力度、最有哲理性的组诗之一，对世界上很多神秘事物做了富有哲思性的概括。1991年，她还出版了

《早晨，我在雨里采花》，这是一部能够显示郑敏先生创作活力的诗集。20世纪90年代末，人民文学出版社为郑敏先生出了一个二十年作品精选，即《郑敏诗选（1979—1999）》，这是一部总结性的诗集。

郑敏先生除了写诗之外，还发表过许多非常有学术价值的诗学论文，在诗歌界、学术界引起了很大的反响。郑敏先生在诗学上持"新保守主义"立场，她认为胡适的白话诗把古典诗的传统全部推翻否定了，这对中国诗歌来说是巨大的损失。我觉得，郑敏先生不是历史的断裂者，也不是那种激进的现代性拥趸，她的"新保守主义"其实是站在维护古典诗歌血脉传统的立场上来讲的，很有历史感。如今，在这样一个追逐新潮、追逐时尚的年代，郑敏先生回过头来提倡尊重古典诗歌与文化传统，这种建设性意见还是值得我们认真吸纳的。

关于"九叶派"的来历，我在这里补充一下。据郑敏本人讲述，1979年的某一天，她接到唐祈的来信，约她和其他诗友——西南联大的杜运燮、袁可嘉、王辛笛、陈敬容等到曹辛之（杭约赫）家里见面。会面后，诗友们想出版一本他们在20世纪40年代的诗合集，不知是谁想了一个名字，说就叫《九叶集》吧。1981年的时候，《九叶集》由江苏人民出版社出版。"九叶派"的名称也因此得以广泛传播。

"九叶派"创作的一个重要特点是现实、象征与玄学的结合，它具有现代主义的特色，同时也有现实主义的特色，还带有玄学即神秘主义的成分，应该算是中国最早的现代派。"九叶派"的九个诗人创作水平比较均齐，确实在一定程度上代表了中国现代诗创作的高度和广度。

郑敏曾经说过这样一段话："联大给我的是哲学、是诗歌、是人生境界的影响，是我一生最大的支柱。可以说，在联大我完成了哲学思维的养成，诗歌创作风格的基奠以及人生观、价值观的转变。从西南联大，我走向了自己具有诗歌使命的人生。"请大家注意这三个关键词：哲学、诗歌、人生境界。她是把哲学摆在第一位的，所以郑敏先生出了一本叫作《诗和哲学是近邻》的书。也就是说，哲学是她的诗歌背景和构成元素，也是她最为个性化的标签。

下面，我们先来看郑敏的《金黄的稻束》。虽然这是20世纪40年代的诗作，但也有必要讲一讲。王力可同学来读一读。

金黄的稻束

金黄的稻束站在

割过的秋天的田里，

我想起无数个疲倦的母亲，

黄昏路上我看见那皱了的美丽的脸

收获日的满月在

高耸的树巅上

暮色里，远山

围着我们的心边

没有一个雕像能比这更静默。

肩荷着那伟大的疲倦，你们

在这伸向远远的一片

秋天的田里低首沉思，

静默。静默。历史也不过是

脚下一条流去的小河，

而你们，站在那儿，

将成为人类的一个思想。

谭五昌：王力可，你觉得郑敏先生呈现的这片诗性的风景有什么特色？

王力可同学：以前看到稻田，那种金黄色会给我一种丰收的感觉，也是一种表面化的联想吧。但读了郑敏先生的诗以后，发现她能发掘更深层次的联想。她觉得稻子不仅仅是一种植物，更代表一种生命的主体和历史的永恒，有特别深刻的哲理意味。

谭五昌：我觉得王力可刚刚谈到的对生命的哲理感悟，就切入了这首诗的核心主题。事实上金黄的稻束给了诗人非常具有思想穿透力的灵感。金黄的稻束到了秋天的时候被收割，于是诗人联想到母亲。那么，母亲跟金黄的稻束之间有什么相似性？简单来说，就是都具有伟大的奉献和牺牲精神，这就是稻束对于大地的价值。诗人通过金黄的稻束联想到了母亲们伟大、无私的奉献精神，并且歌颂这种了不起的精神品质。

到了最后，诗人写道："历史也不过是/脚下一条流去的小河"。这就把奉献生命的价值纳入历史的序列中去思考了。"而你们，站在那儿/将成为人类的一个思想。"很显然，诗人被这种伟大的奉献的生命品质所感染，她觉得这种伟大的生命品质具有历史和时间的永恒性，所以历史在她面前，也不过是一条流去的小河。这里边有一个对比：正是这种无私的奉献精神，让历史和时间变得有价值。

另外，这首诗的画面感与现场感很强，达到了里尔克所强调的雕塑效果，即让思想像雕塑一样可以感知和触摸。这首诗写得很饱满、很深邃，在艺术上非常成功。除此之外，它还带给我们非常深刻的哲思，能培养我们的发现能力。郑敏先生就是这样，她常常能从日常万物身上发现与众不同的哲理感悟。

接下来，给大家讲讲《心象组诗》，这是我个人比较偏爱的郑敏在20世纪80年代的诗歌力作。这组诗出色的地方在于，诗人创造了一种心灵的幻象，其中又融入了深刻的生命哲学感悟。现在，在座的同学分节来朗读一下这首诗。

心象组诗（之一）

一、"引子"

在昼夜交替的微光中
心象自我涌现
在画布上
坚实而又虚幻
我捕捉到的
不是光滑的鱼身
是变幻不定的心态

"但，听，风的声音
不停的信息

在沉寂中形成
它来自夭折的年轻人
涌向你……"

二、"门"
这扇门不存在于人世
只存在于有些人的命运中
那要走进来的
被那要走出去的
挡住了。
十年可以留不下一丝痕迹
一眼却可能意味着永恒
没有一声"对不起"
说得比这更为惆怅

那扇门仍在那儿
但它不再存在
只有当人们
扭过头来回顾
才能看明白
那是一扇
通向神曲的门
它存在于虚无中
那可能是任何一个地方

三、渴望：一只雄狮
在我的身体里有一张张得大大的嘴
它像一只在吼叫的雄狮
它冲到大江的桥头

看着桥下的湍流

那静静滑过桥洞的轮船

它听见时代在吼叫

好像森林里象在吼叫

它回头看着我

又走回我身体的笼子里

那狮子的金毛像日光

那象的吼声像鼓鸣

开花样的活力回到我的体内

狮子带我去桥头

那里，我去赴一个约会

四、"它"（记忆）

不能忘记它

虽然太阳已经下山了

山峦的长长的肢体

舒展地卧下

穿过穿不透的铁甲

它回到我的意识里

在那儿放出

只有我看得见的光

五、"那里"

那里

大地发出痉挛

那里

新的生命开始了黎明

那里

男人、女人深深扎根

那里

冬季和春季

相会、跳舞

那里

不要白昼的光

怕窗户会成了透明的

怕噪音会是

不受欢迎的客人

热的、甜的血液

沸腾在黑暗的深处

那里

生命和死亡进行一次

火山的爆发

六、"我们站在"

我们站在

无限的时间中

无限的空间中

时空,这

黑郁的树林

站住

但丁和彼亚特立丝中间

当他们相遇在桥头

我的体内

生命的源泉上涌

只有一只夜鸟

划破沉寂

它的尖叫声

触摸到

无力、低垂的叶子

描绘下夜的踪迹

我们看不见什么

但意识着它的存在

在我们之外

要求进入我们体内

丰收的歌栖息在

黑郁的树林上

美丽的养育者的乳房

寂静填满着空虚

寂静，默契者的无声的国土

生命的汇流，外在的、内在的

你、我、宇宙

七、"雷雨与夜"

从窗口飞进来

湿润了我焦灼的悬念

夜如果像雨一样

不预先给我电话电报

突然带着电火

从窗口飞进来，留下

窗下的月季丛

在湿淋中追悼一双

颤抖的慈爱的手

在那黑暗中，一双
回忆的眼睛会看见
吞吐着白雾的高山，和一切
云层之上那无所阻拦的
蓝色的道路，通向
没有引力的永恒

夜之外不是黑暗
我阖上我的眼睛
得到了宁静

八、"云"

当白云留连在青山后
海是这样温柔，半睡
"存在"溶化在记忆中
线条消失
沙丘改形
但记忆
却紧紧捏着每条水纹
白浪自言自语
梳着头发

然后，雨云出现了
阴黑了青山
它在天空的地板上狂驰
充满了急躁与爱情
一把抓住海的长发

将她向后推搡

闪电瞧着她的脸

要求她坦白自己的梦

海顺从了它的暴力

月亮黑了

只有海浪敲打着岩石

要进入它的胸膛

但岩岸捏紧

她那撕抓击打着的手

将她劫回他那原始的洞穴

现在他看见

自己的脸映在她的梦中

还有

鹰与蛇的搏斗

睡眼蒙眬的"和谐"

是他们的儿子

生命的创造始于搏斗

在爱与恨之间

白云与乌云之间

九、"那个字"

我看不见他的眼睛

和他的五官

因此更觉得幸福

爱和死的谜样的力量

是梦中的音乐

没有声音,只有运动

084

太阳一天天冷下去

黄昏的微光在留连

我正在走向消逝，消逝……

不，我还没有准备好

去迎接那最后的音符

我是如此的困倦

当我日渐接近那个地方

我耳边响着

"G弦上的旋律"

它不想停下来，

延续、延续，直到……

不，请不要说出那个字

让它留连吧

像那古瓶上的新娘

因为在那个字之后

一切将只有沉寂

十、理想的完美不曾存在

目光冷酷而灼热

手指无情而温柔

两个"自我"的相遇

可能成命运或历史

统治者需要被统治者

当被统治者已经顺服

统治也就不再存在

"战斗"的灵魂是进取

一个战役引来

另一个战役

和平，均衡化成荒漠

友谊是冲突的死亡

咬、扭

悦耳和不悦耳的声音

是自然界生命的源泉

假如阴影必须睡在

阳光照耀的大树下

而呻吟必须搅拌入喜悦之歌

这里不会有理想的完美

它从来就不曾存在。

十一、小精灵

绿色婆娑的槐树

风吹动枝叶时

飞来很多小精灵

她们的纱翅扇动着

她们要了解我们

请不要关闭你的门

在真实的世界之外

还有那影子的世界

让她们进来

将你的丰富显示成贫穷

你的贫穷点化成丰富

十二、无声的话

无声的话，不是话

只是震波

聋了的耳朵

能听见它

一个天南

一个海北

背靠着背

目光瞧向

相反的方向

突然，那听不见的竖琴

琴弦颤动，

所有的树叶都颤抖了

他们转过身来

听着树叶的信息

感谢自己是聋子

十三、看不见的鲸鱼

她看不见

那生命最强烈的集中

摸不到

那体积最浓密聚合

亮蓝的海水

围裹着游泳人的苍白肉体

黑郁的森林

掩盖着黑熊的踪迹

她苦苦地

追寻、想象、等待

绝望

再绝望

一天发现

自己已经在它的体内

被包围、

抚爱、

消化、

吸收

她终于找到生命的燃点

当那看不见的鲸鱼

将她吞食、消化时

谭五昌：《心象组诗》（之一）一共有十三个诗节，诗人把十三个心灵片段组合成了一个立体化的心理景观。这不仅是一种生命幻象的表达，更多的是诗人对生命的哲理性感悟。我们现在逐节来解读一下。

先来看《"引子"》。这个"引子"描述的是一种心态。诗人坦白，"在昼夜交替的微光中/心象自我涌现"，也就是说她陷入了一种出神入化的状态。然后又说，"我捕捉到的/不是光滑的鱼身/是变幻不定的心态"，这里是诗眼，告诉读者她想表达的是一种心态、一种变幻不定的思想情绪。"'但，听，风的声音/不停的信息/在沉寂中形成/它来自夭折的年轻人/涌向你……'"，这些诗句表明诗人是在对青春进行怀想，暗示她在书写青春的经验，这也是"引子"的含义。

然后看《"门"》。我们生活在大地上，都要有归属感，而归属感一个很重要的组成部分就是"门"。那么，这"门"的作用是什么呢？

薛晨同学："门"可以守住自己的秘密和自己的世界，不受他人打扰。

谭五昌：门可以给我们营造一个独立、安全的空间，可以不受野兽、小偷、陌生人的骚扰，这是出于安全的需要。另外就是人类精神的需要，每个人都想要有个私人的空间。这里的"门"是一个比喻，只存在于想象中，只存在于"命运中"，所以诗中的"门"是命运的隐喻和象征。我们再看下面的诗句，"那要走进来的/被那要走出去的/挡住了"，这里写出了一种命运的对抗和错位，命运常给我们开残酷的玩笑。接着诗人写道："十年可以留不下一丝痕迹/一眼却可能意味着永恒"，这也是一种错位，很多两情相悦、一见钟情的生命中的知己就这么错过了，这也表现了命运的错位。所以，"没有一声'对不起'/说得比这更为惆怅"，表明叙述者与其生命中的知音是擦肩而过的，这是一种非常惆怅的情感话语。当然这种知音未必是恋人，也可能是人生的知己。"那扇门仍在那儿/但它不再存在/只有当人们/扭过头来回顾/才能看明白/那是一扇/通向神曲的门"，这就把命运的庄严感写出来了。"通向神曲"的意思可以理解成，你有可能通向地狱，也有可能通向天堂，诗人说出了命运的神秘莫测。

读了这一节诗，我们对"门"所具有的象征性有了深层的领悟。我们可以由具象的门，联想到无数扇抽象的代表我们命运的门。这个命运之门对我们的人生更具重要性。不知道大家对这节诗有什么感悟？

罗雪峰同学：我觉得就是说有些东西会进入你的生命，而有些东西会离开你的生命。这就是偶然给命运带来的一种遗憾。

鲁博林同学：我觉得也可能跟郑敏自身的经历有关。因为她之前在很长一段时间里远离了诗歌，这扇门可能象征她回归自我，找到自己最真实体验的那扇门。所谓通往神曲的门，毋宁说是通往诗歌的门，神曲本身就是一首伟大的诗。而她所谓"十年可以留不下一丝痕迹/一眼却可能意味着永恒"，也许意指她三十年创作空白时期可能一首诗都不会写，但一旦过了那个时期，她会一瞬间找到那种诗歌的感觉，那种永恒的生命。她还说，"这扇门不存在于人世/只存在于有些人的命运中"，就是说这扇门不是所有人都有，只在部分人的体验中。当然，也可以将它解释为命运之门，毕竟它会不会敞开，敞开多大，都是一种神秘的未知。

谭五昌：刚刚鲁博林做了一个补充，从郑敏的诗歌创作经历来说，也说得过去。结合她的历史境遇，她在很长一段时间里处于诗歌创作的停滞状态，所以说"十年可以留不下一丝痕迹"也说得通。总而言之，这里讲的是一种形而上的生命体验。

接下来我们来看《渴望：一只雄狮》，写得非常有意思。你们觉得，这只"雄狮"代表什么？

薛晨同学：因为诗人有过一段创作的空白期，所以我觉得"雄狮"可能象征着她创作的渴望，象征重新燃起的生命激情。

鲁博林同学：诗人的倒数第三句诗说，"开花样的活力回到我的体内"，我想这"雄狮"就是这"开花样的活力"的意象化。她写得已经很直白了，说"它听见时代在吼叫"，这说明她对于时代翻天覆地的变化在内心有一种共鸣。

谭五昌：我觉得鲁博林还是很敏锐的，他抓住了倒数第三句"开花样的活力回到我的体内"这个诗眼来解读，如果没有这句诗，解读可能就困难一些。实际上，这头"雄狮"代表一种意志，一种强健有力的生命意志，是诗人的另外一个自我，是她灵魂的化身。和她柔弱的女性外表不同，诗人的灵魂是渴望进取并且跟上时代步伐的。海子的诗歌里边也有许多自我的化身，他曾经在一首诗里写一只"老虎"漂过河流，这只"老虎"就是海子灵魂的化身。而本诗里的"雄狮"就是郑敏灵魂的化身。在这里，诗人用一种超现实主义的意象表现了她渴望进取的愿望，她要应和时代的召唤，充分实现自我的价值，让自己的生命融入时代。所以到了结尾的时候，诗人说："那狮子的金毛像日光/那象的吼声像鼓鸣/开花样的活力回到我的体内"。到这里，她已经重塑了自我，把一个封闭的灵魂改造成一个经得起时代风雨冲击并能响应时代召唤的强大主体形象。最后，她写道："那里，我去赴一个约会"。这显然是与时代约会，意味着诗人告别旧我，迎接新我。那个新我就是"雄狮"具有的象征性含义。

《"它"（记忆）》是对于记忆的再现。王力可，你来说一说对这一节是怎么看的。

王力可同学：我觉得作者的意思就是说记忆穿过一些现实的阻碍点亮了自己，是回忆中的东西对自己有所点醒。

谭五昌：这节诗可以从物质与意识的哲学关系去解读。诗人这样写道，"虽然太阳已经下山了/山峦的长长的肢体/舒展地卧下"，这可以理解成是对山脉的一种回忆。诗人又说，"穿过穿不透的铁甲"，比喻浓浓的夜色，非常形象生动。"它回到我的意识里/在那儿放出/只有我看得见的光"，这是一个非常空灵、自足的意念的世界。这个时候诗人脑子里边放出的光，已经不是客观世界、山峦所放出的光了，而是诗人主观意念中的山峦形象所放射的光芒，迷幻动人。

下面是《“那里”》。诗人描写的“那里”与我们的现实大相径庭，显然不是经验性的描述，而是对超验世界的想象。薛晨，你来谈一下你怎么理解“那里”。

薛晨同学：我觉得“那里”可能指向黑暗深处，象征着死亡，或者说是生与死的界限，两者激烈碰撞。

谭五昌："那里"显然是与日常生活经验对立的一个世界，更多的是黑暗。诗人如此言说，“那里/不要白昼的光/怕窗户会成了透明的/怕噪音会是/不受欢迎的客人”，可见，这是一个黑暗中的世界。一开始，诗人写道，“那里/大地发出痉挛”，你会感觉到这是一个痛苦的世界。接下来，“那里/新的生命开始了黎明”，说明这个世界虽给人痛苦，也给人希望。“那里/男人、女人深深扎根”，可以理解为那里是诗人想象中一个死亡的世界，或者是死亡与生命相互轮回的一个世界。“冬季和春季”的意象，可以代表死亡和生命，可以理解为一个临界点。“热的、甜的血液/沸腾在黑暗的深处”，这又可以理解为生命意志对于死亡的突围。所以，我觉得这节诗是诗人想象虚构出来的一个世界，与我们现实的世界是完全对立的。“那里”更像是地狱和天堂的一个交会点，诗人完全写出了一种另类的形而上的关于生命的想象。鲁博林，你是怎么看的呢？

鲁博林同学：我觉得诗人似乎一开始也不清楚“那里”到底是哪里，但是她通过各种各样的描述，指向了一个合力的总的方向，指向了生命的本源。因为所有生命的本源感觉都是在黑暗中的，比如她最后那一句，“热的、甜的血液/沸腾在黑暗的深处”，让人想起母亲的子宫。所有新生命的诞生，都是在充满着血液、体液的潮湿黑暗的环境中实现的，这也是非生命走向生命的一个开端。至于诗人为什么要指向“那里”，也许就是对本源的生命力的一种讴歌和信仰吧。

谭五昌：看来，诗无达诂啊。总的来说，诗人用出色的想象把一种独特的生命体验呈现出来了，哲理意味比较浓厚，书写了一种心灵的幻象，为读者提供了一种诗性的经验，可以让大家感受到不同的生命境界。

再来看《“我们站在”》。诗人在诗中指出，“我们站在/无限的时间中/无限的空间中”，可见诗人已经对人所处的位置做了一番哲学的思考，这节诗的整体思想基调已被奠定。接下来，诗人写道，“时空，这/黑郁的树林/站在/但丁和彼亚特立丝中间／当他们相遇在桥头"，由此可知，每个人都是一个时空，"黑郁的树林"又将时空具象化了。然后，诗人又把时空的观念变成一种生命的体验。本来时空是一种客观的事物，而现在诗人把它主观化了，变成了个人化的生命体验。例如，"夜鸟"在诗中就是诗人生命体验的具象化。这个鸟的叫声，"触摸到／无力、低垂的叶子／描绘下夜的踪迹"，把空间和时间的感觉具体地表现出来了，也让时空紧密地纠结在一起。

诗人声称"我们看不见什么／但意识着它的存在"，凸显了空间事物的神秘性。"丰收的歌栖息在／黑郁的树林上／美丽的养育者的乳房"，点明了意识与时空的关系。意识非常强大，可以笼罩一切，可以把所有的事物都涵盖在意识的外延里边。所以到了结尾的时候，诗人指出，"寂静填满着空虚"，这凸显了时空的广大无边。在诗中，"无声的国土"是个空间概念，这些空间概念都能被主观意识笼罩。而"生命的汇流"就是意识的表现，如果没有这个汇流，意识就无法涌动。意识可以把你、我、宇宙都笼在里边。

这节诗首先描绘了人的时空特性，然后展示了人主观世界的浩瀚无边，人的主观意识可以把整个宇宙都包括进来。其他同学有什么看法呢？

罗雪峰同学：我主要感受到了这节诗的美感。我们作为孤立的人类，本来就是时空的某个交点，而广大的时空作为"美丽的养育者的乳房"，本身也是诞生一切东西的子宫。这节诗前面主要讲我们怎样去感受无边的外界的东西，而后面则在讲外界的东西怎样通过意识进入我们的体内。

王力可同学：我对最后一句的人称转换比较有感觉。诗人似乎在寻找一种生命的形象，在无限的时空中，将客体转换成了一种实像。

谭五昌：王力可提醒我们要注意作品的人称运用，这节诗从头到尾的人称转换是个关键。你看诗人开头说，"我们"怎样，后来出现了"我的体内"这种第一人称单数的表达，再后来又变成"我们"。人称转换给我们带来的是两种感受，一个比较理性，一个比较感性。这种丰富的表达方式展示了诗人对人的生命意识的主观包容性。

《"雷雨与夜"》这首短诗中好像没有什么很深奥的东西。"雷雨与夜"其实也就是"雷雨之夜"，是一种热烈的生命体验。"窗下的月季丛／在湿淋中追悼一双／颤抖的慈爱的手"，为什么是"月季"？"月季"代表什么？我们坐实的理解是，这代表诗人对死去的亲人、前辈的一种思念，要不怎么会有"颤抖的慈爱的手"呢？所以这几句诗表达了诗人在雷雨之夜对死去的亲友的一种怀念，感情很强烈，跟雷雨不平静的状态相对应。"回忆的眼睛"是一种比喻的说法，从"云层之上那无所阻拦的/蓝色的道路"，可以看出作者对激烈的感情进行了一种升华，由原来的热烈转向如今的平静。诗人将生命的经历和情感历程提升到了某种宁谧的高度，接近于虚无，所以有"蓝色的道路"的意象呈现。无论是亲人之爱，还是对过去的回忆，诗人都将其提升到平静的永恒的状态，正如我们认为最好的感情状态是宁静肃穆，而不是狂热，哲学型诗人郑敏更是如此认为。诗的结尾说，"夜之外不是黑暗"，潜台词就是光明，暗示诗人得到了宁静，将热烈奔放的感情转向平和高远，实际上这就是一种升华，也展现了诗人的心路历程与情感历程。

《"云"》表现了云的威力以及和海浪之间的搏斗。"充满了急躁与爱情"，表明"云"代表着爱情，"云"和"海"的搏斗则是爱与恨的较量，这个意思在结尾也显示出来了，"生命的创造始于搏斗/在爱与恨之间/白云与乌云之间"，在此，"白云"代表爱，"乌云"代表恨。没有搏斗就没有生命，也没有爱情。所谓的爱情，永远是两种感情的较量，爱如果没有恨，那就不是真正的爱。结尾处，"睡眼蒙眬的'和谐'/是他们的儿子"，暗示所谓的和谐，也是在搏斗中产生的。这表达出了郑敏先生对情感本质的一个理解，也使得诗作具有一种童话般的色彩。

我们接下来看《"那个字"》。那个字是哪个字？有没有同学有要说的？

罗雪峰同学：我觉得那个字是"死"，因为死与爱是相伴相生的。

鲁博林同学：我觉得那个字恰好是"爱"，而不是"死"。先说一下诗里边的两个典故，一个是"G弦上的旋律"，是指巴赫的名曲《G弦上的咏叹调》，它可能是很安详接近永恒的东西。然后，"古瓶上的新娘"是指济慈写的《希腊古瓶颂》，写的是一个男人追求女人，在尚未开口那一永恒的凝固的瞬间，传达的主题就是"爱"。因为爱一旦达成，一旦说出，就必将趋于死亡，只因一切有生命的事物都是有尽头的，所以不如像诗人在最后表达的那样，"请不要说出那个字"，否则永恒就趋于沉寂和消亡。因此，那个字应该是"爱"。

谭五昌：我调和一下你们两个人的说法。不错，从这首诗的语境当中，我认为那个字主要是"死"。诗里边写了死与爱的关系，"我看不见他的眼睛/和他的五官"，这暗示着爱人已经逝去，因为再也看不见，所以更加怀念。"我是如此的困倦/当我日渐接近那个地方"，这是对死亡的一种描述，表现出诗人对死的向往，而对死的向往就是对爱的向往。如何表达一种强烈的爱的激情？就是用死亡冲动来表达，你对爱的向往越强烈，对死的向往也越强烈。所以里尔克说过，在爱与死当中，死是爱的一个无与伦比的强度。什么意思呢？爱与死有非此即彼的关系。当你非常爱一个人，你对死亡的憧憬有多强烈，那么你的爱就有多强烈。所以爱与死的关系是一个哲学的命题。诗人用她对死的隐秘的向往，表达她内心爱的强烈。就像那古瓶上的新娘，死亡是永恒的，爱是永恒的，因为死亡之后一切都将沉寂。诗的思路还是很清晰的，诗人用清晰而准确的意象表达了对死与爱的强烈追求。

接下来再看《理想的完美不曾存在》。这节诗运用了矛盾修辞，"目光冷酷而灼热/手指无情而温柔"，这不正是爱的矛盾状态吗？作者仿佛有两个自我，一个比较含蓄，另一个比较热烈。把生活中矛盾的状况组合起来，这也解释了事物的两面性，具有辩证色彩，使得本节诗的理念化、思想化痕迹比较鲜明，因此在艺术上的水准反而没有那么高。

我们接着讲《小精灵》，王力可，你来简单解读一下。

王力可同学：我觉得这节诗写得比较可爱，很有灵性，让人内心充满美好向往和期待。

谭五昌：这节诗写得小巧灵动，玲珑剔透。诗人写的小精灵，是一种我们不了解的事物。但是反过来，她说"她们要了解我们"，我们是不是不应该拒绝她们对我们的了解？日常生活中有很多我们不甚了解的小事物，我们可能拒绝去了解，但恰恰是这些小精灵的存在，丰富了我们这个世界。这些神秘的小精灵，是我们的意识难以把握的潜意识世界，反衬了我们精神世界的贫乏。所以诗的最后一句话点题了，"将你的丰富显示成贫穷/你的贫穷点化成丰富"，物质世界相对而言显得贫乏，而精神世界却因为接纳了许多神秘的事物而具有无限丰富的完整性。

接下来《无声的话》，主要意思是讲世界上有很多事物不能用肉眼、耳朵等去感受，而要用心去触摸。所以诗人认识到，如果我们能抛开理性和常规，用另一种方式去感受这个世界，也许会感受到更多神秘的讯息，就像我们有时能够听到无声的话语。正如诗节最后几句所写的，"他们转过身来/听着树叶的信息/感谢自己是聋子"，说明有时候你的缺陷与不足反而可能成为你的优势。我觉得它和《小精灵》是一脉相承的，有同构性，立意非常接近。

最后我们来看《看不见的鲸鱼》。大家有什么感受？

鲁博林同学：我觉得"鲸鱼"是诗人的一个哲学概念。诗人在这里把它具象化了，象征一种巨大的、无穷无尽的存在。这里再次出现了之前出现过的一个词"黑郁"，它是对蓬勃生命力的形容，我之前就觉得它指无限的时间和空间，就是如"美丽的哺育者的乳房"一样孕育生命的本体。那么这里，是不是同样的所指换了一个形象出现，成为硕大的、看不见的鲸鱼了呢？它无比庞大，包含了一切，也是诗人在经历了漫长的生命体验后渴望回归生命本源的愿望。

谭五昌：这个"鲸鱼"是不是可以作为一种伟大力量的外化，将主人公个体的生命包裹，个体的挣扎在这股强大的意志面前是完全无力的？我觉得这样理解也是可以的。当诗人说出"看不见的鲸鱼"，说明这个"鲸鱼"不是真的，而是象征体。诗人个体意志的爆发和宇宙间这样一种强大的意志的包容，存在着神秘的对应关系。我觉得它表达了诗人郑敏一种强烈的个人生命体验和对宇宙本体的哲学性感悟。郑敏的诗，情感的浓度和思想的密度都很大，解读起来有一定难度。但是这样一种探索是很有价值的，我觉得整体上我们还是把这组诗的丰富内涵解读出来了。郑敏先生通过《心象组诗》（之一）所展示的十三个不同的心理片段，表达她与众不同的哲学感悟和思想发现，这绝对是20世纪80年代中国诗坛一道独特的风景。至今还没有一篇透彻的解读文章，那么我们今天一起尝试着对这首诗进行了系统的解读，至少对我本人来说，是一次很有意义的审美体验。

下面，我们来看郑敏的一首哲思诗《我从来没有见过你》。请薛晨同学朗诵一遍。

我从来没有见过你

我从来没有见过你
因此你神秘无边
你的美无穷
只像一缕幽香
渗透我的肺腑

当我散步在无人的花园里
你的无声的振波
像湖水传给我消息
我静静聆听那说给我的话
仍然，我没有看见你
也许在蔷薇篱外的影子

不要求你留下
但你要一次次地显灵
让我感到你的存在
人们能从我沐着夕阳的脸上
知道我又遇到了你
听见你的呼吸

虽然我们从未相见
我知道有一刹那
一种奇异的存在在我身边
我们的聚会是无声的缄默
然而山也不够巍峨
海也不够盈溢

谭五昌：薛晨你对这首诗有什么理解？这个"你"代表什么？

薛晨同学：我觉得"你"指的是灵感，或者是爱情。

谭五昌：可以理解为灵感。郑敏的诗歌中有很多神秘主义的元素，一个哲学型诗人会有意无意地走向神秘的境界。我觉得在这首诗里边，"你"就是神秘的事物，至少是一种神秘的体验，是我们想象中一个神秘的"知音"。当然，如果我们把诗中的"你"理解为爱情也可以，这样一个具有乌托邦色彩的精神的恋人，也是极富神秘感的。甚至把诗中的"你"看作一个神灵也行。总之，这个"你"是一个神秘性的存在物，可以与诗人进行令人欣悦的灵魂的对话。所以在诗的结尾，诗人说"一种奇异的存在在我身边"，似乎永远也难以揭开神秘面纱。"然而山也不够巍峨/海也不够盈溢"，似乎又暗示这是一个广大无边的神性形象，对诗人的心灵体验来说，它具有重要的价值与意义。

接下来，我们来看这一首《古尸》，它直接表达了诗人对死亡现象的思考乃至赞美。这首诗最能体现出郑敏诗人哲学家的形象。薛晨，你来读一下。

古 尸

一

在你棕黄色的沉默里

有青春的笑声像银铃，

在你的棕黄色的枯干里

有青春的玫瑰含着朝露

我应当相信这面前的你，

还是那曾经生存过的你？

我们之中有谁能抛弃

这两个自己之一？

葡萄在枝上虽然美丽，

却不能像晒干的果实

能抵抗时间的腐蚀

白雪的皮肤，流星的双眸，记忆
长存，而那血液、皮脂，
又怎能媲美于这纯净了的真实。

二

洪水曾将地下的岩洞冲穿，
你的岩洞莫非是为了你的清泉
在其中反映远古的风光，
两千年前的离合悲欢。

呵，它曾经半闭也还流露星光，
还有那鲜红、温柔的嘴唇，
曾经吻过、笑过、微嗔过，
那隆鼻一座青山样端庄

如今都被火焰山的烈日
烘干，古铜色的皮囊，
美人和丑女还原了，也都成

一具具干瘪的古尸
你才是不凋谢的花瓣，土地曾让
书本把你的青春压成枯黄的叶片，长存。

　　谭五昌：这首诗写于1981年春，是郑敏参观古尸展览之后有感而发的。
我觉得一个诗人是否涉及死亡主题，是其诗歌写作是否具有深度的重要标准之
一。一个有哲学修养的诗人，应该说是特别擅长对死亡进行思考的。大家看诗
里面，诗人用了许多美丽的词来对美女进行描写，然后与尸体进行对比。整首

098

诗是对比的结构，生与死，美与丑，短暂与永恒。大家来看一下诗人的比喻，"葡萄在枝上虽然美丽/却不能像晒干的果实/能抵抗时间的腐蚀"，这是在赞美死亡的恒久性，相对于生命的稍纵即逝，死亡在理论上具有永垂不朽的魅力。当然，诗人虽然在理智上赞美死亡，但对青春和美的脆弱性，还是有些悲悯的，相当于一种内在的裂痕吧。大家是怎么看的呢？

鲁博林同学：与其说这首诗是写死亡，不如说是写作者自己的哲学观，"古尸"在这里是一种永恒的象征物。德国哲学尤其重视一种超验的、超越于尘世之上的永恒的东西，郑敏受到里尔克以及相应的德国美学、哲学的影响，也许仅仅是借了"古尸"这样一个意象或概念来阐释自己的哲学框架，是一种更高级的象征。

谭五昌：鲁博林同学这个解读也是成立的。但这首诗肯定是与死亡相关的，不能脱离死亡去谈永恒。当然，在哲学的意义上，这句话说得对：死亡是生命的真理。一切如花美貌都是变动不居的，只有死亡至高无上，不可撼动。如果生是相对真理，那么死就是绝对真理。不过在感情上，诗人对如花美貌还是抱着同情之心的。作者用舒缓从容的语言，表达了一种智性观念。为什么是智性观念？因为诗人本人拥有思想的智慧，能够发现死亡的真理，所以作品的语调节奏能够从容不迫。不像青春写作的作品往往追求一种情感的节奏，郑敏的诗歌文本总是富有理性的节奏。

下面我给大家讲一下《如有你在我身边——诗呵，我又找到了你》，郑敏先生的这首诗有转型的意味。在长达三十年的创作空白期，她的诗歌创作备受压抑，一度被埋入地下。而这首诗作于1979年，正是改革开放的年代，写作的环境变得宽松，诗人的才华得以再度迸发。她感谢诗神给她带来了灵感，让她重新找到了人生的价值。大家可以从中感受到诗人的狂喜，以及诗人表达狂喜的独特方式。薛晨，你来读一下吧。

如有你在我身边
　　——诗呵，我又找到了你

Bist Du bei mir，Geh'ich mit Freuden······

绿了，绿了，柳丝在颤抖，

是早春透明的薄翅，掠过枝头。

为什么人们看不见她，

这轻盈的精灵，你在哪儿？哪儿？

"在这儿，就在你心头。"她轻声回答。

呵，我不是埋葬了你?！诗，当秋风萧瑟，

草枯了，叶落了，我的笔被摧折，

我把你抱到荒野，山坡，

那里我把我心爱的人埋葬，

回头，抹泪，我只看见野狗的饥饿。

他们在你的坟头上堆上垃圾，发霉，恶臭，

日晒雨淋，但大地把你拥抱，消化，吸收。

一阵狂风吹散冬云，春雨绵绵，

绿了，绿了，柳丝在颤抖，

是早春透明的薄翅掠过枝头。

我的四肢被春寒浸透，踏着细雨茫茫，

穿过田野，来到她的墓旁，

忽然一声轻软，这样温柔，

呵，你在哪里？哪里？我四处张望，

"就在这里，亲爱的，你的心头。"

从垃圾堆、从废墟、从黑色的沃土里，

苏醒了，从沉睡中醒来，春天把你唤起，

轻叹着，我的爱人，伸着懒腰，打着呵欠，

葬礼留下的悲痛，像冰川的遗迹，

冰雪消融，云雀欢唱，它沉入人们的记忆。

呵，我又找到了你，我的爱人，泪珠满面，

当我飞奔向前，把你拥抱，只见轻烟，

一缕，袅袅上升，顷刻消失在晴空。

什么?！什么?！你……我再也看不见，

你多智的眼睛，欢乐在顷刻间，

化成悲痛，难道我们不能团聚？

哀乐，再奏起吧，人们来哭泣。

但是地上的草儿轻声问道：

难道她不在这里？不在春天的绿色里？

柳丝的淡绿，苍松的翠绿……

我吻着你坟头的泥土，充满了欢喜。

让我的心变绿吧，我又找到了你，

哪里有绿色的春天，

哪儿就有你，

就在我的心里，你永远在我心里。

Bist Du bei mir，Geh'ich mit Freuden……

如有你在我身边，我将幸福地前去……

谭五昌：这首诗并不具有哲学上的深度，比较容易解读。哪个同学来谈谈感受？

褚云侠同学：我觉得这首诗就是写诗人在失去了诗歌，然后又找到诗歌这样一种失而复得的欣喜之感。

鲁博林同学：我也感觉诗歌传达出了"收复失地"的狂喜感。这首诗中没有什么哲思，主要还是一种情感的传达，当然手法上有一些比较固化的象征，意义也比较明确。

谭五昌：这首诗主要还是一种情感的表达，诗人运用了童话般的想象力，呈现了诗歌灵感失而复得的一个过程。多年前的一个春天，诗人失去了写诗的权利，也失去了写诗的灵感。诗中的"野狗"暗喻摧残诗歌的刽子手，而"精灵"则是诗歌的象征，或诗歌灵感的象征。这首诗整体上形象生动，情绪深沉饱满，想象丰富，如童话一般，虽然是对痛苦往事的书写，情感基调悲苦，却充满了热烈的情感和鲜活的联想。作品中的情感具有转折性，先是冷色调，后又变成暖色，使整首诗冷暖交加。另外，作品中诗人与诗神的想象性对话也具有戏剧性，是一个自我与另一个自我的对话。"葬礼留下的悲痛，像冰川的遗迹/冰雪消融，云雀欢唱，它沉入人们的记忆。"既有历史痛苦的陈迹，也有诗歌新生的喜悦，所以是悲喜交集。"当我飞奔向前，把你拥抱，只见轻烟/一缕，袅袅上升，顷刻消失在晴空。"这些诗句则充满戏剧性，诗人担心再次失去诗神，情绪又从喜到悲，充满了感染力。当然，最后诗人把情感定位到喜悦，因为，"哪里有绿色的春天/哪儿就有你/就在我的心里，你永远在我心里"。诗人再次表达她与诗神拥抱的欢喜，并给自己最终的慰藉。整首诗充满了情感的奔突色彩，以此象征诗人诗歌创作生涯的起起伏伏，对郑敏来说有展示个人心灵史与写作史的特殊意义。

最后，我们来讲讲郑敏的一首长诗《诗人与死》。这首诗写于20世纪90年代初，是为当时"九叶派"刚过世的诗人唐祈而写的。唐祈的命运在"九叶派"诗人里边可以说是最悲惨的，他本人一直不被重视，命途多舛，晚年在不得志的状态下郁郁而终。请大家分节来读一下这首诗。

诗人与死

一

是谁，是谁
是谁的有力的手指
折断这冬日的水仙
让白色的汁液溢出

翠绿的，葱白的茎条？

是谁，是谁

是谁的有力的拳头

把这典雅的古瓶砸碎

让生命的汁液

喷出他的胸膛

水仙枯萎

新娘幻灭

是那创造生命的手掌

又将没有唱完的歌索回

二

没有唱出的歌

没有做完的梦

在云端向我俯窥

候鸟样飞向迷茫

这里洪荒正在开始

却没有恐龙的气概

历史在纷忙中走失

春天不会轻易到来

带走吧你没有唱出的音符

带走吧你没有画完的梦境

天的那边，地的那面

已经有长长的从伍

带着早已洗净的真情
把我们的故事续编

三
严冬在嘲笑我们的悲痛
血腥的风要吞食我们的希望
死者长已矣，生者的脚跟
试探着道路的漫长

伊卡拉斯们乘风而去
母亲们回忆中的苦笑
是固体的泪水在云层中凝聚
从摇篮的无邪到梦中惊叫

没有蜜糖离得开蜂刺
你衰老、孤独、飘摇
正像你那夜半的灯光

你的笔没有写完苦涩的字
伴着你的是沙漠的狂飙
黄沙淹没了早春的门窗

四
那双疑虑的眼睛
看着云团后面的夕阳
满怀着幻想和天真
不情愿地被死亡蒙上

那双疑虑的眼睛

总不愿承认黑暗

即使曾穿过死亡的黑影

把怀中难友的尸体陪伴

不知为什么总不肯

从云端走下

承认生活的残酷

不知为什么总不肯

承认幻想的虚假

生活的无法宽恕

五

我宁愿那是一阵暴雨和雷鸣

在世人都惊呼哭泣时

将这片叶子卷走、撕裂、飞扬入冥冥

而不是这冷漠的误会和过失

让一片仍装满生意的绿叶

被无意中顺手摘下丢进

路边的乱草水沟而消灭

无踪，甚至连水鸟也没有颤惊

命运的荒诞作弄

选中了这一片热情

写下它残酷的幽默

冬树的黑网在雨雪中

迷惘、冷漠、沉静

对春天信仰、虔诚而盲目

六

打开你的幻想吧，朋友
那边如浩瀚的大海迷茫
你脱去褪色的衣服，变皱
的皮肤，浸入深蓝色的死亡

这里不值得你依恋，忙碌嘈杂
伸向你的手只想将你推搡
眼睛中的愤怒无法喷发
紧闭的嘴唇，春天也忘记歌唱

狭窄、狭窄的天地
我们在瞎眼的甬道里
踱来踱去，打不开囚窗

黄昏的鸟儿飞回树林去歇栖
等待着的心灵垂下双翼
催眠从天空洒下死亡的月光

七

右手轻抚左手
异样的感觉，叫作寂寞
有一位诗人挣扎地看守
他心灵的花园在春天的卷末

时间卷去画幅步步逼近
只剩下右手轻抚左手
一切都突然消失、死寂
生命的退潮不听你的挽留

像风一样旋转为了扫些落叶

却被冬天嘲讽讥笑

那追在身后的咒骂

如今仍在尸体上紧贴

据说不是仇恨，没有吼叫

漂亮的回答：只是工作太忙

八

冬天是欣赏枯树的季节

它们用墨笔将蔚蓝切成块块

再多的几何图也不能肢解

那伟大的蓝色只为了艺术的欢快

美妙的碎裂，无数的枝梢

你毕生在体会生命的震撼

你的身影曾在尸堆中晃摇

歌手的死亡拧断你的哀叹

最终的沉默又一次的断裂

从你脆了的黑枝梢

那伟大的蓝色将你压倒

它的浪花是生命纷纷的落叶

在你消失的生命身后只有海潮

你在蓝色的拥抱中向虚无奔跑

九

从我们脚下涌起的不是黄土

是万顷潋滟的碧绿

海水殷勤地洗净珊瑚

它那雪白的骸骨无忧无虑

你的第六十九个冬天已经过去

你在耐心地等待一场电火

来把你毕生思考着的最终诗句

在你的洁白的骸骨上铭刻

不管天边再出现什么翻滚的乌云

它们也无能伤害你

你已经带走所有肉体的脆弱

盛开的火焰将用舞蹈把你吸吮

一切美丽的瓷器

因此留下那不谢的奇异花朵

十

我们都是火烈鸟

终生踩着赤色的火焰

穿过地狱，烧断了天桥

没有发出失去身份的呻吟

然而我们羡慕火烈鸟

在草丛中找到甘甜的清水

在草丛上有无边的天空邈邈

它们会突然起飞，鲜红的细脚后垂

狂想的懒熊也曾在梦中

起飞

翻身

却像一个蹩脚的杂技英雄

殒坠

无声

十一

冬天已经过去，幸福真的不远吗

你的死结束了你的第六十九个冬天

疯狂的雪莱曾妄想西风把

残酷的现实赶走，吹远

在冬天之后仍然是冬天，仍然

是冬天，无穷尽的冬天

今早你这样使我相信，纠缠

不清的索债人，每天在我的门前

我们焚烧了你的残余

然而那还远远不足

几千年的债务

倾家荡产，也许

还要烧去你的诗束

填满贪婪的焚尸炉

十二

没有奥菲亚斯拿着他的弦琴

去那里寻找你

他以为应当是你用你的诗情
来这里找他呢

你的白天是这里的黑夜
你的痛苦在那里消失得
无影无踪，树叶
幸福地轻语，夜莺不需要藏躲

你不再睁开眼睛
却看到从来不曾看到
的神奇光景

情人的口袋不装爱情
法官的小槌被盗
因此无限期延迟开庭

十三

在这奥菲亚斯走过的地道
你拿到这第十三首诗，你
痛苦而愤怒，憎恨这朕兆
意味着通行的不祥痕迹

然而这实在是通行证的底片
若将它对准阳光
黑的是你的睑庞
你的头发透明通亮

你茫然考虑是不是这里的一切
和世间颠倒

你的行囊要重新过秤

然而鬼们告诉你不要自欺
现在你正将颠倒的再颠倒
世间从未认真地给你过秤

十四

你走过那山阴小道
忽然来到一片林地
世界立即成了被黑洞
吸收的一颗沙砾

掌管天秤的女神曾
向你出示新的图表
天文数的计量词
令你惊愕地抛弃狭小

人间原来只是一条鸡肠
绕绕曲曲臭臭烘烘
塞满泥沙和掠来的不消化

只有在你被完全逐出鸡场
来到洗净污染的遗忘湖
才能走近天体的耀眼光华

十五

那为你哭泣的人们应当
哭泣他们自己，那为你的死
愤怒的人们不能责怪上帝

死亡跟在身后，一个鬼祟的影子

你有许多未了的心愿像蚕丝
如果能织成一片晴空……
但黑云不会放过你的默想
雷爆从天空驰下击中

你的理想只是飘摇的蛛网
几千年没有人织成
几千年的一场美梦

只有走出祭坛的广场
离开雅典和埃及的古城
别忘记带着你的夜行时的马灯

十六

五月，肌肤告诉我太阳的存在
很温存，还没有开始暴虐
我闭上眼睛，假装不知道谁在主宰
拖延，是所有这儿的大脑的策略
尸骨正在感觉生的潮气
离开火葬场已经两个月
污染的大气甚至不放弃
那从炉中拾回的残缺

也许应当一次又一次地洗涤
用火焰
用焚烧

这里没有檀木建成的葬堆

也没有洒上玫瑰、月季、兰花的娇艳

只有沉默的送葬者洒上乌云般的困恼

十七

眼睛是冻冰的荷塘

流水已经枯干，你的第六十九个冬天

站在死亡的边卡送走死亡

天边有驼队向无人熟悉的国度迁移

欢乐的葡萄不会急着追问下场

香醇的红酒也忘记了根由

一个个音符才联成合唱

也许是愤怒，也许是温柔

整体不过是碎片的组成

碎片改组，又产生新的整体

短视的匠人以为到了终极

围上眼睛，任肢体在大地横陈

蚕与蛹，毛虫和蝴蝶的交替

洒在湖山上，像雨的是这个"自己"

十八

他们用时间的极光刀

在我们的身体上切割

白色的脑纹是抹不掉

的录像带，我们的录音盒

被击碎，逃出刺耳的歌
疯狂的诗人捧着淤血的心
去见上帝或者魔鬼
反正他们都是球星
将一颗心踢给中锋
用它来射门
好记上那致命的一分

欢呼像野外的风
穿过血滴飞奔
诗人的心入网，那是坟

十九

当古老化装成新生
遮盖着头上的天空
依恋着丑恶的老皮层层
畏惧新生的痛苦

今天，抽去空气的气球
老皮紧紧贴在我的身上
它昔日的生命已经偷偷逃走
永生的它是我的痛苦的死亡

将我尚未闭上的眼睛
投射向远方
那里有北极光的瑰丽

诗人，你的最后沉寂
像无声的极光
比我们更自由地嬉戏。

谭五昌：解读这首诗肯定是有难度的，因为思想密度很大，但是它大概的主题方向，它所传达的精神气质，还是可以比较清晰地感知和把握的。这首诗是郑敏为她的一个诗友而写的，围绕死亡话题展开。那么诗人想传达出什么样的信息？

王力可同学：诗人在追忆自己的一个朋友，一个身份和自己相似的人死亡的时候，诗人有的不仅是悲伤的情绪，也在追问人生，质疑现实……在丰富的诗歌层次背后，诗人必然经历了痛苦的思索，她也在质疑这个时代，质疑许多他们追求的东西。但是她在跟自己的思想进行反复斗争之后，最后似乎还是回归于一种宁静的心境了。

谭五昌：按照题目本义，作者要剖析的是诗人与死亡之间的关系，在作品中，作者将诗人唐祈之死的主要原因归结为其在现实中的郁郁不得志，遭遇冷漠，所以郑敏在诗中说，"你的死结束了你的第六十九个冬天"。对唐祈这样一个理想主义的诗人来说，现实无疑是十分残酷的，诗人活着的时候，一直过得十分不如意，他的理想主义遭到了现实致命的打击与压抑。因而，郑敏痛心地写道："我们焚烧了你的残余/然而那还远远不足/几千年的债务/倾家荡产，也许/还要烧去你的诗束/填满贪婪的焚尸炉"。这个"焚尸炉"其实就是无情现实的隐喻。可见，唐祈的遭遇引发了郑敏对现实生活的忧虑，对理想和现实之间巨大反差的思考，以及对诗人命运的深沉思考。通过这首诗，我们也可以感受到诗人唐祈对理想不懈的、坚定的、孩子般的追求和对残酷现实的忍受情状。在现实生活中，大多数诗人也只有忍受这种残酷的命运。在这首诗里，郑敏对唐祈是抱着深切的同情和深深的理解的，她对唐祈的理想情怀加以肯定，对现实加以鞭挞和批判，她说："世间从未认真地给你过秤"。再看这一段诗句："白色的脑纹是抹不掉/的录像带，我们的录音盒/被击碎，逃出刺耳的歌/疯狂的诗人捧着淤血的心/去见上帝或者魔鬼"。这里，作者就把诗人纯真的心灵，以及理想与现实无情对立的关系形象地表现了出来。即使到了死亡的一刻，诗人也没有得到应得的评价，一样不被理解。"将一颗心踢给中锋/用它来射门/好记上那致命的一分"，血淋淋的想象与场景描写令人难忘，让我们真切感受到，即使是诗人的一颗赤子之心，也不过是被人利用，或遭遇冷漠，而诗人的理想和追求则难以实现。

这不仅写出了唐祈一个人的悲剧，也写出了所有诗人的悲剧，这首诗的思想意义由此而得以充分彰显。

另外，郑敏在诗的开头如此写道："是谁，是谁/是谁的有力的手指/折断这冬日的水仙/让白色的汁液溢出"。在此，"手指"自然是指代死神或死亡，"水仙"则象征诗人的生命。为什么用"水仙"这个意象？"水仙"在此喻指诗人纯洁的生命状态——作品的主人公唐祈情怀高洁但是贫困缠身，处境落魄。"带走吧你没有唱出的音符/带走吧你没有画完的梦境"，郑敏用形象的语言与反复咏叹的手法告诉读者，诗人的好多梦想好多愿望还没有实现，其生命就被死神带走了，令人叹惋。

经过作品前半段较为浓烈的情感倾泻之后，到了作品后半段，作为哲理型诗人形象的郑敏出场了，理性思考的因素与比例逐渐加重。作者将死亡与新生联系起来，由唐祈的死联想到自己的衰老，"抽去空气的气球/老皮紧紧贴在我的身上"。作者不但想到自己也要死亡，甚至能看见自己生命死亡的情景，"将我尚未闭上的眼睛/投射向远方/那里有北极光的瑰丽"，可见，诗人甚至对死亡怀有美丽的向往之心，像向往瑰丽的北极光一样。这一下子就把死亡现象进行了诗意的提升、哲理的提升，而整首诗的精神与艺术境界也因此达到了一个高度。诗人的情感没有停留在控诉与愤怒的阶段，而是转向了与死亡的直接面对，以形而上的哲思方式对死亡进行了精神的与审美的超越，让这首死亡之诗散发出独特的魅力。总之，这首长诗主题重大，思想深刻，意象鲜活，语调与节奏的把握精妙而极具艺术功力，在郑敏的诗歌创作中占有重要的位置。

第四讲　芒克诗歌解读

时间：2012年5月4日

地点：北师大七教405教室

主讲教师：谭五昌

听众：北师大2011级中国当代文学专业研究生

谭五昌：从某种角度而言，芒克是一位长期被忽略的诗人。比如说，许多大学生知道北岛，但并不怎么知道芒克，至少对芒克有些陌生。其实，芒克这位诗人非常有传奇色彩。芒克生于20世纪50年代初，成长于北京，文化程度不高。在诗歌界，他与北岛结下了深厚的友谊，甚至"芒克"这个名字也是北岛给取的。芒克原名姜世伟，1969年从北京去河北白洋淀插队，在那里开始写诗，很快就在圈子里有了些名气。当时，赵振开，也就是北岛，一个找不到写作方向的文学青年，也经常去白洋淀，寻找诗歌写作方面的知音，二人因为诗歌开始交往，成为朋友，关系逐渐亲密，就互取笔名。因为姜世伟长得比较瘦，有点像猴子，根据"monkey"的英语发音，赵振开为姜世伟取笔名为"芒克"；而姜世伟为赵振开取笔名为"北岛"。芒克与北岛当时约定每年交换一本手抄诗集，好好切磋一下，这已是诗坛佳话了。芒克在中国当代诗歌史上留下的浓墨重彩的一笔，是他与北岛在1978年合办了一本民间的文学刊物，取名为《今天》。《今天》这个名字非常有当代性，表明这一代青年与以郭小川、贺敬之为代表的上一代政治抒情诗人在艺术上彻底划清了界线。《今天》这本文学杂志不仅在当代诗歌史上有重要价值，在整个当代文学史上也有重大意义。它不仅刊发诗歌，也刊发小说，例如北岛的《波动》、礼平的《晚霞消失的时候》等在文学史上留下了痕迹的小说作品。虽然《今天》只延续了两年，但它却在中国当代诗歌史上留下了传奇的一笔——这本在夹缝中生存的刊物，搭建了一个让中国当代诗歌与西方诗歌平等对话与交流的平台。当时，北岛虽然是《今天》的主编，但离不开芒克的大力支持。可以说，芒克在《今天》的创办中，在早期朦胧诗的运动中，是非常重要的一个人物，他的历史贡献也不应该被湮没。而当代文学史、当代诗歌史对于芒克在新诗潮中的作用似乎也没有给予足够的重视，我们应该给他一个历史的还原。

我们常把芒克定位于"白洋淀"诗群的代表性诗人。在"白洋淀"诗群中，还有一位重要的很有天赋的诗人——根子，他在20世纪70年代初写了一首非常著名的、具有现代派色彩的诗歌，叫作《三月与末日》。"三月"在这位青年诗人的笔下是一个荡妇，一个燃着绿色火焰的荡妇形象，在当时的语境中是非常让人震撼的。根子现代诗的写作方式对芒克、多多都产生了强烈的刺激和重要的启蒙作用。芒克曾表示对根子的诗歌极为赞赏，并描述了自己当初读到根子《三月与末日》时那种醍醐灌顶般的狂喜感受。我个人认为，芒克在读了根子的《三月与末日》之后，他现代诗创作的意识被激发了，这首诗也启蒙了他现代诗的写作方向。芒克的诗歌从浪漫主义的风格慢慢转变到现代主义的面貌，与诗人之间的相互启发与启蒙是分不开的。同时，芒克在北京这个文化中心，读到了当时很多人无法读到的"黄皮书"，享受到阅读与欣赏西方现代派文学艺术作品的特权，最早接受了西方现代主义思潮的启蒙。

芒克不仅仅是"白洋淀"诗群的代表性诗人，也可以算作朦胧诗即新诗潮的重要成员之一。虽然芒克到现在仍不承认自己是朦胧诗诗人，一直强调他是"今天派"诗人，但其实朦胧诗的诗人大体上也就是"今天派"这些人。诗歌史的叙述有非常吊诡的时候，芒克与北岛是同时代人，并且两人并肩作战，"今天派"的主将北岛被认为是朦胧诗代表诗人，而芒克却似乎与朦胧诗没什么关系。实际上，芒克作品的艺术面貌、所表达的情感经验与北岛的朦胧诗所表达的没有太大区别，这一点，我们通过解读他的诗歌文本就会明白了。当代文学史、诗歌史的叙述为了简单方便，就把芒克拉到"白洋淀"诗群中，好像"白洋淀"诗群是朦胧诗的前辈，这种看法值得商榷。虽然"白洋淀"诗群的诗歌创作起步比较早，但从美学角度看，大多数诗人还是可以归入朦胧诗诗人或"今天派"范畴的。所以，我们对芒克的文学史定位还可以更加全面和准确一点：芒克既是"白洋淀"诗群的代表诗人之一，也是朦胧诗即新诗潮的重要成员之一。

在中国当代诗歌史论著中，很少有人将芒克的诗歌进行专章专节的讲述。但其实芒克在当代诗歌界是一位很有资历的诗人，为了表示对他文学史价值的尊重，我今天把他的诗歌作为一个专题来讲。芒克正式出版的诗集之一是《阳光中的向日葵》。大家知道，《阳光中的向日葵》这首诗是芒克最著名的代表作，对太阳、阳光的形象进行了一个解构性的书写，表明了他作为"白洋淀"诗群与朦胧诗代表诗人之一的先锋性。芒克的小说《野事》则具有自传色彩，再现了一代人的生活状态与精神状态。而诗集《今天是哪一天》是他二十世纪八九十年代诗歌创作的汇集与展示。

接下来，我们具体解读芒克不同阶段的部分诗歌代表作。第一首是《致渔家兄弟》，这首诗代表了芒克诗歌的早期风格。请褚云侠同学为大家朗读一下这首诗。

致渔家兄弟

你们好！渔家兄弟
一别已经到了冬天
但和你们一起度过的那个波涛的夜晚
却使我时常想起

记得河湾里灯火聚集
记得渔船上话语亲密
记得你们款待我的老酒
还记得你们讲起的风暴与遭遇

当然，我还深深地记着
就在黎明到来的时候
你们升起布帆
并对我唱起一支忧伤的歌曲

而我，久久地站在岸边

目送你们远去

耳边还回响着

冰冻的时候不要把渔家的船忘记

啊，渔家兄弟

从离别直到现在

我的心里还一直叮咛着自己

冰冻的时候不要把渔家的船忘记

褚云侠同学：这首诗是芒克早期作品中的一首，它采取了传统的现实主义与浪漫主义相结合的手法，和他后期的现代主义诗歌风格很不相同。它描写了作者与渔家兄弟之间的深厚感情，回忆了当年渔家兄弟对他的款待，给我的总体感觉是感情非常真挚、朴素。

谭五昌：这首诗是典型的青春写作，而且语言很朴素，没有理解上的难度，还能看出从普希金到郭小川这些传统抒情诗人对芒克的影响。作品讲究押韵，富有音乐性，态度真诚，反映了在20世纪70年代现实主义与浪漫主义相结合的语境下诗人本真的写作方式。这首诗是直抒胸臆的，读者能感受到诗人对渔家兄弟的深厚情谊。这就是芒克早期诗歌的风貌。

下面这首《葡萄园》与《致渔家兄弟》的风格就很不一样了。请薛晨同学为大家朗读一下这首诗。请大家思考一下，它和上一首诗相比，风格产生了怎样的变化。

葡萄园

一小块葡萄园

是我发甜的家

当秋风突然走进喧喧作响的门口

我的家园都是含着眼泪的葡萄

那使院子早早暗下来的墙头

有几只鸽子惊慌飞走

胆怯的孩子把弄脏的小脸

偷偷地藏在房后

平时总是在这里转悠的狗

这会儿不知溜到哪里去了

一群红色的鸡满院子扑腾

咯咯地叫个不休

我眼看着葡萄掉在地上

血在落叶中间流

这真是个想安宁也不能安宁的日子

这是在我家失去阳光的时候

谭五昌：和上一首诗相比，很明显，这是一首具有现代性色彩的诗歌。大家考虑一下，这首诗的现代性色彩体现在哪里？它的中心意象是什么？

辟晨同学：我认为这首诗的中心意象是"葡萄和葡萄园"，这首诗的现代性色彩体现在"葡萄园"的象征含义上，摧毁的"葡萄园"象征着精神的荒原——一个荒芜、不得安宁的世界。

谭五昌：在诗里，"葡萄"代表甜美的生活，"葡萄园"是美好的精神家园、心灵家园的象征。"葡萄园"的美好被历史潮流无情地打碎了、摧毁了。"我眼看着葡萄掉在地上/血在落叶中间流"，诗人为此感到焦虑与痛苦。"这真是个想安宁也不能安宁的日子/这是在我家失去阳光的时候"，至此，诗人的心彻底失去了平静。大家觉得"失去阳光"指的是什么呢？

薛晨同学："失去阳光"，我认为是心灵遭到无情的摧残，失去了希望与憧憬。

谭五昌："阳光"在20世纪70年代的语境中可以说代表了一种理想与信仰，"失去阳光"意味着精神危机的来临。这首诗还运用了很多派生性的意象，比如说，"发甜的家"被"秋风"破坏，"秋风"是一个具有消极意义的意象，象征着一种动荡不安的时代氛围与社会风暴。"当秋风突然走进哐哐作响的门口/我的家园都是含着眼泪的葡萄"，在这里，"含着眼泪的葡萄"营造了一种悲剧的氛围，给我们带来不祥的预感，这个家园要遭到破坏了。"那使院子早早暗下来的墙头/有几只鸽子惊慌飞走"，"暗下来"是惊慌、恐怖、思想黑暗的年代的一个隐喻。"胆怯的孩子把弄脏的小脸/偷偷地藏在房后"，这里"弄脏的小脸"，也可以说是时代精神状况的一种隐喻，喻指一个灵魂肮脏的年代。"平时总是在这里转悠的狗/这会儿不知溜到哪里去了"，可以理解成是对人们见风使舵、趋利避害的精神劣根性的暗示性叙述。再看下面一节，"一群红色的鸡满院子扑腾/咯咯地叫个不休"，这里为什么运用了"红色的鸡"这个意象呢？

苟瀚心同学：联系这首诗的创作背景，我认为"红色的鸡"是指红卫兵或者那个时期的狂热分子。

谭五昌：这种理解也是对的。联系这首诗写作的时代背景，"红色的鸡"可以暗指狂热分子，那些与时代合谋的狂热分子。他们抄家呀，打砸抢呀，给普通人带来灾难。

这首诗的末尾描写"葡萄"受难的场面，既有现实的成分，又有象征的含义。通过对美好家园遭到破坏的过程的描叙，全诗呈现了一个广阔的时代画面。那是一个动荡的时代，是一个精神家园遭到野蛮摧残的时代，那个时代的人们注定要遭遇不幸。通过这首诗，我们可以真切感受到非正常年代人们的生存状况与精神状况，它具有朦胧色彩的象征意味，凸显了朦胧诗或者说中国现代派诗歌的特色，在艺术上超越了芒克早期浪漫主义风格的诗作。

下面，我们来解读芒克的《天空》，这首诗展现了一个更加纯粹的中国现代派诗人的形象。《天空》这首诗共十一节，对"天空"的形象有一个立体化的呈现。每一个片段都是"天空"的不同投影，每一节都从不同的角度、不同的侧面表现"天空"的丰富含义，就像搭积木一样，最终把"天空"的形象建构了起来。下面大家每人朗读一节，把这首诗朗读一遍。

天 空

一

太阳升起来
天空血淋淋的
犹如一块盾牌

二

日子像囚徒一样被放逐
没有人来问我
没有人宽恕我

三

我始终暴露着
只是把耻辱
用唾沫盖住

四

大空，天空
把你的疾病
从共和国的土地上扫除干净

五
可是，希望变成了泪水

掉在地上

我们怎么能确保明天的人们不悲伤

六

我遥望着天空

我属于天空

天空呵

你提醒着

那向我走来的世界

七

为什么我在你的面前走过

总会感到羞怯

好像我老了

我拄着棍子

过去的青春终于落在我手中

我拄着棍子

天空

你要把我赶到哪里去

我为了你才这样力尽精疲

八

谁不想把生活编织成花篮

可是，美好被打扫得干干净净

我们还年轻

你能否愉悦着我们的眼睛

九

带着你的温暖

带着你的爱

再用你的船

将我远载

十

希望

请你不要去得太远

你在我身边

就足以把我欺骗

十一

太阳升起来

天空——这血淋淋的盾牌

谭五昌：这首诗很有味道，大家用心去体验就能把"天空"深厚的意蕴领会出来。先看第一节，"太阳升起来/天空血淋淋的/犹如一块盾牌"。天空是"血淋淋"的，这是一个非常大胆、叛逆的意象，而且，"太阳"和"天空"属于一个意象谱系。"太阳"和"天空"是被仰望的对象，象征着最崇高、最神圣的事物，代表了那一代人心目中伟大而崇高的信仰与理想。但是，在这首诗中，它们被解构了，"天空"变成"血淋淋"的了，代表破碎的理想。这首诗的思想基调由此奠定了，作品的情绪显得悲壮、惨烈。

再看第二节，"日子像囚徒一样被放逐/没有人来问我/没有人宽恕我"。这里出现了"放逐"这个词，它写出了青春的孤独与荒凉，精神的贫乏与苦闷。"没有人来问我"，表明诗人的日子很贫寒，理想又被残酷的现实打碎了，只剩下精神的苦闷与荒凉。"没有人宽恕我"，这句写得很有力度，诗人在潜意识里认为自己有罪，他需要别人来宽恕他，流露出了一种精神的困境、信仰的危机，显示了芒克作为一个现代派诗人的早熟。在20世纪70年代的中国诗坛，除了多多与根子之外，很少有人能写出这种充满青春苦闷与精神觉悟的诗句。

再看第三节，"我始终暴露着／只是把耻辱／用唾沫盖住"。"暴露"既是生理的暴露，也是心理的暴露。而"耻辱"，表明诗人对自己的精神状况感到很不满，以此来形容自己找不到精神寄托的内心感受。这是一个有良知的、有耻辱感的诗人与当时没有耻辱感的社会的较量。芒克作为一个觉悟的青年诗人，他对"耻辱"的体验富有深度，同时把一代人的耻辱感表现得很有力度。

第四节直接以"天空"为表现对象，"天空，天空／把你的疾病／从共和国的土地上扫除干净"。诗人呼吁人们重新建构理想与信仰。

再来看第五节，"可是，希望变成了泪水／掉在地上／我们怎么能确保明天的人们不悲伤"。第四节是诗人对希望、信仰的召唤，但到了第五节，这种希望落空了，变成了悲伤的泪水，突出了悲伤的情感强度。

我们再看第六节，"我遥望着天空／我属于天空／天空呵／你提醒着／那向我走来的世界"。这一节诗的意思转折了，"天空"还代表着理想与美好，但是"向我走来"的却是一个虚伪的世界、非正义的世界。"世界"和"天空"形成了对比，这个"世界"会伤害你，因为它把一代人的理想摧毁了，"天空"也因此变得破碎而血淋淋的了。

接下来看第七节，"为什么我在你的面前走过／总会感到羞怯／好像我老了／我拄着棍子／过去的青春终于落在我手中／我拄着棍子／天空／你要把我赶到哪里去／我为了你才这样力尽精疲"。"为什么我在你的面前走过"时会"感到羞怯"呢？诗人在"天空"即理想的象征物面前感觉羞愧，体现出诗人有了信仰危机，出现了心有余而力不足的状况，说得严重一些，这暗示着诗人丧失了信仰的能力。因为当信仰不断被伤害、被愚弄，信仰的能力就萎缩了，所以诗人在"天空"面前会感到羞怯，"好像我老了"。其实，这个"老"是指诗人精神的衰老、心灵的衰老，一个人的青春凋零，是与其心灵的衰老、信仰能力的丧失联系在一起的。"天空／你要把我赶到哪里去"，这是诗人发出的悲怆的自我追问。"我为了你才这样力尽精疲"，这种与"天空"的想象性对话，凸显了诗人理想丧失后的悲哀。异常生动地传达出了一代人的精神状况，充满悲情色彩。

我们继续来看第八节，"谁不想把生活编织成花篮／可是，美好被打扫得干干净净／我们还年轻／你能否愉悦着我们的眼睛"。这节诗的意思说得比较清楚，表达了诗人对生活的美好愿望，但是对生活的美好期待已经被残酷无情的现实摧残得支离破碎了。理想是否还能够重新召唤我们？重新进入我们的灵魂深处？对这一点，诗人既抱着深刻的怀疑，同时又暗含期待，诗人的理想主义情结还是存在的。这在接下来的一节诗中可以看出来，诗人写道："带着你的温暖/带着你的爱/再用你的船/将我远载"。"温暖"和"爱"都是来自"天空"的，在虚化的想象中，诗人还是对"天空"所象征的理想、信仰执着地眷恋，他在想象中希望重新建构完整的理想和信仰。

第十节跟第九节的意思是非常接近的，"希望/请你不要去得太远/你在我身边/就足以把我欺骗"。这里的"希望"不是普通的希望，而是一种理想主义情怀。只要诗人还在仰望天空，理想就还存在。这一节同样是诗人在和"天空"对话，用心灵自叙的方式表达了一代人根深蒂固的理想主义情结。"你在我身边/就足以把我欺骗"，希望是虚幻的，但诗人宁愿接受这种"欺骗"，还是要去追逐这些东西。这实际上是诗人理智与情感之间的矛盾，在理智上他知道信仰是虚幻的，但是在情感上还是信仰天空，信仰太阳，信仰这些崇高的事物。这就是那一代人的精神状况，他们也知道崇高的理想是虚幻的，但还是义无反顾地冲向理想的怀抱。他们是理想主义培养出来的一代人，理想主义是他们的文化身份，是他们最具典型性的身份标签，也是他们活下去的精神动力。这种熏陶是深入骨髓的，所以他们宁愿被"欺骗"，也不能失去理想与信仰。

我们来看最后一节，"太阳升起来/天空——这血淋淋的盾牌"。它呼应开头，具有结构上的意义，再次凸显了作品悲怆的情感色彩，是理想主义的悲歌与挽歌。"血淋淋的盾牌"这个意象，呈现了一代人理想被摧毁以后那种悲壮的景象。

这首诗写得很有力度，是具有中国现代派特色的诗篇，这里面没有虚无的思想情绪，在骨子里、在心灵的最底层，诗人对理想还有强烈的、执着的追求，理想主义情怀是其底色。所以这首诗是中国的现代派作品，不同于思想精神上倾向于绝对虚无的西方现代派作品。通过这首诗，我们不仅了解了那一代人那种矛盾复杂的精神状况，也了解了中国现代派诗歌的一些重要特点，所以说这首诗传达了丰富的信息和内容。

前面这首诗是诗人芒克献给"天空"的诗篇，下一首诗则是他献给"太阳"

的诗篇。两首诗具有同样的基调与同样的构思。这首诗名为《太阳落了》，其中有对"太阳"形象的现代派解构。请褚云侠同学为大家朗读这首诗。

太阳落了

一

你的眼睛被遮住了
你低沉、愤怒的声音
在阴森森的黑暗中冲撞
放开我

二

太阳落了
黑夜爬了上来
放肆地掠夺
这田野将要毁灭
人
将不知道往哪儿去了

三

太阳落了
她似乎提醒着
你不会再看到我

四

我是多么憔悴
黄种人
我又是多么爱
爱你的时候

充满着强烈的要求

五

太阳落了

你不会再看到我

六

你的眼睛被遮住了

黑暗是怎样地在你身上掠夺

你好像全不知道

但是

这正义的声音强烈地回荡着：

放开我

谭五昌：这首诗同样写于1973年，和前一首诗在思想上、主题上非常接近。下面我们来解读一下这首诗。这首诗一共六节，你们觉得"太阳"被赋予了什么样的象征含义？

褚云侠同学：我觉得在这首诗中，"太阳"还是象征着理想和信仰。

谭五昌：对，没错，但和上一首诗稍微有一点区别。上一首诗中的"天空"是破碎的理想的象征；而在这首诗中，"太阳"象征着理想和信仰本身。"太阳落了"，就是理想"落了"，理想消失了。

我们首先看第一节，"你的眼睛被遮住了/你低沉、愤怒的声音/在阴森森的黑暗中冲撞/放开我"。这跟《天空》是一样的，都是想象性的对话。"我"以第一人称展开叙事，与"太阳"对话。那么，我们怎样理解第一节诗呈现的画面？

王力可同学：在现实层面上，这节诗是黄昏时太阳落山，太阳落到黑暗背后的画面。在象征层面上，我觉得这节诗表现了理想覆灭的过程，它被反动的黑暗势力破坏，但还在拼命地挣扎。

谭五昌：在这里，诗人充分发挥了想象力，描写了太阳落山的情境。诗人运用了拟人的手法，在作品中把太阳比作人，在反抗黑暗、逃脱黑暗。"太阳"就是一个被绑架的理想主义者的形象。诗歌表面上是说太阳落山了，实际上是说它被黑暗势力绑架了，要被囚禁起来。这就是第一节诗的含义，诗人采用拟人的手法，塑造了"太阳"这个悲情的英雄形象。

第二节，"太阳落了/黑夜爬了上来/放肆地掠夺/这田野将要毁灭/人/将不知道往哪儿去了"。请同学们来解读一下。

苟瀚心同学：这一节呈现了信仰和理想覆灭后，人类社会的荒原场景。刚才是说太阳落山时的情景，现在是太阳已经落到黑夜之中。"黑夜"象征着没有希望、没有目的的精神家园，它与"太阳"是对立的。

谭五昌：如果说"太阳"代表英雄，"黑夜"就代表黑暗的势力，诗人说它"爬了上来""放肆地掠夺"，这也是用了拟人的手法，凸显了一个强盗的形象。"田野"代表人类生存的家园，人在黑夜的掠夺之下，失去了家园，经历着一种漂泊、苦难的命运。这节诗写得很有深度，象征含义非常深刻、丰富。

接下来我们看第三节，"太阳落了/她似乎提醒着/你不会再看到我"。我们怎么理解这一节的含义？

褚云侠同学：我觉得这是说理想彻底地破灭了，"你不会再看到我"，"你"是主人公，"我"代表太阳，诗句以拟人的手法和对话的形式宣告理想与信仰的最终幻灭。

谭五昌：是的。诗人以"太阳"的口气告知它的崇拜者："我"已经落到万丈深渊了，"你"看不见"我"了，它巧妙地暗示着诗人理想主义情结的崩溃与失落。

第四节，"我是多么憔悴/黄种人/我又是多么爱/爱你的时候/充满着强烈的要求"。这节诗又怎么理解？

李才荣同学：我认为这是在企盼理想、呼唤理想。

谭五昌：没错。这里还是巧妙地运用了一段"太阳"的独白：我想升起来，我想照耀你们。这其实是诗人的理想情怀得不到满足，于是将之投射到了太阳身上，表达了诗人痛苦的理想主义情结。这节诗充分显示了芒克作为一个优秀诗人在艺术上的天赋。

第五节，"太阳落了/你不会再看到我"。请同学们来说一下它的含义。

薛晨同学：这一节重复第三节，再一次表现了对理想破灭的绝望。

谭五昌：说得对。这一节通过重复强化了那种失望的情绪。我们来看最后一节，"你的眼睛被遮住了/黑暗是怎样地在你身上掠夺/你好像全不知道/但是/这正义的声音强烈地回荡着：/放开我"。这一节诗我们怎样理解？

王思宇同学：这一节诗一方面写出了理想被黑暗势力掠夺、欺压的情形；另一方面又表现出了一种反抗的情绪，即为了希望而搏斗。

谭五昌：在这节诗中，人称不断变化，"你""我""他"都能代表太阳。在这节诗中，诗人发出这样的悲诉，"你的眼睛被遮住了"，象征着理想主义遭到了严酷的禁锢与无情的摧残，完整地塑造出了太阳这个悲情英雄形象。但是，理想主义者又以正义者的姿态在进行着不屈的反抗，这是光明与黑暗的碰撞与对抗，也让全诗在思想情感上达到了一个高潮，表现出了诗人强烈的理想主义情结与英雄主义情结。同时，它呼应了第一节，在结构上做到了有收有放，首尾呼应，使全诗成为一个完整的艺术有机体。作品思路开阔，构思又很严谨，结构的自由性与完整性融为一体。可以说，这两首诗——《天空》和《太阳落了》，在思想和艺术层面堪称"姐妹篇"，非常典型地展现了一代人的心路历程，具有很高的审美价值和精神价值。

现在，我们来解读芒克的《雪地上的夜》。以"雪"与"夜"为描写对象的诗作也不少，而芒克的这首《雪地上的夜》给我们带来了一幅十分别致的、富有时代特色的雪景。通过这首诗，我们看看诗人芒克给我们带来了怎样的雪夜体验，看看他的体验有什么特色，有什么亮点。请王思宇同学为大家朗读一下这首诗。

雪地上的夜

雪地上的夜
是一只长着黑白毛色的狗
月亮是它时而伸出的舌头
星星是它时而露出的牙齿

就是这只狗

这只被冬天放出来的狗

这只警惕地围着我们房屋转悠的狗

正用北风的

那常常使人从安睡中惊醒的声音

冲着我们嚎叫

这使我不得不推开门

愤怒地朝它走去

这使我不得不对着黑暗怒斥

你快点儿从这里滚开吧

可是黑夜并没有因此而离去

这只雪地上的狗

照样在外面转悠

当然，它的叫声也一直持续了很久

直到我由于疲惫不知不觉地睡去

并梦见眼前已是春暖花开的时候

王思宇同学：这首诗的中心意象是"狗"。诗人把雪地上的夜比喻成一只狗，对这只狗的态度是厌恶和愤怒。雪是寒冷的，夜是黑暗的，寒冷的夜被黑暗笼罩，黑暗掌握着这个世界。

谭五昌：作品中所说的寒冷与黑暗不仅指物理意义上的寒冷与黑暗，而且是对一个特定时代精神氛围的比喻。诗人通过"雪地"和"夜"这两个象征意象，表达一代人对非正常时代的反抗。"雪地上的夜"让我们感觉到的不仅是身体上的寒冷，还有心灵上的寒冷。

大家来看诗的开头，"雪地上的夜/是一只长着黑白毛色的狗"，一只狗，一半黑，一半白，这是对雪夜的形象的比喻性描写。同时，诗人进一步发挥了他出色的想象力，"月亮是它时而伸出的舌头/星星是它时而露出的牙齿"，想象空间非常广阔，生动地描绘出了一幅雪景图。这首诗构思巧妙，表面上写出了一个冬天的夜晚的雪景，在深层又写出了一个思想自由、心灵敏感的年轻人对自由光明境界的向往。这种情感诉求具有群体性，它是一代人的精神画像。如果把这首诗放在当下，我们也可以从人们的春天情结、对春天的向往角度进行解读，即可以从精神分析的角度来解读。所以这是在思想上和艺术上都比较成熟的一首诗，能够显示出芒克诗歌创作的功力是颇为深厚的。

《阳光中的向日葵》是芒克名气最大的一首诗。诗中出现了"阳光"和"向日葵"这两个核心意象。把它们的象征含义搞清楚了，这首诗也就解读完成了。现在我们来看看《阳光中的向日葵》塑造了一种怎样的向日葵形象，"向日葵"有什么含义，"阳光"又有什么含义。先请褚云侠同学朗读一下这首诗并谈谈自己的理解。

阳光中的向日葵

你看到了吗
你看到阳光中的那棵向日葵了吗
你看它，它没有低下头
而是在把头转向身后
它把头转了过去
就好像是为了一口咬断
那套在它脖子上的
那牵在太阳手中的绳索

你看到它了吗
你看到那棵昂着头
怒视着太阳的向日葵了吗
它的头几乎已把太阳遮住
它的头即使是在没有太阳的时候
也依然在闪耀着光芒

你看到那棵向日葵了吗

你应该走近它

你走近它便会发现

它脚下的那片泥土

每抓起一把

都一定会攥出血来

褚云侠同学：我认为这首诗对以往的"向日葵"形象进行了解构。因为以往的"向日葵"是向着"太阳"的，而这首诗中的"向日葵""把头转向身后"，要将"牵在太阳手中的绳索"一口咬断。可见，"向日葵"是一种和"太阳"对立的、叛逆的形象。

谭五昌：诗中的"向日葵"的确是一种叛逆的形象。以往人们意念中的"向日葵"对太阳是完全地崇拜，因为阳光给它滋润，在阳光中它才能长大，而这首诗中的"向日葵"则是完全另类的、叛逆的、和阳光相对立的。作品中的"阳光"和"太阳"是同一个形象，是合而为一的。"向日葵"对"太阳"而言是反叛者的形象，"太阳"则是伪崇高者、束缚者的形象。这首诗传达出了诗人激烈的反抗意识，例如诗人写"向日葵""怒视着太阳"，这体现了"向日葵"反抗、毫不妥协"太阳"的一种决绝姿态。而且，诗人还说，"它的头几乎已把太阳遮住"，这不仅是写实层面上的，更暗示出了"向日葵"对"太阳"反抗的精神强度。这也突出了诗人的主体性，突出了诗人人格的独立、高大与健全。"它的头即使是在没有太阳的时候/也依然在闪耀着光芒"，这里对"向日葵"形象的塑造达到了完美之境地。本来是"太阳"给予"向日葵"光芒，在此，两者之间的主体地位却发生了戏剧化的转移，"向日葵"散发着惊人的光芒，"向日葵"变成了主体，"太阳"变成了他者，主体、他者的形象与地位颠倒过来了。

最后一节，诗人再次强调了"向日葵"对"太阳"反抗的强度："你看到那棵向日葵了吗/你应该走近它/你走近它便会发现/它脚下的那片泥土/每抓起一把/都一定会攥出血来"。诗人运用反复的手法强调了"向日葵"的反抗力度及情感力度。"攥出血来"这个想象非常鲜活，大家想想，"向日葵"脚下的土地都变成红色

134

了，反映出"向日葵"反抗的惨烈程度，完成了"向日葵"对"阳光"即"太阳"无畏反抗的英雄形象塑造。总之，这首诗写得很有力度，它在思想上是解构的，给了我们一个新的体验，对"向日葵""太阳""阳光"都有一个新的形象塑造，突出了"向日葵"的反抗姿态，能让读者感受到一代人精神的觉醒，具有一个时代的精神见证的价值。这首诗之所以有很大的影响，我个人觉得主要还是因为作品鲜明有力地凸显了一代人的抗争意识与觉悟形象。

芒克写于20世纪80年代后期的《晚年》标志着诗人的创作进入了一个新的阶段。这个时期，芒克抗争的愤怒之气已经淡化了，变得心平气和。《晚年》一诗可以看出芒克心态发生的富有意味的转化，他已经努力规避意识形态，开始面对生命本身写作，从中传达个体化的生命经验了。其实在写作这首《晚年》的时候，芒克还不到40岁，但他能够为我们提供一种时间流逝的深刻体验。请薛晨同学朗读一下这首诗并谈谈自己的感受。

晚　年

墙壁已爬满了皱纹

墙壁就如同一面镜子

一位老人从中看到了一位老人

屋子里静悄悄的，没有钟

听不到嘀嗒声，屋子里

静悄悄的，但是那位老人

他却似乎一直在倾听着什么

也许，人活到了这般年岁

就能够听到——时间

——它就像是个屠夫

在暗地里不停地磨刀子的声音

他似乎一直在倾听着什么

他在听着什么

他到底听到了什么

薛晨同学：我觉得这首诗表达了一位老人在房间里感受时间的流逝，时间就像磨刀子的屠夫，令人恐惧。

谭五昌："墙壁已爬满了皱纹/墙壁就如同一面镜子/一位老人从中看到了一位老人"，这种表达是很精致动人的，诗人想象性地描叙了一个老人面对着墙壁发呆，一个人孤独地待在房间里打发时间的情景。"屋子里静悄悄的，没有钟/听不到嘀嗒声，屋子里/静悄悄的"，虽然屋子里静悄悄的，但其实老人的心中是不平静的，这是以静写动。请大家注意一个动作——"倾听"，诗中的老人在"倾听"时间。随后，诗里用了一个非常到位的比喻，时间就像"屠夫"，因为时间最终会剥夺人的生命，"屠夫"也正是一个死亡的意象。"磨刀子的声音"制造了一种死亡的紧张气氛。诗中的老人在倾听着什么？倾听的正是时间。这就是一种老人的体验、时间流逝的体验、死亡来临的体验。"他似乎一直在倾听着什么"，给人的感觉还不紧张，但从"他在听着什么"到"他到底听到了什么"，一步一步，语气、气氛变得紧张起来。这里暗示着死亡即将来临，暗示着老人即将被死亡带走，被无情的时间带走。这首诗书写了晚年的经验、死亡的经验。在这里，对时间的体验就是对死亡的体验，如果一个人对时间很焦虑，必然包含着对死亡的焦虑体验。人到中年以后，对事物的看法、对时间流逝的体验就不一样了。年轻的时候觉得时间有的是，可以大把大把地花，可是到了中年以后就觉得过一年是一年，到了晚年则觉得过一天是一天，时间的焦虑感与压迫感会达到顶峰状态。诗人用纯粹的心态想象性地书写了一种晚年体验，整首诗的节奏把握得很好，从舒缓到越来越紧张，并与作品主人公的生命体验、死亡体验存在对应关系。此外，"屠夫"这个意象非常精准、富有力量。全诗简洁、深刻，显示了芒克厚重的艺术功底。

下一首诗也很有意思，叫作《死后也还会衰老》。这个命题很有趣，是讲死亡和衰老关系的。请李才荣同学为大家朗读一下这首诗并谈谈自己的感受。

死后也还会衰老

地里已长出死者的白发

136

这使我相信：人死后也还会衰老

人死后也还会有噩梦扑在身上
也还会惊醒，睁眼看到

又一个白天从蛋壳里出世
并且很快便开始忙于在地上啄食

也还会听见自己的脚步
听出自己的双腿在欢笑在忧愁

也还会回忆，尽管头脑里空洞洞的
尽管那些心里的人们已经腐烂
也还会歌颂他们，歌颂爱人
用双手稳稳地接住她的脸

然后又把她小心地放进草丛
看着她笨拙地拖出自己性感的躯体

也还会等待，等待阳光
最后像块破草席一样被风卷走

等待日落，它就如同害怕一只猛兽
会撕碎它的肉似的躲开你

而夜晚，它却温顺地让你拉进怀里
任随你玩弄，发泄，一声不吭

也还会由于劳累就地躺下，闭目

听着天上群兽在争斗时发出的吼叫

也还会担忧，或许一夜之间
天空的血将全部流到地上

也还会站起来，哀悼一副死去的面孔
可她的眼睛却还在注视着你

也还会希望，愿自己永远地活着
愿自己别是一只被他人猎取的动物

被放进火里烤着，被吞食
也还会痛苦，也还会不堪忍受啊
地里已长出死者的白发
这使我相信：人死后也还会衰老

李才荣同学：我觉得这首诗写出了人死后的种种变化，是一种悲怆而痛苦的经验。

谭五昌：这首诗是一代人的生命体验，涉及精神死亡的问题，是精神死亡，不是肉体死亡。诗人说了，人死了还会衰老，会再死亡。"人死后也还会有噩梦扑在身上/也还会惊醒，睁眼看到"，这是一种对生命的深刻体验，人完成了他的心愿，解脱之后的死亡才是真正的死亡；若他还没有解脱，精神上还没有得到满足就死了，就会留下很多遗憾，想象着再活一次，但精神上还是很衰老的。诗中写道，"又一个白天从蛋壳里出世"，生命再经历的一切也不过是已经活过的经历的翻版，诗人运用丰富的想象力，写出了人的灵魂再次变成肉体之后在这个尘世所受的挫折，虽然有一些情爱的场面描写，但更多的是对生命本身消极的体验。比如"而夜晚，它却温顺地让你拉进怀里/任随你玩弄，发泄，一声不吭/也还会由于劳累就地躺下"，完全是对无奈现实生活的再一次重温。"闭目/听着天上群兽在争斗时发出的吼叫/也还会担忧，或许一夜之间/天空的血将全部流到地上"，这里又出现了"天空"的意象，但它勾连着理想破灭的场景，生命被掠夺、被虐待，在再次的经历中，也还是会遭遇这么糟糕的一幕，所以诗人说，"地里已长出死者的白发/这使我相信：人死后也还会衰老"。这是精神死亡的经验。这首诗写得有点晦涩，因为诗人有一些个人的经验我们很难去接近，很难产生共鸣，但也还能理解。

下面，我们来看芒克在21世纪创作的一首诗——《生死相聚》。进入21世纪，芒克的诗作很少，这一首诗又是关于生命和死亡的，又是死之体验。他从20世纪80年代以来就对这个主题很重视，写了很多关于这个主题的诗篇。写这首诗时，芒克已经50岁了，到了知天命之年。请褚云侠同学朗读一下这首诗。

生死相聚

阳光静默
听身旁树木发出的声响如哀歌
四个方向是四种不同的景色
那在坟墓里的人什么也不说

天空漠然在上
无任何生命掠过
更无雷鸣把头探出
渴望雨水的大地生长的是火

酷热也难以忍受酷热
离别其实难以离别
人死虽似烟消云散
但感情却从来没有灭绝

枯萎的只是皮肉
熄灭的只不过是热血

时间同样也有死亡之时

星辰也会如花开花落

匆匆忙忙的人生

来来去去的岁月

我们都走了一段自己的路

只是你的曲折不同于我的曲折

生者和死者的相聚

犹如天地相对而坐

没有言语反倒谈得投合

无话则意味着想说的太多

谭五昌：这个时候，芒克诗作的时代感已经不强，有着穿越时空的力量，相信每位同学读了这首诗也会有自己的体验。我们也有死去的亲人，你能否和死去的人在精神上进行沟通？如果能够沟通，也就真的做到"生死相聚"、生死不隔了。从这首诗，我们可以联想到李瑛的《清明》——生死的界限模糊了。大家对这首诗有怎样的体会？

褚云侠同学：我觉得它是在表述一种生者与死者之间存在的有效沟通。人们看似离别，其实没有离别，人与人、生者与死者在灵魂上是可以相通的。在匆匆岁月中，每个人的经历不同，但其实每个人的生命都是大的人生的一部分。

谭五昌：如果说芒克的《死后也还会衰老》写出了精神的死亡，那么这首诗恰恰写出了精神或灵魂的永恒性。人的肉体虽然死亡了，但人们灵魂上的交流与沟通是可能的，这体现了诗人对生命与死亡的一种非常通达的体验与认知。"枯萎的只是皮肉/熄灭的只不过是热血"，人的精神与灵魂还是可能存在的，能达到一种相聚与交流的状态，诗人在探讨人的精神永恒的可能、生与死相沟通的可能。这个命题还是很深刻的，具有哲学意味。

来看第一节，"阳光静默/听身旁树木发出的声响如哀歌/四个方向是四种不同的景色/那在坟墓里的人什么也不说"，给我们的感受是人虽然死了，但是人类对生命的热爱依然存在。再看第三节，"酷热也难以忍受酷热/离别其实难以离别"，写出了对生命的眷恋；"人死虽似烟消云散/但感情却从来没有灭绝"，写出了感情的永恒性。感情不死，感情不灭，有感情作为生死之间的纽带，生死才能相聚。个体的时间有终结的时候，但宇宙时间是无穷尽的。诗人说，"生者和死者的相聚/犹如天地相对而坐"，表明生者与死者精神与感情上是可以沟通的，给我们带来一种温暖的体验。"没有言语反倒谈得投合"，生者与死者一定是默默地在心里交谈，虽然无言，但是可以在精神上息息相通。这写出了一种生命的哲理：灵魂沟通可以超越生死的界限，不是语言能够表达的。这首诗为我们提供了一种人灵魂不死、精神不灭的可能性，有非常深刻的生命哲学内涵。大家对这首诗还有什么看法？

王思宇同学：我觉得这首诗有哲学层面的思考，它从宏观的时间角度写出了生者与死者无言的状态以及他们精神沟通的可能性。在宏观的哲学层面上，生与死的界限不那么明显。

谭五昌：芒克本人很少读书，他喜欢读报纸，所以我们经常开玩笑，说芒克真是天才。芒克的确是很有天赋的，他没有深厚的哲学修养，因此他的哲学思想还是从生命体验中提炼出来的。他没有将文化带入他的诗歌，他的诗歌写作完全靠天赋。

最后，我们来简单讲解一下芒克的《空房子》。我来朗读一下这首诗。

空房子

纸上的文字黑压压一片
就像地上的蚁群在忙碌地觅食
想让你是什么你就是什么
想让你去死你就得去死
虚构使生和死如此接近

随意地去想
任凭去编造

脑袋就如同是座大房子

不过末了，里面已空无一物

也空无一人

人都哪去了

人都变成了文字

人都在纸上

人都成了觅食的蚂蚁

无奈，空房子只好沉默不语

一座空房子独自饮酒

酒后醉倒在自己的怀里

无人理睬

无人知晓

也无需别人知道

谭五昌：这首诗很有意思，"空房子"就是脑袋嘛。我认为这首诗写的也是一种孤独的体验、死亡的体验。"纸上的文字黑压压一片""想让你去死你就得去死"，人死了就用文字来悼亡生命，所以在第二节，诗人写道，"随意地去想/任凭去编造"，用文字去塑造人，是人类存在的证明。人的脑袋就像一座大房子，脑袋空了，空无一人，空无一物，人变成一种词语，既是孤独的体验，也是死亡的体验。文字是永恒的，文字最终会变成人的生命的证明，"人都在纸上/人都成了觅食的蚂蚁/无奈，空房子只好沉默不语"。的确，人的生命是孤独的，在孤独中诞生，在孤独中死去。只有文字，只有诗歌，只有书写，才能帮助人类留下孤独生命的诗性体验。芒克摆脱意识形态的束缚以后，对于生命、死亡、孤独、时间的体验写得还是比较多的。

从以上的诗歌解读可以看出，芒克的诗歌创作有明显的分界线，群体性与对抗性的写作集中在20世纪70年代到80年代中期，作品中的"我"往往是"我们"，不注重表达个体经验，而注重表达群体经验。到了20世纪80年代中期，一直到21世纪初，芒克的诗歌写作更多追求个体性，强调个人生命的经验，显得越发纯粹了。总体来看，芒克是一个很有天赋的诗人，一个优秀的现代汉语诗人。芒克的知识不深厚，也没有上大学的经历，也不怎么喜好读书，他就是靠比较纯粹的生命体验以及诗歌天赋与悟性写诗。整体上看，芒克个人化诗歌写作的纯粹度是比较高的，他作品中的群体经验、为一代人代言的意识相对于食指、北岛等人要淡漠多了。所以芒克诗歌写作的最大意义就在于他比较个人化的姿态，对生命天才般的感悟能力。他写出了许多空灵的、有生命体验的、有生命哲学意味的诗篇。无论如何，芒克还是一个具有文学史意义的诗人。大家对芒克这个诗人还有什么看法？

褚云侠同学：我觉得芒克和北岛是同时代的诗人，他们写诗的时间也差不多。北岛也是一个反叛者，但是二人最大的不同在于北岛要更加坚硬，而芒克更加贴近生活。这可能与北岛的知识分子家庭出身有关，北岛的诗是一种知识分子话语；而芒克诗歌中的很多意象都来自于他日常生活中最本真的体验，虽然也有反叛的那一面，但是更加贴近生活，他从最基本的生活感悟出发来完成诗作。

谭五昌：说得有道理。芒克本人迷恋原创性与生命体验，他是赤裸裸的、自然的、真诚的。他将个人的生命体验用其个性化的语言与意象予以富有艺术感染力的表达。对于这样一个有天赋的诗人，我们要给予足够的重视，对他诗歌写作的特点包括他的一些不足要进行全面的、到位的研究。

第五讲　多多诗歌解读

时间：2012年5月11日

地点：北师大七教405教室

主讲教师：谭五昌

听众：北师大2011级中国当代文学专业研究生

谭五昌：毫无疑问，多多是中国当代诗歌史上一位很独特也很重要的诗人。他的独特性体现于其写作风格与艺术生涯的与众不同。多多的名字在很长一段时间内都被那些光芒闪烁的诗人所遮蔽，一直到了21世纪初，当现代汉语诗歌创作集体性疲软的时候，多多的诗歌写作才在诗坛广受推重，开始迸发出耀眼的光芒。所以，多多是一个长期处于被遮蔽的状态、其重要价值有待重新评估的诗人。多多被认为是早期的朦胧诗诗人之一，也是"白洋淀"诗群的重要代表。当然，在朦胧诗诗人的序列里，多多的名字往往是比较靠后的，不像北岛、舒婷、顾城那样排名靠前。这可能也是源于一种历史叙述的误会，一般人往往是根据传统的文学史叙述来认知一位作家与诗人的。不过，作为一位有创造力的诗人，多多的起点很高，他在20世纪70年代初就写出了具有纯正现代派气息的作品。所以在1988年，多多被授予由北岛发起的诗探索奖，核心评语就是多多以"坚韧的执着维持了现代汉语的尊严"。不少人认为，从纯粹的诗歌艺术角度来看，多多的诗歌不一定比北岛的诗歌差。综合来看，在二十世纪七八十年代，多多和北岛在诗歌创作上至少称得上并驾齐驱。

下面，我们来看多多的简历。多多，1951年出生于北京，本名叫栗世征。多多出版的诗集不算多，1986年，出版了处女诗集《行礼：诗38首》，他另一部比较重要的诗集是《里程：多多诗选1973—1988》。多多在20世纪末21世纪初突然声名鹊起，影响很大，所以他算是被重新发现的重要诗人。其实多多早有诗名，是一位资深的中国当代诗人。多多在20世纪80年代出国，大多数时间定居在荷兰，21世纪初回归祖国。在西方语言环境中，他一直坚持汉语诗歌写作，而且整体质量还很高，得到了大家的认可与赞赏，这是相当不容易的。

我们先来看他早期的一个作品——《致太阳》，写于1973年。与芒克类似，多多在诗中也对"太阳"的形象进行了质疑性的解构，但在时间上要比芒克早一点，也显得更加成熟。大家看看在这首诗里面，"太阳"有什么含义。苏楷越，你来读一下《致太阳》。

致太阳

给我们家庭，给我们格言
你让所有的孩子骑上父亲肩膀
给我们光明，给我们羞愧
你让狗跟在诗人后面流浪

给我们时间，让我们劳动
你在黑夜中长睡，枕着我们的希望
给我们洗礼，让我们信仰
我们在你的祝福下，出生然后死亡

查看和平的梦境、笑脸
你是上帝的大臣
没收人间的贪婪、嫉妒
你是灵魂的君王

热爱名誉，你鼓励我们勇敢
抚摸每个人的头，你尊重平凡
你创造，从东方升起
你不自由，像一枚四海通用的钱！

谭五昌：这首诗在语言上比较朴素，容易理解。诗歌以"太阳"为描写对象，那诗里的"太阳"是一个什么样的形象？或者说和你们以前读过的"太阳"的形象有什么区别吗？

彭希聪同学：我觉得这里的"太阳"有一种是力量之源的感觉，并且显得复杂多变。

谭五昌：的确，这首诗塑造了"太阳"非常丰富的形象，在当代诗歌中，目前还没有哪一首诗对"太阳"的形象做过如此全方位的描述。诗中首先提到了"太阳"伟大的功能："给我们家庭，给我们格言"。太阳维系人类生命的成长，而且我们很多智慧的语言都来自太阳的启发。"你让所有的孩子骑上父亲肩膀"，为什么这样说呢？孩子是父亲的希望，而希望也是"太阳"的含义之一，这两者接轨了。接下来看，"给我们光明，给我们羞愧"，太阳是光明的源泉，但为什么给我们"羞愧"？因为，"太阳"是如此伟大、光明，而"我们"却是有阴影的，有很多卑下的行为，所以"我们羞愧"，这一句塑造了"太阳"高大、完美的道德楷模形象。接下来诗人说，"你让狗跟在诗人后面流浪"，这其实表达了一种流浪的诗意。"给我们时间，让我们劳动"，是说太阳给人类带来了白昼，而白天是劳动的时间，有了劳动，才有收获的希望。"你在黑夜中长睡，枕着我们的希望"，这句诗采用了拟人的手法，说明我们人类的一切希望都是太阳带来的。"给我们洗礼，让我们信仰"，这里的"太阳"代表着崇高的信仰，它是被人类崇拜的对象。"我们在你的祝福下，出生然后死亡"，在这里，"太阳"扮演着一个超级大主教与上帝的角色。"查看和平的梦境、笑脸/你是上帝的大臣"，在这里，"太阳"又以一个和平使者的亲切面貌出现。"没收人间的贪婪、嫉妒/你是灵魂的君王/热爱名誉，你鼓励我们勇敢"，这几句是说"太阳"在道德上是至高无上的楷模，彰显了它至高至纯的灵魂与人格力量。"抚摸每个人的头，你尊重平凡"，到这里，诗人突出了"太阳"亲切、无私的形象，它把阳光照在每个人的头上，把阳光分给每一个人，"太阳"既无比高大而又平易近人，就像一位伟大领袖。"你创造，从东方升起"，太阳每天从东方升起，保持着它的创造力，永远循环，永不衰竭，给世界给人类带来奇迹。诗人在此对"太阳"永不衰竭的创造力进行了赞美。最后，诗人写道："你不自由，像一枚四海通用的钱！"这个结尾有些出人意料，它使整首诗的意义发生了转折，带有某种解构主义的意味。罗雪峰，你怎么理解这个结尾的含义？

罗雪峰同学："太阳"是博爱的，是丰富的，这是每个人都可以想象到的，但是诗人却从太阳本身的角度考虑，就是对它本身来说，它是不自由的。

谭五昌："像一枚四海通用的钱"，这个独特意象突出了太阳放之四海皆准的普世价值。作为一个价值的载体和传播者，世界上的人都在分享它，同时世界上只有一个太阳，所以太阳不自由。在这里，诗人对太阳进行了调侃和委婉的讽刺，事实上，越是伟大的事物，就越不自由。这里面有解构主义的意味，而这种倾向也最早出现在多多的诗歌文本当中，是诗人现代派意识的闪现。反讽手法的出现为这首诗带来了一种另类的现代性审美情调，也表明了它与传统的浪漫主义写作手法存在一条分界线，突出了多多现代主义汉语诗人和先锋诗人的形象。这首诗用了很多意象的排比和组合，把"太阳"的丰富性全方位地展示了出来，可以说提升了我们对"太阳"的认知，给中国当代诗歌史上的"太阳"形象，增添了独特的思想艺术亮点。这首诗里的"太阳"，既不是一个完全正面的形象，也不是一个完全反面的形象，它是客观、丰富、复杂的形象。诗人尽可能冷静地表达了对"太阳"的认同、崇敬之情，但还是不由自主地掺杂了一些讽刺和调侃的意味。诗中的情感经验复杂微妙，这也是这首诗具有现代派色彩的重要特征，它形成了情感表达上的巨大张力。

下面我们来看这首《乌鸦》，看看多多的这首诗会给我们带来什么样的体验。苟瀚心，你来读一下。

乌　鸦

像火葬场的上空

慢慢飘散的灰烬

它们，黑色的殡葬的天使

在死亡降临人间的时刻

好像一群逃离黄昏的

音乐标点……

目送着它们的

是一个哑默的

剧场一样的天空

好像无数沉寂的往事

在悲观的沉浸中

继续消极地感叹……

谭五昌：这首诗应该不难解读。大家也读过很多关于乌鸦的诗作，应该知道乌鸦在中国的文化传统中有着特定的含义。薛晨，你来说一下对这首诗的理解。

薛晨同学：乌鸦通常是象征死亡的，会让人感到不安和恐惧，给人带来非常悲观和消极的情绪。

谭五昌：大家都知道，乌鸦是一种不祥的动物，中国人出门，最喜欢听到喜鹊叫，害怕听到乌鸦叫。乌鸦喜欢吃腐肉，它的这种生理习性让我们把乌鸦和死亡联系到了一起，这首诗里的"乌鸦"就是死亡的象征。诗中说到"乌鸦"是"殡葬的天使"，还提到"乌鸦"与"哑默的/剧场一样的天空"的关系，这种关系构成了诗人的一段个人精神史，这段精神史是非常悲凉、消极的。作品里面的"乌鸦"也预示着一代人精神的死亡。与死亡记忆有关的往事对诗人来说是一种沉重的负担，我们看不到诗人振奋的情绪、对理想的积极追求，感受到的只是诗人精神衰老的灵魂状态。所以说这首诗也有着社会学、精神学的价值，从中也能感受到现代主义的味道，因为其中的焦虑、消极与颓废的精神气质是非常突出的。

我们接着来看多多的《教诲》，我认为这首诗展示了诗人在精神上的一种觉悟，对特定历史的重新理解与深刻反思。王力可，你来读一下这首诗。

教 诲

只在一夜之间，伤口就挣开了

书架上的书籍也全部背叛了他们

只有当代最伟大的歌者

用弄哑的嗓音，俯在耳边，低声唱

"爵士的夜　世纪的夜"

他们已被社会的丛林所排除

并受限于这样的主题：

仅仅是为了衬托世界的悲惨

而出现的，悲惨

就成了他们一生的义务

谁说早期生活的主题是明朗的

至今，他们仍以为那是一句有害的名言

在毫无艺术情节的夜晚

那灯光来源于错觉

他们所看到的只是仅仅是

一条单调的出现在冬天的坠雪的绳

只好，只好不倦地游戏下去

和逃走的东西搏斗

并和无从记忆的东西

生活在一起

即使恢复了最初的憧憬

空虚，已成为他们一生的污点

他们的不幸，来自理想的不幸

但他们的痛苦却是自取的

是自觉让思想变得尖锐

并由于自觉而失血

因为不能与传统和解

虽然在他们诞生之前

世界，早已不洁地存在很久了

他们却仍然要找到

第一个发现"真理"的罪犯

以及拆毁记忆

需要等待的时间

——但他们不是同志

他们分散的破坏力量

还远远没有夺走社会的注意力

而仅仅沦为精神的犯罪者

仅仅因为：他们滥用了寓言

最终，他们将在思想的课室中祈祷

并在看清自己笔迹的时候昏迷：

没有，没有在主安排的时间内生活呵

他们是误生的人。在误解人生的地点停留

他们所经历的，仅仅是出生的悲剧——

谭五昌：诗人想强调他们那一代人得到了生活的教诲，所以一开始就写道："只在一夜之间，伤口就挣开了/书架上的书籍也全部背叛了他们"。"他们"指的就是多多那一代人，"书架上的书籍"代表的是理想主义的话语，然而那一代人最终却被无情的现实所嘲弄。他们受到的教育与现实状况完全不一样，甚至背道而驰。所以诗里面出现了反讽性的意象"爵士"，"爵士"有什么含义？爵士音乐代表着反叛，精神和文化的反叛。从这里我们可以看出，这是思想性很强的一首诗，是一代人思想的启蒙诗篇。这首诗写于1976年，当时，很多诗人还不成熟，北岛还在成长中，从这个意义说，多多是一个早慧的、觉悟较早的诗人，他以亲历者的姿态与感受，写出了一代人思想觉醒的痛苦历程。作品尖锐地指出了一代人信仰的危机，"他们的不幸，来自理想的不幸/但他们的痛苦却是自取的"，这句话非常到位，这一代人经过深入骨血的理想主义熏陶以后，离开理想便无法生存，被现实无情打击之后，他们依然要执着地追寻理想。"世界，早已不洁地存在很久了"，表达了诗人对非正义世界的批判意向。诗人在这里是以一个启蒙者的身份在说话。在这一点上，多多与北岛完全一致。这首诗的诗眼或主题句在结尾出现："没有在主安排的时间内生活呵/他们是误生的人。在误解人生的地点停留/他们所经历的，仅仅是出生的悲剧——"。一出生就是悲剧，这把对非理性时代的控诉，推到了一个淋漓尽致的境界。这样的诗在当时振聋发聩，传达了一代人思想觉悟与启蒙的声音，也留下了一代人思想的集体肖像，尽管那一代人的形象是痛苦和扭曲的。当然由于文化代沟的现实存在，这首诗为后来者的理解造成了一定难度，但我个人认为它在多多的创作生涯中，具有一种特殊意义。

　　20世纪80年代中期，多多的意识形态对抗已经过去，进入了个人生命体验写作阶段。在《从死亡的方向看》这首诗中，多多表达了一种对于死亡的独特体验。薛晨，你来读一下。

从死亡的方向看

从死亡的方向看总会看到

一生不应见到的人

总会随便地埋到一个地点

随便嗅嗅，就把自己埋在那里

埋在让他们恨的地点

他们把铲中的土倒在你脸上

要谢谢他们。再谢一次

你的眼睛就再也看不到敌人

就会从死亡的方向传来

他们陷入敌意时的叫喊

你却再也听不见

那完全是痛苦的叫喊！

　　谭五昌：在这首诗里，必须要清楚"他们"和"你"之间的关系，"他们"是谁，"你"又是谁。诗歌描写了一个想象中埋人的场面，所以说"你"是死者，而"他们"是埋人的人。诗人对死亡的场面进行了想象性描绘，叙述是站在死者的角度上进行的，这在构思上是比较新颖独到的。"从死亡的方向看总会看到/一生不应见到的人"，可以理解成你不喜欢的人可能在你的葬礼上出现，当然也可以有其他的理解。"总会随便地埋到一个地点/随便嗅嗅，就把自己埋在那里/埋在让他们恨的地点"，即使人死了，还是要让"他们"恨。这里的"他们"是指在现世生活中与你有过节的人，因为这世上有爱你的人，自然也有恨你的人，正是这种人际关系与情感关系构成了人生的丰富性。"他们把铲中的土倒在你脸上/要谢谢他们。再谢一次/你的眼睛就再也看不到敌人/就会从死亡的方向传来/他们陷入敌意时的叫喊/你却再也听不见/那完全是痛苦的叫喊！"诗人站在死人的角度描写仇恨的场景，非常鲜活、生动，意味深长，写出了人类的恨的情感强度，这种"恨"连死亡都消除不了，因而它是活着的人最为真实的痛苦。大家知道，世界上有两种最强烈的感情，死亡也无法隔绝，那就是恨与爱。这首诗具有人性探索的深度，从中能够看出多多对人性具有深刻到位的体验，不愧是一个出色的现代汉语诗人。大家怎么看这首诗？

王力可同学：我觉得诗人在抒发自身情感的时候，有着特别深刻的体验，并且以一种非常恰当的意象表现了我们很难表述的情感，所以我觉得自己与诗人还是很有共鸣的。

谭五昌：是的，多多的这首《从死亡的方向看》影响力非常大，被认为是诗人最有代表性的作品之一。下面我们来看多多的《春之舞》，看这首诗传达了诗人对于春天怎样的一种体验。王思宇同学来读一下。

春之舞

雪锹铲平了冬天的额头
树木
我听到你嘹亮的声音

我听到滴水声——一阵化雪的激动
太阳的光芒像出炉的钢水倒进田野
它的光线从巨鸟展开双翼的方向投来

巨蟒，在卵石堆上摔打肉体

窗框，像酗酒大兵的嗓子在燃烧

我听到大海在铁皮屋顶上的喧嚣

啊，寂静

我在忘记你雪白的屋顶

从一阵散雪的风中，我曾得到过一阵疼痛

当田野强烈地肯定着爱情的芬芳

我的喊声淹没在栗子滚下坡的巨流中

我怕我的心啊，会由于快乐而变得无用

王思宇同学：我觉得这首诗选取了很多典型的意象，比如"嘹亮的声音""散雪的风""栗子"这些具有强烈生命力的事物，与之前那些诗中压抑和黑暗的意象不同，展现了冬天到春天的变化，表达了"我"心里的一种欣喜。

谭五昌：《春之舞》就是春天的舞蹈，这首诗表达了诗人对于春天到来，喜悦到了想舞蹈的心情，是一种狂喜的体验。这首诗最大的特点在于语言意象表达上的新鲜，以及想象力的出色。"雪锹铲平了冬天的额头"，一开头，诗人所使用的"冬天的额头"的比喻就形象而且鲜活，生动地描述了冬天到春天的转变场景。"树木/我听到你嘹亮的声音"，这是运用通感的手法，刻画了春天生机勃勃的动人形象。后面对于春天景象的描写，也都是非常富有新意和诗性的。"我听到滴水声——一阵化雪的激动"，我们也许也有这样的体验，却很难用这样精妙的语言表达出来。"太阳的光芒像出炉的钢水倒进田野/它的光线从巨鸟展开双翼的方向投来"，"钢水"这个意象的运用让阳光变得富有质感，"双翼"意象的运用则暗示出阳光照射的迅速，这种表述很有新鲜感，也很有画面感。接下来，诗人注意到在旷野上还有动物在活动，"巨蟒，在卵石堆上摔打肉体"，"巨蟒"形象的出现，加之"摔打"这样有力度的动作——诗人通过动物的疼痛感来表达自己因春天降临而萌生的喜悦感。"窗框，像酗酒大兵的嗓子在燃烧/我听到大海在铁皮屋顶上的喧嚣"，这里当然不是窗户在燃烧，而是诗人的情绪在燃烧，达到了沸点；在铁皮屋顶上听到远处的海浪声，是诗人用感觉的多样化来呈现春天到来的图景。"啊，寂静/我在忘记你雪白的屋顶/从一阵散雪的风中，我曾得到过一阵疼痛"，这儿的"疼痛"等同于喜悦感，暗示冬天刚去，初春来临，所以用风吹雪飞来展现北方的春天给人带来的有力触感。结尾是一种抒情，而且在语言运用上非常有特色，"当田野强烈地肯定着爱情的芬芳/我的喊声淹没在栗子滚下坡的巨流中/我怕我的心啊，会由于快乐而变得无用"，这种表达极具感性色彩，非常有意思。"爱情"是指诗人对大自然的热爱之情。诗人在结尾表示，"我"的心只能用来感受快乐，而不能再有别的功用了，这种表达非常智慧，可以说把诗人热爱春天的快乐情绪表达得淋漓尽致。由此我们可以看出多多在语言表达上很有天分：感官全面打开，修辞新鲜而独特。这首诗在春天题材的作品里面，是一首经典，得到了很多诗人和学者的欣赏。

下面，我们来看多多的另一首诗《笨女儿》，看看诗人塑造了什么样的女儿形象。褚云侠，你来读一下。

笨女儿

在漆黑的夜里为母亲染发，马蹄声
近了。母亲的棺材
开始为母亲穿衣
母亲的鞋，独自向树上爬去
留给母亲的风，像铁一样不肯散开
母亲的终结
意味着冬天
从仇恨中解体

冬天，已把它的压力完成
马蹄声，在响亮的铁板上开了花
在被雪擦亮的大地之上，风
说风残忍

意味着另一种残忍：说

逃向天空的东西

被麻痹在半空

意味着母亲的一生

只是十根脚趾同时折断

说母亲往火中投着木炭

就是投着孩子，意味着笨女儿

同情炉火中的灰烬

说这就是罪，意味着：

"我会再犯！"

谭五昌：这首诗的语言有点晦涩，比较典型地体现了朦胧诗的特点，诗中用了很多暗示性的意象来表达诗人的情感体验。诗的开头，"马蹄声"的出现，带来一种紧张感，也带来阴暗的气氛，暗示着死去的"母亲"要上路了。"母亲的棺材/开始为母亲穿衣"，是描写"母亲"刚刚去世的场景。"留给母亲的风，像铁一样不肯散开"，暗示一种悲伤、压抑的情绪。冬天是"母亲"去世的时间，在女儿的心目中，母亲永远是女儿难以释怀的一个心结。"意味着母亲的一生/只是十根脚趾同时折断"，这是全诗的神来之笔，用折断十根脚趾来形容失去母亲的痛苦，把痛苦到极点的感觉写出来了。当然，诗里的女儿并不是真正的笨女儿，而是一个非常纯朴重情的女儿。"母亲往火中投着木炭/就是投着孩子"，这超现实的画面令人惊异，孩子就是母亲生命的火焰与木炭，是她继续生活下去的力量源泉。"同情炉火中的灰烬"，意味着女儿对母亲生命的消失充满悲伤。诗人表达得非常巧妙、非常含蓄，母亲的死亡，让子女感受到一种活着的犯罪感，他们的内疚感来源于自身的生机勃勃和母亲的衰老与死亡。这是一种极为独特的亲情体验。作品的结句"我会再犯"意味深长，表明这个"笨女儿"将继续传承无私奉献、热烈诚挚的母爱，女儿愿意重复母亲的命运，世代相传。诗人用深沉乃至晦涩的意象，含蓄地表达了母爱和亲情的永恒。诗里的"笨"主要是淳朴的意思，就像有些父母骂孩子，实质内心是喜欢孩子一样，"笨女儿"的说法恰恰是对女儿纯真品格的高度认可与欣赏。这首诗中的描述已经完全是个人化的内容，属于个人化的生命体验与感悟。

下面我们来看多多漂泊在荷兰时期所写的一首诗——《阿姆斯特丹的河流》。看看多多在脱离了汉语语境之后的写作，会呈现出什么样的特色，为我们提供什么样的审美体验。彭希聪，请你读一下。

阿姆斯特丹的河流

十一月入夜的城市

唯有阿姆斯特丹的河流

突然

我家树上的橘子

在秋风中晃动

我关上窗户，也没有用

河流倒流，也没有用

那镶满珍珠的太阳，升起来了

也没有用

鸽群像铁屑散落

没有男孩子的街道突然显得空阔

秋雨过后

那爬满蜗牛的屋顶

——我的祖国

从阿姆斯特丹的河上，缓缓驶过……

谭五昌：这首诗比较短，理解起来有点难度。诗中首先出现了"阿姆斯特丹"这个意象符号，大家知道，阿姆斯特丹是荷兰的首都。"十一月入夜的城市/唯有阿姆斯特丹的河流"，这里重点提到了两个地方：一座城市，一条河流。在中国，河流既代表流逝的时间，也是引起思乡情怀的一种经典物象。一位寓居在国外的诗人，在深秋时节，面对着异国他乡的河流，思乡之情肯定会油然而生吧。"突然/我家树上的橘子/在秋风中晃动",这句诗的关键意象就是"我家树上的橘子",因为它特别有中国意味。接下来诗人写道,"我关上窗户,也没有用/河流倒流,也没有用/那镶满珍珠的太阳,升起来了/也没有用",诗人突发丰富的联想,运用排比与对比手法,突出橘子"在秋风中晃动"的形象与画面,表达了作者一种强烈的思乡情怀:橘子树晃动之间,思乡情怀在一瞬间爆发出来。"鸽群像铁屑散落/没有男孩子的街道突然显得空阔",这种充满个人回忆色彩的场景描写暗示出诗人内心的失落和空虚,以此来衬托诗人对故乡与祖国的深沉思念。"秋雨过后/那爬满蜗牛的屋顶",这个意象画面也是非常具有中国特色的,"秋雨"和"蜗牛"都能典型地传达出中国式"秋思"的情感经验。最后,"我的祖国/从阿姆斯特丹的河上,缓缓驶过……",直接点出诗的写作动机。总的来说,这首诗的意象比较简洁,艺术风格含蓄,结构完整,在意象画面的不断流动中,中国情结不断强化,最后直接呈现出对祖国的强烈思念。整首诗虽然有一些朦胧,但是整体的思想情感基调还是清新可感的,显示了诗人在异国他乡的环境里,对中国情怀与母语的可贵持守。这首诗是抒情的,但也很理性、很平静,展现了多多作为一个成熟的汉语诗人的文化认同、情感认同和语言功力。

最后要讲解的一首诗是多多进入21世纪后的作品。从2004年起,多多的诗歌创作俨然又进入喷发的阶段,他写的一系列作品都在中国诗坛引起了很大的反响。但因为时间关系,我们只能选取《我始终欣喜有一道光在黑夜里》这一首来讲解。罗雪峰,你来读一下。

我始终欣喜有一道光在黑夜里

我始终欣喜有一道光在黑夜里
在风声与钟声中我等待那道光
在直到中午才醒来的那个早晨
最后的树叶做梦般地悬着
大量的树叶进入了冬天
落叶从四面把树围拢

树，从倾斜的城市边缘集中了四季的风——

谁让风一直被误解为迷失的中心
谁让我坚持倾听树重新挡住风的声音
为迫使风再度成为收获时节被迫张开的五指
风的阴影从死人手上长出了新叶
指甲被拔出来了，被手。被手中的工具
攥紧，一种酷似人而又被人所唾弃的
像人的阴影，被人走过
是它，驱散了死人脸上最后那道光
却把砍进树林的光，磨得越来越亮！

逆着春天的光我走进天亮之前的光里
我认出了那恨我并记住我的唯一的一棵树
在树下，在那棵苹果树下
我记忆中的桌子绿了
骨头被翅膀脱离惊醒的五月的光华，向我展开了
我回头，背上长满青草
我醒着，而天空已经移动
写在脸上的死亡进入了字
被习惯于死亡的星辰所照耀
死亡，射进了光
使孤独的教堂成为测量星光的最后一根柱子
使漏掉的，被剩下。

罗雪峰同学：我觉得这首诗的风格和多多前期诗歌的风格差别很大。他现在喜欢用长句，而且结构相对复杂，句子也错综复杂。只看题目的话可能觉得诗是在表达对希望的追寻，但是从内容上来看却很晦涩，很难完全理解。

谭五昌：的确，多多近期诗歌的风格发生了转变。以前他的诗很简洁，

但这首诗基本都是用长句子；他不是一个纯粹的抒情诗人，但这首诗还是比较抒情的。这首诗写出了诗人对神性的体验，诗中提到了一些重要的词，比如"光""黑夜"等。多多在欧洲生活多年，受到了西方宗教文化的熏陶，对其有一定认同。在诗里，"光"是一种神性理念，是一种信仰，在黑夜里面，成为照亮黑夜的一个源泉。"光"与"黑夜"是对立的，"黑夜"代表人性的黑暗，而"光"代表着人性的光明与神圣境界，所以诗人说"我等待那道光"，突出了信仰的庄严与持久。"在直到中午才醒来的那个早晨/最后的树叶做梦般地悬着/大量的树叶进入了冬天/落叶从四面把树围拢"，在此，"落叶"和"树叶"代表了生命孤独与脆弱的状态。人的生命也像叶子一样，容易从时光的树上掉下来，但如果你是一个有信仰的人，你就有了某种神性。诗里面还出现了"风"的意象，"风"代表着一种不稳定的心灵状态，一种动荡的情感状态。"谁让风一直被误解为迷失的中心/谁让我坚持倾听树重新挡住风的声音"，"树叶"在作品中是一个经不住时间摧残的孤独、脆弱的形象，但"树"是相对稳定的，诗中的每一个形象都有其具体的含义，"树"和"树叶"的含义虽然是有关联的，但不完全等同。"风的阴影从死人手上长出了新叶"，"新叶"代表着生命的新生，叶子掉下来，一个旧的生命逝去了，但一个新的生命又在生长。"指甲被拔出来了，被手。被手中的工具/攥紧，一种酷似人而又被人所唾弃的/像人的阴影，被人走过"，这暗示了一种神秘的命运现象。"是它，驱散了死人脸上最后那道光"，这里也写到了生命的循环。"却把砍进树林的光，磨得越来越亮"，这儿的光不仅是大自然或物理意义上的光，也是一种有象征意义的光，是一种精神之光、信仰之光。"我认出了那恨我并记住我的唯一的一棵树"，这"树"可能是诗人坚定信仰与理想的一个隐喻。"在树下，在那棵苹果树下/我记忆中的桌子绿了"，桌子曾经是树的一部分，桌子变绿是对生命历程的一种回溯和追忆。"骨头被翅膀脱离惊醒的五月的光华，向我展开了/我回头，背上长满青草/我醒着，而天空已经移动"，这完全是一种死亡的想象性体验。"写在脸上的死亡进入了字/被习惯于死亡的星辰所照耀/死亡，射进了光"，死亡必将被书写，死亡也具有神圣性，在有了宗教信仰之后，死亡也就变得有意义，变得永恒，这就是死亡的不死性，是精神的永恒性。"使孤独的教堂成为测量星光的最后一根柱子/使漏掉的，被剩下"，星光具有神圣性，孤独的教堂因而成为人生命意义的最后载体。

这首诗展示了肉体凡胎的死亡和精神生命的再生与永恒，凸显了精神信仰对人生命的重要性，尽管在局部的解读上有一定的朦胧性，但整体思路还是清晰、连贯的。诗人将长句子进行了排列组合，使诗句变得流畅，抒情优雅。从中我们可以看到多多在西方语境中创作所发生的一些变化：由于西方语境的存在，由于对西方宗教信仰有意无意的吸纳，他的诗歌文本有东西方文化的包容性和混杂性。中西贯通的思想情感的注入，使他的诗歌文本包含有中国经验的同时又具有西方化与全球性的特点，为如今全球化语境下的诗歌写作提供了某种范例。也许同学们对多多的诗歌不太敏感，但他诗歌所容纳的情感经验比许多诗人的诗歌具有更多的丰富性与复杂性，而这也正是多多诗歌的独特价值之所在。

下面我给大家念一下多多在2005年获得华语文学传媒大奖年度诗人奖项时的授奖辞：

> 多多是一个真正的汉语诗人。他的诗歌以精湛的技艺、明晰的洞察力、义无反顾的写作勇气，近乎完美地承续了汉语在当代中国的艰难使命。他将自己对世界和生命的温情理解，融于每一个词语、每一个句子的细致雕刻，并在每一首诗歌的内部构造上，力图实现他孤寂而坚定的美学抱负。他对汉语尊严的忠诚守护，使他的诗歌很早就形成了显著的个性和风格：意象简洁，节奏明快，语言准确、锐利而富有张力，对心灵细节有深切的敏感和痛苦的体认，对人类的精神困境有明确的艺术承担。他在二〇〇四年度发表的一系列诗作，以及他本人在母语国家的重新出场，照亮了那些美好而令人激动的文学记忆，同时也见证了汉语诗歌永不衰竭的丰富可能性。

为加深大家对多多这位有深度的诗人的理解，我在这里再把几位知名诗人与评论家对多多的诗歌评价介绍一下，他们是多多的朋友，他们的评论很有意思。

现在美国高校任教的诗人麦芒认为：多多是一位伟大的孤身旅行家，跨越了民族、语言和历史的边界；同时，他还是一位坚定的幻想家，执着于最基本、最普遍的人类价值，如创造、自然、爱和梦想。

《当代世界文学》执行主编罗伯特认为：多多是第一流中国诗人群体中的重要人物，值得西方予以严肃注意和承认。

当代著名诗评家唐晓渡认为：作为一位"气力绝大"而又惜墨如金的诗人，多多的独特之处在于从一开始就牢牢把握住了诗之所以为诗的理由，使命运和写作的历练混而不分，并使话语立场的极端个人化和诗艺追求的极端去个人化相得益彰，据此形成其既不断变化又一以贯之，交织着沉痛精警和奇幻瑰玮，而又每每深蕴分裂快感的个性风格。他以形式的精心锻造抓住四散的生存和记忆碎片，在二者的斗争冲突中完成歧义横生的主题呈现；他迫使每一个语词在偏离中发散出形、色、音、义的最大能量，并以经常令人感到头晕目眩的语速或场景转换，将其聚合成一个个密布着涡旋和暗影的精神织体。

总之，多多的创作能够充分彰显汉语诗歌的力量，维护汉语诗歌的尊严，这是大家公认的。不过，多多的诗歌并非都是珍珠，都是经典之作，他的部分诗作也存在空泛的弊端。尽管多多对自己的诗歌很自信，但有的作品还是受到了他自己的质疑，这说明多多对自己要求很高。对于中国当代诗歌的期望，多多曾这样回答：中国新诗有广大的未来，只是需要几代人的铺路，才有望达到高峰，目前除了踏实去创作，其他一切免谈。我非常欣赏多多这种清醒、务实的态度，他反映出了我们中国新诗"在路上"的状态。从这个意义上说，多多和他出色同行的诗歌都是铺路石，还需要一代人或几代人卓绝的努力，汉语新诗才有望达到高峰阶段与辉煌境地。我们在此向多多表示致敬，同时祝愿他在诗艺创造上取得更大的成就。

第六讲　顾城诗歌解读

时间：2012年5月18日

地点：北师大七教405教室

主讲教师：谭五昌

听众：北师大2011级中国当代文学专业研究生

谭五昌：在朦胧诗诗人群体里面，顾城是最有传奇色彩、最具话题性的一位诗人，这源于他独特的人生经历、爱情传奇以及精神结构。他长着一双童话般忧郁的眼睛，外表清秀，稍显孩子气，经常戴一顶白色的高帽。这顶帽子是诗人精神形象的独特标志，传递出他对这个世界缺乏安全感的隐秘信息。舒婷曾赠予顾城"童话诗人"的称号，在中国当代诗歌史、文学史上，的确只有顾城堪当这个称号。所以要解读顾城的诗人形象，需要先从童话这个话题展开。

之所以把顾城称作"童话诗人"，这首先归因于他浓郁的大自然情结。他讨厌跟人群接触，当然，美好的女性除外，所以大自然理所当然地成为顾城诗歌中的一个重要元素。无论是在早期、中期还是晚期，顾城均有大量以自然为表现对象和主题的诗作。

许多有着大自然情结的诗人都有浓郁的浪漫主义情怀，顾城也不例外，因为他总是以一种纯粹审美的姿态去观看周围的一切，与大自然进行亲密无间的交流。然而大自然的奥秘是无法探索穷尽的，自然而然，唯美的浪漫主义也容易发展为神秘主义。起初，顾城的作品并不那么朦胧，但越到后期，他写作中的神秘主义倾向愈加明显。到20世纪80年代末90年代初，顾城的作品已经真正走向朦胧，写出了《鬼进城》这种非常神秘、晦涩、难以用正常思维解读的诗歌文本，真正达到了一种"自动化写作"的境界。

另外，我们也从顾城的心理结构来做点分析，顾城有着非常深重的女性崇拜情结和恋母情结。在当代诗人中，海子也有非常明显的女性崇拜情结，但是他对女性是用一种贾宝玉式的眼光去欣赏，而顾城更多的是把女性当作母亲去崇拜、去依恋，他对妻子谢烨就有这样一种情结。当他的恋母情结遭到现实毁灭性的打击无处安放的时候，他就走向了极端，将那把代表暴力的斧头砍向了他的"母亲"——谢烨。

"童话诗人"的形象定位非常鲜明地指出了顾城的人格状况，彰显出他独特的精神气质。值得一提的是，虽然顾城的作品有很高的审美价值，但是思想性却较弱。如果说读北岛的作品让我们变得深刻凝重，变得有历史感、有思想深度，那么读顾城的作品则容易让我们逃避现实、逃避社会、逃避世界，让心智变得幼稚。

刚才，我们主要从精神层面或者思想内涵层面谈了顾城诗歌的关键词：大自然情结、浪漫主义、神秘主义、女性情结。那么从艺术层面上看呢，顾城诗歌风格空灵，语言单纯、纯净，意境唯美、神秘、奇幻，不苛求思想的深度，而以幻想的广度、情感的深度取胜。当然，绝不是说顾城的诗歌中没有思想，那其实是一种童话般和孩童般的思想。顾城有天才般的悟性，但没有北岛那种成人的深刻思想。他们俩完全是两种类型、两种诗歌风格。

顾城是北京人，原籍上海。他的学历不高，12岁便辍学了，后来便跟随他父亲、20世纪50年代著名诗人顾工下放到山东。当时顾城身上除了一本字典，什么书也没有，每天放羊放牛，对着天空与大地发呆，脑袋里常常涌现出一些莫名其妙的诗句，他早期不少诗作都是在这个时候酝酿成型的。1971年，他写出了《我是一个任性的孩子》，1971年到1974年间，他又写出了一两首早期代表作，但他的诗作真正引起反响，是他20世纪70年代后期在北京西城区一张小报上发表作品之后。当时，他的一组具有所谓朦胧诗特点的作品，引起了著名诗人公刘的关注并撰文《新的课题——从顾城同志的几首诗谈起》。这篇文章认为，以顾城为代表的新一代诗人以新的诗歌美学冲击着老一代诗人的审美观，老一代诗人读不懂年轻人的诗了，这引发了他们深刻的焦虑，一个新课题摆在了他们面前。从此顾城声名大噪，由一个默默无闻的诗歌青年，成为当时社会上的焦点诗歌人物，并成为朦胧诗派的最主要代表之一。

顾城的爱情经历相当传奇，这里简单说说。顾城与他的妻子谢烨是在火车上相遇的，顾城曾给谢烨写过几百封情书，但专门登门拜访她的父母时却被拒之门外。顾城一屁股坐在谢烨家门外等着，他以这种方式打动了谢烨，也取得了岳父岳母的谅解，顾城和谢烨最终结合在一起了。

对顾城来说，他的人生经历、创作经历出现重大转变是在1987年。这一年，顾城应邀走出国门，出访欧美进行讲学交流。这时候他认识了命中注定的情人英儿。于是一个非常独特的三角恋关系开始了，顾城童话般的理想主义世界也因为这两个女人的加盟而得以形成。1988年，顾城到新西兰讲学。后来，他厌倦了人类社会，便模仿法国印象派画家高更，与他的妻子谢烨在新西兰激流岛过上了与世隔绝的原生态生活。后来，他把情人英儿也召唤到了激流岛上，开始了与两个女人一起生活的独特经历。大家如果看了顾城的相关资料，就知道他的悲剧是注定的，因为他经常沉浸在个人的世界当中，有比较严重的自恋心态与任性的性格。我曾听舒婷讲过一件事。说有一次顾城、谢烨与她一起去逛商场，顾城看到一个玩具想买，但是谢烨不买给他，结果当着舒婷的面顾城就坐到了地上，一副要哭的样子，搞得舒婷很尴尬，连声说："我来买，我来买吧。"谢烨看到这个场面，只好掏钱给他买了玩具，顾城这才站了起来。这是舒婷亲自见过的，比较可靠。这说明顾城虽已经是一个成人，却完全是小孩的心性，他把自己欣赏的女性、他名义上的妻子——谢烨当作了母亲，至少，当作他精神上的母亲来依赖。但他还贪心不足，他还需要一个英儿，一个情人，来建造他理想中的女儿国。

在新西兰的激流岛上，他最终实现了自己心目中唯美、浪漫、童话般的生活图景，但最终却以惨烈的悲剧收场。他希望两个女人都围着他转，但这两个女人之间肯定会产生矛盾，说白了，跟顾城相比，这两个女人还是比较现实的。童话型与现实型的人物生活在一起久了，自然会有矛盾。谢烨曾经抱怨顾城不找工作，仅靠养鸡来维持生计，而养鸡在国外又受到限制，不能养很多，所以他们的生活非常窘困。后来顾城自己画画去卖钱，但是也不能满足一家人的生活——他们，还有儿子木耳，加上情人英儿。物质生活上的短缺只是其中一个方面，女人之间难以调和的情敌关系也让三个人深受其害。谢烨是一个非常不错的女人，她多年来一直把顾城当作儿子一样照顾。据说顾城是诗人中自理能力最差的一位，穿衣服都要谢烨帮他穿，什么都要谢烨来照顾，所以他对谢烨非常依赖。谢烨是他的"母亲"，而英儿是他的情人，他既想得到母亲又想得到情人，完全沉浸在个人的幻想世界里面，忽视了现实的人性状况。结果这两个女人因为感情、心理乃至性格上的分歧产生了冲突。后来，英儿跟一个年龄比较大的英国老头走了，这在顾城和谢烨夫妻之间引起了轩然大波，两个人不断吵架，互相抱怨，让谢烨感到非常疲惫。这个时候，有个据说是华裔的成功男士追求谢烨，而谢烨也想摆脱顾城，摆脱让她扮演多种角色的痛苦的生活，于是闹离婚了。顾城在给父母、姐姐写的很多书信里，表达了他非常失望的心情。

在1993年10月8日这一天，他们俩又发生了激烈的冲突，顾城看到谢烨去意已决，在绝望之下，这个崩溃的孩子，这个长不大的孩子，这个有着深刻恋母情结的"童话诗人"犯下了一生中最为致命的错误，他拿起斧头砍向了他的妻子，将她砍成重伤。顾城在给顾乡的信中说道："姐姐，我把谢烨给打了。"他没有用"杀"这个字，说明在他的潜意识里面他确实只是打，而不是有意地去杀谢烨。据可靠的资料，包括顾城姐姐顾乡的描述，四个小时以后，得不到及时救治的谢烨才去世，这说明顾城当时并没有蓄意把谢烨砍死。当顾城发现自己犯下这么大的罪行以后，吓疯了，于是在一棵树上上吊，以一种不太体面的方式，结束了自己传奇性的也是悲剧性的一生。后来有个香港导演拍了一部电影，名叫《顾城别恋》，把顾城不好的一面放大了，顾城杀妻一幕让人感觉他是一个十恶不赦的杀人犯，这肯定是主创人员在社会伦理意义上对顾城的看法与评价。其实这样的理解和评价是有失偏颇的，我们不能完全用社会道德伦理来看待与评价这位诗人。当我们从一个长不大的"童话诗人"的精神结构层面来分析顾城，评价就会比较客观而全面了。简单说来，顾城是一个长不大的孩子，他的人格不健全、不成熟，情感很脆弱，他对谢烨的暴行是一个儿童般无意识的撒娇行为——暴力的撒娇。顾城的人格当中缺乏一种现实的安全感与把握感，缺少一种应有的与现实相适应的协调能力，所以他的精神人格还是比较幼稚的。

顾城生前出过一些诗集，虽然数量不多，但是作品的影响都很大。2010年，江苏文艺出版社给顾城出了一本全集，很厚重，里面还包含了顾城的全部画作，确实是下了一番功夫的。顾城一生只写过一部长篇小说——《英儿》，这部小说具有强烈的个人自传色彩。如果你要研究顾城，可以通过《英儿》这部小说来了解他的情感世界。很有意思的是，这部小说是谢烨要求他写出来的，一般人恐怕不能理解，一个妻子何以逼老公把自己的三角恋关系与情爱经历全部写出来。这足以说明这对夫妻感情世界、精神世界的与众不同。

下面我们来看看顾城写给谢烨的情书，这是很宝贵的资料。薛晨，你来读其中的一封情书。

小烨：

收到你寄出的避暑山庄的照片了，真高兴，高兴极了，又有点后悔，我为什么没跟你去承德呢？斑驳的古塔夕阳蕴含着多少哲理，又萌发出多少生命，无穷无尽的鸟没入黄昏，好像纷乱的世界从此结束，只有大自然，沉寂的历史，自由的灵魂。太阳落山的时候，你的眼睛充满了光明，像你的名字，像辉煌的天穹，我将默默注视你，让一生都沐浴着光辉。

我站在天国门口，多少感到一点恐惧，这是第一次，生活教我谨慎，而热血却使我勇敢。

我们在火车上相识，你妈妈会说我是坏人吗？

顾城

1979年8月

薛晨同学：情书里面有很多关于大自然的描写，可以看出诗人是一个热爱大自然又有一点孩子气的人。文字里所传达出的情感，有一点自然清新，又有一点浪漫，就像孩童面对自然时的那种单纯无邪。

谭五昌：我觉得读了这封信之后，你马上就会感到顾城真是一个天才诗人。你们看，这里面的文字多么灵动、精妙，他对避暑山庄的想象性描写简直是天才般的，"斑驳的古塔夕阳蕴含着多少哲理"，这里面有历史的沉浮、人世的变迁。"又萌发出多少生命，无穷无尽的鸟没入黄昏"，画面的组接非常美，非常动人，"黄昏"在此代表历史的变迁，"鸟"的意象在这个语境中很有历史的深邃感。"好像纷乱的世界从此结束，只有大自然，沉寂的历史，自由的灵魂。"三个短语的并列，给我们提供了非常辽阔的思想空间。再看，"太阳落山的时候，你的眼睛充满了光明，像你的名字，像辉煌的天穹，我将默默注视你，让一生都沐浴着光辉。"这表达多好啊，比"我爱你""永远爱你"这类表述要强一百倍，非常含蓄，但是非常有力度。而且从这封情书里面，我们可以看出顾城对谢烨的情感基调——女性崇拜心理。虽然这封信很短，但传递的精神信息是非常丰富的，包括顾城对自然、对历史、对爱情的理解。他说"我站在天国门口，多少感到一点恐惧"，说明顾城把他们的爱情想象成天国中的爱情。"生活教我谨慎"，说得多有哲理啊，生活确实需要谨慎；"而热血却使我勇敢"，"热血"一词表明对爱情的渴望让诗人无比勇敢，敢于落实到行动中。所以，虽然和谢烨是在火车上见面，匆匆邂逅，但顾城还是做出了一个大胆的举动，展开了一段异地恋，勇敢地去追求自己的爱情。因此我们说，顾城他本人也并不是没有思想，只是他的思想是一种"童话诗人"洞察一切的敏锐直觉，是作为一个非常有悟性的大男孩，对于自然、对于世界、对于爱情、对于人性的敏锐感悟，而不是北岛那种深邃、理性的思想。如果说这封信前面说的是精灵的话语，那么最后一句说的就是凡人的话语了，"我们在火车上相识，你妈妈会说我是坏人吗"，顾城也有做普通人，进行普通人思维的时候。果然，谢烨的妈妈一开始把顾城当作一个"骗子"与"坏人"，要不顾城怎么会花了整整四年才最终追到谢烨呢！

刚才我主要介绍了一下顾城的生平逸事及诗歌写作特色等方面的内容，又以他的情书做了引子，现在我们正式进入对顾城诗歌的解读吧。我们先来看他早期的诗作《生命幻想曲》，该诗写于1971年。当时，正在放牛的顾城，用诗歌写出了一个少年对生命童话般的想象。从这首诗里，我们可以感受到他在诗歌上的天赋，请大家思考，他幻想的内容是什么，呈现了什么样的艺术风格。鲁博林，请你读一下这首诗。

生命幻想曲

把我的幻影和梦，

放在狭长的贝壳里。
柳枝编成的船篷，
还旋绕着夏蝉的长鸣。
拉紧桅绳
风吹起晨雾的帆，
我开航了。

没有目的，
在蓝天中荡漾。
让阳光的瀑布，
洗黑我的皮肤。

太阳是我的纤夫，
它拉着我，
用强光的绳索，
一步步，
走完十二小时的路途。
我被风推着，
向东向西，
太阳消失在暮色里。

黑夜来了，
我驶进银河的港湾。
几千个星星对我看着，
我抛下了
新月——黄金的锚。

天微明，
海洋挤满阴云的冰山，

碰击着，

"轰隆隆"——雷鸣电闪！

我到哪里去呵？

宇宙是这样的无边。

用金黄的麦秸，

织成摇篮，

把我的灵感和心

放在里边。

装好纽扣的车轮，

让时间拖着，

去问候世界。

车轮滚过

百里香和野菊的草间。

蟋蟀欢迎我，

抖动着琴弦。

我把希望溶进花香，

黑夜像山谷，

白昼像峰巅。

睡吧！合上双眼，

世界就与我无关。

时间的马，

累倒了。

黄尾的太平鸟，

在我的车中做窝。

我仍然要徒步走遍世界——

沙漠、森林和偏僻的角落。

太阳烘着地球，

像烤一块面包。

我行走着，

赤着双脚。

我把我的足迹，

像图章印遍大地，

世界也就融进了

我的生命。

我要唱

一支人类的歌曲，

千百年后

在宇宙中共鸣。

王力可同学：我感觉这首诗充分表现出了诗人对大自然的崇拜情结。诗人在自然之中攫取几个比较鲜明的意象，通过它们呈现出对自然、生命的崇高向往，风格十分清新脱俗。

谭五昌：这首诗确实写出了一个富有梦想富有理想情怀的少年，对整个生命、整个世界的一种童话般的美好想象。诗的题目是《生命幻想曲》，少年诗人幻想着自己在这个世界上随心所欲地旅游，其诗歌感情非常纯粹、自由、浪漫。比如，顾城这样描叙自己在蓝天中遨游的场景："没有目的/在蓝天中荡漾/让阳光的瀑布/洗黑我的皮肤。"其中的意象很棒，想象力非常优异。"阳光的瀑布"，突出了阳光的质感，"洗黑我的皮肤"，则显示出了阳光的强烈，读起来让人很有审美的愉悦感。

这首诗的想象整体上很有童话色彩，我们看这一节诗："太阳是我的纤夫/它拉着我/用强光的绳索/一步步/走完十二小时的路途/我被风推着/向东向西/太阳消失在暮色里。"出色的想象力需要一颗赤子之心，一个诗人有天真的情怀，才有童真的想象力，这是一个颠扑不破的真理。我们现在的很多诗人已经丧失了这种童真的想象力，而顾城在他的少年时代就已经拥有了这种无与伦比的童真想象力。

在无拘无束的狂想的旅程中，少年诗人突然这样自问："我到哪里去呵？/宇宙是这样的无边。"这种自问突出了诗人个体生命的孤独感。宇宙无边，个体生命却很渺小。前面，作者想象着他在蓝天中飘荡，放飞少年无拘无束的情怀，接下来，他从天空回到大地，在大地上旅行："用金黄的麦秸/织成摇篮/把我的灵感和心/放在里边/装好纽扣的车轮/让时间拖着/去问候世界。"这里出现了"世界"的意象。我发现，"世界"的意象在朦胧诗诗人的诗歌文本中出现，绝对很有深意。在北岛的诗歌里面，"世界"是冷漠的、不能让人相信的，而在顾城的这首诗中，"世界"则具有美好的含义。

我们接着看下面一节："我行走着/赤着双脚/我把我的足迹/像图章印遍大地/世界也就溶进了/我的生命。"你看，整个空间变得极为开阔，只有具有空间意识或宇宙意识的人才能有这种视通万里的想象。此诗虽然是顾城少作，但值得注意的是，顾城已经拥有自觉的宇宙意识与生命意识了。

在作品的结尾，少年诗人这样直抒胸臆："我要唱/一支人类的歌曲/千百年后/在宇宙中共鸣。"刚才我们说到了空间意识、宇宙意识，在结尾处，我们又感受到了诗人的时间意识，同时也还有宇宙意识，"在宇宙中共鸣"就是明证。另外，顾城还有人类意识，"一支人类的歌曲"这个意象也是明证。《生命幻想曲》这首诗，表达的是诗人热爱生命、热爱自然的主题，整首诗的境界非常阔大。我个人认为顾城这一首诗就已经把他父亲顾工的所有作品都超越了，显示了顾城在诗歌上的过人天赋。

《生命幻想曲》单纯却不简单，有着纯美的自然情结、开阔的时空意识、自由洒脱的少年浪漫情怀，以及宇宙意识、人类意识。从这首诗中我们可以看出，顾城的精神视野还是很开阔的，这与一个少年心高气傲、胸怀远大的精神状态是分不开的。总体来说，这首诗还是给我们带来了一种青春写作的美感，是比较典型的青春写作作品。

接下来，我们来看看顾城20多岁以后的作品，这时的顾城已经进入了青年时代，他写出了自己重要的代表作，或者说影响最大的代表作，那就是《一代人》。《一代人》只用了两句话，就把一代人的精神肖像深刻、生动地刻画了出来。大家反思一下，为什么这两句话会有那么大的影响力。我先给大家背诵一下。

一代人

黑夜给了我黑色的眼睛
我却用它寻找光明

褚云侠同学：我觉得它之所以有这么大的影响力，是因为诗人用最简洁的语言勾画出了一代人的精神肖像。"黑夜给了我黑色的眼睛"，这其实包含一种因果关系，"我却用它寻找光明"，这是一种转折。"黑夜"是对当时整个大环境的一个勾勒，但在那样的环境下，一代人却仍坚守着对光明的向往和追求，和北岛的决绝有一种异曲同工之妙。

谭五昌："黑色的眼睛"，有着很深刻的象征内涵。如果跳开这首诗的语境来思考，"黑色的眼睛"是"黑夜"给"我"的吗？从生理学角度来讲，"黑色的眼睛"并不是"黑夜"给的，是父母遗传的。但是在这首诗里顾城却说"黑色的眼睛"是"黑夜"给的。"黑夜"是一个什么概念？当然不是气候学概念上的黑夜，而是指社会历史含义上的黑暗时代与黑暗势力。那么"黑色的眼睛"有什么含义呢？有一种理解是，黑色这种色彩是很单纯的、纯粹的。当然还有另一种理解，"黑色的眼睛"貌似单纯，其实也是复杂的，能够穿透历史文化的黑夜，穿透历史的迷雾。所以"黑夜""黑色的眼睛"的象征含义可以有很多，但不能过于偏离作者的本意。

"黑夜给了我黑色的眼睛/我却用它寻找光明"，从第一句到第二句是一个转折。这里面，"光明"和"黑夜"是对立的。当"黑夜给了我黑色的眼睛"，"我"却没有沉浸在"黑夜"当中，沉浸在无限的颓废、堕落之中，而是要挣扎，要抗争，要振作，要奋斗，要追求，最终要寻找到"光明"。"光明"在此不仅仅指大自然的黎明，更象征一个正义、公正、合理、理想的人类社会秩序。"光明"和"黑夜"是两个相对立的象征性意象，含义深刻，要从文化、社会等角度去理解。这首诗非常生动地展现了一代人的心路历程：他们

172

虽然处在一个文化专制与思想暴政的时代，但是他们绝不颓废，他们依然苦苦地追寻心中理想的美好社会。由于这首诗把一代人苦苦追求理想的精神面貌与心灵诉求展现出来了，所以它有代表性，称得上一代人集体性的精神肖像。因此这首诗发表出来以后，在社会上，尤其在广大知青中引起了巨大的反响。可以说，顾城喊出了一代人的心声，留下了一代人思想的文字记录。如果你要了解20世纪70年代末80年代初年轻人的精神状态，你必须读读这首诗。这就是一首经典当代汉语诗歌的价值，这两行诗抵得上十部平庸的长篇小说。它虽然篇幅短小，但容量巨大，一个时代的精神状况以一首诗的形式得到了高度艺术化的展现。

另外，这首诗的色彩意象的运用非常成功，黑色同白色的对抗，令色彩很有质感。"黑夜给了我黑色的眼睛"，让我们以为诗人就会这样沉沦下去，结果他却反其道而行之，要去寻找"光明"。结构有转折，诗意也有转折，显得层次丰富，且有戏剧性。可以说这首诗无论是构思、立意、语言还是意象，都非常巧妙、妥帖、自然，且联想丰富。这首诗的标题也非常好，虽然诗中出现了"我"，但这个"我"不是个体的"我"、小写的"我"，而是集体的"我"、大写的"我"，代表一代人的"我们"。所以说这首诗表现的是一种集体经验，而不是个人经验。大家对这首诗还有什么看法？

罗雪峰同学：这首诗改变了我们对顾城的一贯审美。从这首诗里面，我们看到他不仅是一个"童话诗人"，而且是一个很有哲理的，对整个历史的思考判断很准确的诗人。

谭五昌：提醒大家一下，我们对一个诗人的理解不要绝对化，不要认为"童话诗人"写的就全部都是童话性诗篇。这首诗就反映出了顾城对一代人思想秘密的把握，这个时候他已经跟北岛站在一起了。当然顾城诗歌的主体还是童话诗，而这首诗显示了他成熟的一面，说明他也不是完全地活在个人的童话世界里面，他也是有社会性的，他对这个社会与时代还是有自己清晰的把握的。

下面我们来看《远和近》。这首诗很有意思，每一句都不朦胧，但组合在一起便让人有些不知所云。褚云侠，你来读一下。

远和近

你
一会看我
一会看云

我觉得
你看我时很远
你看云时很近

褚云侠同学：我觉得这首诗包含了两个"看"，一个是你在"看我""看云"，一个是"我"在"看你""看云"。这里面只有一个"云"的意象，我认为它代表着一个飘忽不定的、单纯的、诗人幻想中的乌托邦世界，而"我"代表的可能是现实世界，或者说"我"和"云"是一种此岸和彼岸的关系。诗里面的那个"你"，"看我"时很远，"看云"时很近，传达出他对理想的追求和向往。而"我"在"看你""看云"，我觉得诗人想说的是，"我"曾经也像"你"一样向往着美好的乌托邦。

苟瀚心同学：其实我想把这首诗当作一首哲理诗来解读，诗歌传达出的是诗人对生活的提炼：诗人在这首诗里面表达了一种距离感。距离可以分两种，一个是物理距离，一个是心理距离。"我"跟"你"，人和人之间站得很近，"我""你"和"云"的距离很远，这说的是物理距离；但是论及心灵距离，"我"跟"你"却变得远了，"你"跟"云"却近了，传达的是人和人之间沟通和交流的隔膜，以及交往上的距离感。

谭五昌：经过"文化大革命"的中国社会，人与人之间互相不信任了。"你看云时很近"，"我"和"你"互视的时候反而显得遥远了，体现出人与人之间思想与情感上的隔膜，这实际上是对"文化大革命"所带来的人心之间的隔膜现象的委婉含蓄的批判。此外，这首诗还有一个比较明显的主题，是什么呢？我认为这里面有一个爱情主题或初恋主题。因为当时的人们都是比较害羞的，"你"和"我"可以被理解成一对异性，"你看我时很远"，为什么呢？因为害羞、紧张啊，但"你看云"时就显得很自然、放松，这就表现了一种初恋的心态，并且表现得惟妙惟肖。这首诗至少包含了这两个主题，肯定还可以做出其他的主题解读。其实只要我们用心去感悟，就能看懂它，你说这样的诗歌朦胧吗？不朦胧。但是到了20世纪80年代末90年代初的时候，顾城的诗就真有些看不懂了，比如说《鬼进城》，就已经完全走向神秘主义了。

下面我们来讲解顾城的一首诗——《游戏》，其中的游戏场景所传达的情感体验，是我们现在所没有的，具有时代性，也具有超越性。王力可，你来读一下吧。

游　戏

那是昨天？前天？
呵，总之是从前
我们用手绢包一粒石子
一下丢进了蓝天——

多么可怕的昏眩
天地开始对转
我们松开发热的手
等待着上帝的严判

但没有雷，没有电
石子悄悄回到地面
那片同去的手绢呢？
挂在老树的顶端

从此，我们再不相见
好像遥远又遥远

只有那颗忠实的石子

还在默想美丽的旅伴

谭五昌：这首诗写得很空灵。这是诗人回忆以前玩的游戏，联系时代环境，为什么玩一个游戏会受到惩罚呢？这肯定不是一个普通的"游戏"，而且这个"游戏"所带来的后果很严重，诗人是用一种隐喻的手法来书写自己的情感遭遇。事实上，这首诗书写的是一对情窦初开的年轻人的情感遭遇，"我们"进入了恋爱的禁区："我们用手绢包一粒石子/一下丢进了蓝天——"。在当时的语境中，"蓝天"代表至高无上的思想权威，"我们"在爱情受到禁锢的年代，反抗对爱情进行压抑的思想体制。"石子"代表反抗与抗争，而反抗的对象就是"蓝天"，但"蓝天"所代表的思想专制对当代年轻人的"爱情"是不容忍的，除非恋爱双方是革命者，以革命的名义进行恋爱。纯粹的爱情信徒，在当时政治化的环境中是没有合法性的，所以诗里出现了这样的场景："多么可怕的昏眩/天地开始对转"。年轻人对自由爱情的向往与追求受到了以"蓝天"为代表的专制思想的巨大压抑，"发热的手"一词暗示"我们"对爱情无比渴望，"等待着上帝的严判"，表明"上帝"与"蓝天"同为一体，象征着最高统治意志，将对两个年轻人的爱情进行严厉的惩罚。两个年轻人追求爱情在当时来说是一种叛逆行为，是对当时的主流思想进行公开的挑战，所以要受到惩罚。但是接下来出现了戏剧性的一幕："但没有雷，没有电/石子悄悄回到地面/那片同去的手绢呢？/挂在老树的顶端/从此，我们再不相见/好像遥远又遥远/只有那颗忠实的石子/还在默想美丽的旅伴"。"我们"很害怕，但是最后并没有受到惩罚，只是虚惊一场。然而因为受到了惊吓，"我们"最后分开了，从此再不相见，一段属于年轻人的本应轰轰烈烈的爱情就这样夭折了。"好像遥远又遥远"暗示"我们"现在天各一方的无言结局，"忠实的石子"既是爱情的见证，也暗示"我们"当初的反抗，"美丽的旅伴"是指作者心中的恋人。这首诗运用了具有时代色彩的象征意象，非常生动而含蓄地呈现了一段没有结果的美丽恋情，表现了一代人特定的爱情经验：那是一种未完成的状态，不敢完成，因为上面有思想高压。但是我们觉得这种没有完成的爱情非常美丽，就像《红楼梦》里面贾宝玉和林黛玉的爱情悲剧，具有打动人心的思想艺术力量。悲剧是文学审美中的最高境界，这首诗是用童话般的艺术手法，呈现具有时代鲜明特征的爱情悲剧，让我们浮想联翩，让我们在遗憾中得到审美的满足。

接下来我们来看顾城的一首短诗《感觉》。这首诗很重要，它在很大程度上代表着中国当代诗歌进入了新的阶段。二十七年间（1949—1976），我们的文学创作都强调深刻，再深刻，虽然可以用现代性的理论框架去阐释和解读20世纪50年代至70年代当代文学丰富的主题和精神内容，但是我们读了那些作品之后并没有强烈的审美感觉。而这首诗还原了文学应有的审美感觉，让我们的当代诗歌从一种政治口号化的所谓"深度写作"中解脱出来，让我们回归到一个开阔的审美场域。罗雪峰，你来朗读一下。

感　觉

天是灰色的

路是灰色的

楼是灰色的

雨是灰色的

在一片死灰之中

走过两个孩子

一个鲜红

一个淡绿

罗雪峰同学：我感觉这首诗还是与时代有一定关系，是写诗人对自己所处的这个时代的感受的，"一个鲜红""一个淡绿"，隐喻的是他对这个"灰色的"年代萌发出的一些希望，就像"用黑色的眼睛""寻找光明"一样。

谭五昌：从这首诗的具体语境来说，它主要描写并呈现了雨天的感觉。"天是灰色的/路是灰色的/楼是灰色的"，在阴雨天，所有的色彩都是"灰色"，给人很压抑的感觉。"在一片死灰之中"，请注意，"死灰"这个词用得非常到位，有原创性，表达了一种沉重的压抑感觉。接下来，"走过两个孩子"，这两个孩子不是穿着"灰色的"衣服，而是"一个鲜红""一个淡绿"。你读到这里的时候，眼睛会为之一亮，精神为之一振。这首诗其实没有什么明确的主题，但诗人表达出了一种感觉的解放，全诗从压抑陡转至一种狂喜，在纯粹的感觉体验中讴歌生命、讴歌希望、讴歌生机。中国当代诗歌史突出强调了这首诗的审美意义，这是非常值得肯定的。在很长的一段时间里，诗人们的作品里大量地出现标语口号、宏大叙事，用的都是长江、长城、黄山、黄河这样的大词与意象，主题貌似深刻，但其实大多数是概念化的写作，我们读完之后并没有任何的感动。而这首诗突出了审美感觉的力量，这样的作品真的能在审美上感动我们，它表明诗歌开始回归它的本体，回归它本来的审美特性。这样的诗歌确实很有文学史意义，预示着我们的当代诗歌已经进入了一个回归本体审美的发展阶段，挣脱了政治化写作的思想束缚，诗歌自身的艺术魅力也被凸显出来了。

接下来，我们来看顾城的《门前》这首诗，我来读一下。

门　前

我多么希望，有一个门口
早晨，阳光照在草上

我们站着
扶着自己的门扇
门很低，但太阳是明亮的

草在结它的种子
风在摇它的叶子
我们站着，不说话
就十分美好

有门，不用开开
是我们的，就十分美好

王思宇同学：作者描述的是两个人在一起时比较宁静的状态，虽然没有刻意用什么技巧，但营造出的气氛很好。

谭五昌：像这样的诗歌，不能一字一句地去讲，要用心体会，因为这种很有审美意味的作品，如果逐字逐句地去分析、去讲解，就会把它给肢解了，但是我们在课堂上还是要讲解一下的，这是一个悖论与无奈之举。这首诗，我们能感觉到它的意境很美，早晨，阳光照射着，虽然是一个非常生活化的场景，但作者已经把它完全审美化了。注意，诗中说的"我们"是两个人，而且感情一定很和谐，这个世界是属于"我们"的，这个"门"、这个房子是属于"我们"的，整首诗描绘的是一个纯净美好的精神家园，而且还透露出一种非常明亮、透明、纯粹的大自然情感。"阳光"是照在"草"上的，"草在结它的种子/风在摇它的叶子"，"草"和"叶"全是自然意象，说明诗人心中所期盼的是一个没有别人来打扰的自给自足的大自然世界、他心中的精神家园。"我们站着，不说话/就十分美好"，"我们"应该是爱人关系，十分默契。诗歌描写出了一个温馨的、生活化的而又高度审美化的场景，这个场景很有童话色彩，让人感觉诗人好像跟自己心目中的公主在一起。"有门，不用开开/是我们的，就十分美好"，诗人再次强调他拥有了一个美好的精神家园，这个世界没有别人来打扰，只有"我"和"你"，还有"门""草""叶子""阳光"。我觉得诗人是建构了一个精神家园的乌托邦，当诗人说出"我多么希望"，暗示这个美好的精神家园实际上是不存在的，就好像海子写的"从明天起，做一个幸福的人"，那只是一种美好的想象与幸福诉求。总的来说，这首诗的价值在于审美层面，它是纯粹的唯美写作。

顾城有大量的关于死亡想象的作品，《墓床》就是其中的一首。不少评论家与诗人很重视这首诗，做了比较全面细致的解读。大家看看，在这首诗里面，诗人表现了怎样的死亡想象。彭希聪，你先来读一下这首诗。

墓　床

我知道永逝降临，并不悲伤

松林间安放着我的愿望

下边有海，远看像水池

一点点跟我的是下午的阳光

人时已尽，人世很长

我在中间应当休息

走过的人说树枝低了

走过的人说树枝在长

谭五昌：我说过，一个优秀的有分量的诗人是一定会触及死亡主题的。顾城的这首诗写得很出色，因为它解读起来很有空间，可以激发你的想象，特别是最后两句，可以做各种各样的解读，正如一千个读者眼中有一千个哈姆雷特。"人时已尽，人世很长/我在中间应当休息"，这句话是什么意思？后面"走过的人说树枝低了/走过的人说树枝在长"又是什么意思？"墓床"，一个死亡的意象，为什么叫"墓床"，而不叫"墓"或"墓地"呢？

褚云侠同学：我觉得这首诗体现出诗人对死亡的一种向往态度。他第一句就说，"我知道永逝降临，并不悲伤/松林间安放着我的愿望"，床是一个温暖的让人安息的地方，而墓地给人一种冰冷的感觉，可能这就是诗人叫它"墓床"的一个原因吧。

苟瀚心同学：我认为诗人把死亡想象成自己生命的一个节点，诗人认为死后人们的灵，或者精神，或者肉体，还是以另外一种方式存在着的，他并不觉得死亡就是人生的终结。在诗人的幻想里面，死后人们还是能够感知这个世界的。他说"人时已尽"，其实就是说世俗的生命已经尽了，但"人世很长"，整个人生还没有完结。所以"在中间"，指的是世俗生命死亡的节点，他应该"休息"。而"墓床"，只是他在世俗意义上生命休息的地方，死后的再生在作者想象里面是一种神秘的、宁静的、与神和自然沟通的超我境界。所以在这种死亡想象里面，"走过的人"也就是有这种死亡体验的人，关注的不再是世俗，"走过的人说树枝低了/走过的人说树枝在长"，他们关注的是自己墓床周围的生命迹象。

谭五昌：这个作品非常重要，顾城有很多死亡想象的作品，但是我就选了这首，为什么？因为这首诗影响最大，而且他有本诗集的名字就叫《墓床》。为什么用"墓床"这个意象呢？因为墓地让人感觉冷冰冰的，而把墓地比喻为一张床，就给人一种温馨的感觉，表明了作者对死亡的一种隐秘向往，诗人把死亡当作一种休息，对死亡是一种审美化的态度。所以诗人一开始就说"我知道永逝降临，并不悲伤"，"永逝"就是死亡的委婉表达，死亡来临的时候，诗人并不感觉悲伤，为什么呢？这是因为"松林间安放着我的愿望/下边有海，远看像水池/一点点跟我的是下午的阳光"。这里面传递出一个信息，诗人想埋葬在"松林间"。请注意，诗人想象自己将来要埋身的地方不是八宝山，而是"松林间"，说明诗人有着强烈的自然情结。随后，诗人想象"墓床"周围的环境，有"阳光"，有"海"，有"松林"，这是非常温馨的死亡想象场面。接下来，诗人表明他的死亡认知："人时已尽，人世很长"。这句话有些费解。"人时"，是说个人生命的时间是有尽头的；"人世"，可以理解成整个世界的时间，作为世代、历史意义上的时间，从集体抽象意义上而言，时间是很长的，无穷无尽的。"人时""人世"，这两个时间概念，分别代表了个体生命的时间和作为历史、宇宙、自然的时间。总之，表明了诗人对个体生命短暂的悲剧性认知。

"我在中间应当休息"这句诗中的"中间"就是指生命的中间，生命的中途，"休息"就是指死亡，表明诗人对死亡持有一种轻松愉悦的审美态度。诗人想象自己已经死了，被埋在"松林间"，然后展开了他的死亡想象："走过的人说树枝低了/走过的人说树枝在长"。"树枝"是指墓地上的树枝，"走过的人"是指过客、活着的人。诗人的个体生命时间已经停止了，但是整个人类生命的时间还在继续，"走过的人"如果目光向下看的话，看到的是生长的树枝越来越接近墓地，而如果目光向上看的话，见到的则是茂密的森林向上蓬勃生长的景象。活着的路人对诗人墓地的观察角度有变化，所以才会对树枝的生长有着不同的看法。但无论是树枝低了接近墓地，还是树枝竖着长高了，都表现了大自然的蓬勃生命力，凸显了诗人在死亡想象中所生发出的对大自然发自内心的无比热爱：世界是多么美好，大自然是多么生机蓬勃，我在生机蓬勃的大自然中长睡安眠，我感到多么幸福。这大概就是诗人内心想说的话语。这两句诗看似费解，其实不然，主要表明的是诗人对大自然非常真挚、热烈的喜爱之情，也折射出诗人对生命的热爱。我们在这首诗中并没有感受到多么悲伤、悲哀、颓废、阴郁的情感，反而在诗人的死亡想象中感受到另外一种明媚、温馨、热爱自然与生命本身的情感。很多诗人用死亡想象来表达对生命的热爱，我觉得这首诗也是这样，这种死亡想象带给我们的体验是唯美的。大家对这首诗有没有什么感触？

王思宇同学：我觉得这首诗比较抽象，不是很容易理解。

谭五昌：说抽象也有道理，毕竟是诗人虚构、想象出来的场景，不像刚才那首《门前》那么直观。当然这里也有一个悖论，诗人只能在活着的时候书写死亡主题，表达其对死亡的虚拟体验，所以大家读起来会感觉比较抽象。不管怎么说，诗中的死亡想象很美，从中能够看出顾城对唯美式死亡的向往，虽然顾城的死亡情结没有海子那么强烈，但也还是比较鲜明的。

接下来的这首《鬼进城》是顾城在1992年写的，这首诗标志着诗人进入了神秘主义的自动写作境界，很晦涩。这个时期的顾城对神秘主义很感兴趣，写作时严重地偏离了自己以前的风格。这是因为诗人到了一定境界，就不能老重复自己，要寻求变化，所以到20世纪80年代末90年代初的时候，顾城要进行试验了。《鬼进城》这首诗光看题目就觉得很神秘。"鬼进城"是个什么样的场景？大家可以从诗中感受一下。这首诗比较长，我们来看其中一个诗节，我来读一下。

《鬼进城》（节选）

星期一

鬼是些好人

他们睡觉　醒了

就看布告　游泳

那么高的在水边站着

在地下游出一片金子

翻鱼　翻跟斗　吹哭过的酒瓶子

他们喜欢看上边的东西

一把抓住金黄的

树叶

鬼有时也会读：

"毕竟他们原来认识"

然后把手放在文件下边

"这棵水边的老玫瑰"

他们齐声　吐出一片大烟雾

傍晚的人说

"该回家了"

他们一路灯影朦朦

鬼不说话　一路吹风

站上写　吃草　脸发青

一阵风吹得雾气翻滚

罗雪峰同学：诗人对这个社会持一种质疑和批判的态度。他认为"鬼"比人好，宁愿做"鬼"也不愿做人。

谭五昌：这首诗在诗歌界，恐怕没有哪个人敢说能完全读懂，我简单谈一下我自己的感受。"鬼"是生命的一种形式，诗人试图将人生命潜意识的极端状态以鬼魂的方式表现出来，在作品中，"鬼"有自己独特的生命状态、思考方式和行为方式。这是一个极端的探索实验。这首诗跟顾城本人的世界观、诗歌观的变化很有关系，他认为世界与生命不可言说，"鬼"是不可言说的生命的另一种存在方式，通过"鬼"可以探索人精神生活方式的可能性。全诗意象跳跃、逻辑混乱、语言荒诞，很难具体化地去阐释它，但诗人正是以这种看似杂乱无章、天马行空的方法，写出了人存在的荒诞、生命的荒诞以及存在本身的荒诞。我觉得这个时候，诗人进入了一个癫狂状态，陷入了一种神秘主义，凭着潜意识的流动，想到什么就写什么，彻底把技巧放弃，进入了一种自动写作状态。诗人写到这个地步就是走到了文体实验的极端，所以，顾城写了这首《鬼进城》之后就无法再这样写下去了。从这首诗里，我们能看到"童话诗人"顾城的想法、思想和意念跟别人不太一样，他能够大胆地进入一种自动化写作、潜意识写作的状态，随心所欲地进行写作，以此呈现一个非常独特的、正常人难以理解的诗歌的超验世界。这首诗所呈现的意象内涵和境界我们确实不能完全理解和把握，但我们还是可以感觉到它给我们带来了一种独特的诗歌审美经验，这是正常人的思维和理性意识无法捉摸和把握的，仅存在于潜意识的、没有逻辑的、鬼魂的世界，也许这才是真正的朦胧诗。

今天我们要讲的最后一首诗《回家》，写于顾城本人处于情感精神危机的时候，这时两个女人都要离开他，他女儿国的理想世界彻底崩溃了。《回家》这个题目很有隐喻性，诗人要"回家"，"回家"有多重含义，既可能是回他北京的家，又可能是回他新西兰的家，更有可能是回到泥土里面，回到他生命的原点，回归最终的去处，那就是他原先所说的"墓床"。苟瀚心，你来读一下这首诗。

回　家

我看见你的手
在阳光下遮住眼睛
我看见你的头发
被小帽子遮住
我看见你手投下的影子
在笑
你的小车子放在一边
杉
你不认识我了
我离开你太久的时间

我离开你
是因为害怕看你
我的爱

像玻璃

是因为害怕

在台阶上你把手伸给我

说：胖

你要我带你回家

在你睡着的时候

我看见你的眼泪

你手里握着的白色的花

我打过你

你说这是调皮的爹爹

你说：胖喜欢我

你什么都知道

杉

你不知道我现在多想你

我们隔着大海

那海水拥抱着你的小岛

岛上有树外婆

和你的玩具

我多想抱抱你

在黑夜来临的时候

杉

我要对你说一句话

杉，我喜欢你

这句话是只说给你的

再没有人听见

爱你，杉

我要回家

你带我回家

你那么小

就知道了

我会回来

看你

把你一点一点举起来

杉，你在阳光里

我也在阳光里

谭五昌：这是顾城1993年9月3日在飞机上写的一首诗，是一个已经37岁的大人写给自己儿子——木耳，又叫Sam（杉）的诗。苟瀚心，你来简单解读一下。

苟瀚心同学：我曾经看过一些资料，说顾城对自己新生的儿子是一种讨厌的情绪，觉得那是一个自己的复制品，而且他平时也没有怎么管儿子，但是到了最后，当谢烨、英儿等人都相继要离开他的时候，他又逐渐回归到对亲情的依赖上面，从亲情里获得支撑自己的情感力量。其实我觉得，诗中的孩子杉，只是他感情的一个寄托对象或者是言说对象，他的感情核心并不在与儿子的亲情之上，儿子杉代表的是一种天真烂漫的童年，诗人借这种表白传达出对那种单纯的童年、童心的喜爱和回归，所以整首诗感觉比较纯真，情感流露比较直白。

谭五昌：其实这首诗在艺术上并没有什么特别之处，甚至稍显幼稚，让人觉得他回到了《生命幻想曲》《我是一个任性的孩子》的艺术水平上去了。那这首诗有什么价值呢？我认为具有传记批评的价值，对于我们了解顾城的精神状况、人生经历很有帮助。这首诗的童话色彩比较浓，当然也因为这是他写给儿子的，诗中谈到的"树外婆""玩具"等，都表明这首诗在意象、语言和情调上有非常浓烈的童话色彩。

我们可从精神分析的角度来看这两句诗："我要回家/你带我回家"。这时，诗人所喜欢所崇拜的女性抛弃了他，他的情感世界崩溃坍塌了，他现在唯一的情感支撑就是他的儿子，儿子在这个时候变成了顾城的精神父亲。这首诗写出了父子情深，同时也再次反映了诗人在现实情感中的脆弱和无力，以及精神的不成熟、人格的不健全——这个时候本来应该是你带儿子"回家"，而不是儿子带你"回家"。儿子是儿童，作为儿童的儿子带父亲"回家"，就是把诗人带回一个没有受到成人世界伤害的、非常纯粹的、童话般的世界，一个审美的乌托邦，在这个世界里面，诗人重新成为没有烦恼、天真无邪的小孩。诗的结尾给我们带来了一点儿虚幻的安慰："把你一点一点举起来/杉，你在阳光里/我也在阳光里"。这是诗人顾城对自己生命结点的一个想象，他希望可以到天堂，希望有一个温暖的生命结局，这对他来说其实也是一种命运的预言。儿子杉还活在现实的阳光里，而诗人最终在一个月后迎来了他所期盼的童话天堂中的阳光。这首诗为我们了解诗人最后的精神状态留下了非常可贵的文字资料。这就是它所具有的独特价值。

到这里，我们对顾城的诗歌就解读完了。在解读顾城诗歌的时候，我们要结合他的人生经历、心路历程、精神状态进行必要的分析。我们可以得出这样一个结论：顾城在中国当代诗歌史上的确是一个长不大的"童话诗人"形象，这就意味着他作品的审美价值、精神价值会占据非常重要的地位，而诗歌的社会价值、思想价值相对于北岛这样的诗人要逊色一些。无论如何，顾城诗歌空灵、纯粹、单纯、唯美的风格，给我们带来了一种其他诗人难以取代的、非常独特的美学境界，给我们现代读者焦虑的心灵提供了一个审美的乌托邦。另外，顾城传奇的人生情感经历也让我们对诗人的精神世界、人格状况有了清楚的了解，顾城最后的悲剧说明一个诗人如果在人格上不健全、不成熟，还是会给自己的创作生涯及个人声誉带来一些负面影响的。我们可以从中得到借鉴、接受教训，但我们还是无法否认顾城作为一个天才"童话诗人"的独特价值。一句话，顾城其诗其人给中国当代诗歌史留下了无穷尽的言说空间。

第七讲　舒婷诗歌解读

时间：2012年5月25日

地点：北师大七教405教室

主讲教师：谭五昌

听众：北师大2011级中国当代文学专业研究生

谭五昌：今天我们来讲解舒婷的诗歌。前面我们讲解过郑敏的诗歌，郑敏和舒婷，同为女性诗人，而且同为福建人，但是两人诗歌风格有鲜明的差别：郑敏是思想型诗人，而舒婷是抒情型诗人。虽然我个人认为，郑敏诗歌的文学史地位一点不低于舒婷，但舒婷诗歌的传播面更宽广，知名度超越郑敏。舒婷的经历很有传奇性，她虽学历低，但诗歌创作的天分很高。现在，舒婷居住在厦门鼓浪屿的一个别墅里，生活得非常优雅，属于朦胧诗诗人中生活境遇最好的诗人。从20世纪90年代起，舒婷开始写散文，并且也很有成就。

舒婷诗歌的思想内容和精神特质可用一个关键词概括：理想主义。舒婷本人有一句名言："理想使痛苦光辉。"意思是说，一个人如果有了理想，连你的痛苦也变得高贵，可以照亮你的生命了。同时，舒婷也受人道主义的影响，其代表作《致橡树》就体现了男女平等的思想。舒婷诗歌的地域文化色彩颇为浓厚，可以为我们提供非常有效的研究角度。比如，舒婷写爱情用了木棉的意象，而非流行的玫瑰意象。另外，在艺术层面上，舒婷诗歌的美学风格，用她本人的诗句概括的话，就是"美丽的忧伤"，呈现了一种非常温婉、细腻的艺术风格。当我们心灵焦躁的时候，去读舒婷的诗歌，就好像喝了一碗心灵鸡汤，有抚慰心灵的作用。舒婷之所以有很高的声誉与诗歌史地位，还由于她诗歌意象的巧妙和新鲜。回到20世纪70年代末80年代初的语境，舒婷诗歌的意象无论是在丰富性上还是新鲜感上都是很出色的。

下面我们先来讲讲《致大海》。这首诗创作于1973年，是女诗人20岁出头时的作品。苟瀚心，你来朗读一下。

致大海

大海的日出

引起多少英雄由衷的赞叹

大海的夕阳

招惹多少诗人温柔的怀想

多少支在峭壁上唱出的歌曲

还由海风日夜

日夜地呢喃

多少行在沙滩上留下的足迹

多少次向天边扬起的风帆

都被海涛秘密

秘密地埋葬

有过咒骂，有过悲伤

有过赞美，有过荣光

大海——变幻的生活

生活——汹涌的海洋

哪儿是儿时挖掘的沙穴

哪里有初恋并肩的踪影

呵，大海

就算你的波涛

能把记忆涤平

还有些贝壳

撒在山坡上

如夏夜的星

也许漩涡眨着危险的眼
也许暴风张开贪婪的口
呵，生活
固然你已断送
无数纯洁的梦
也还有些勇敢的人
如暴风雨中
疾飞的海燕

傍晚的海岸夜一样冷静
冷夜的巉岩死一般严峻
从海岸的巉岩
多么寂寞我的影
从黄昏到夜阑
多么骄傲我的心

"自由的元素"呵
任你是佯装的咆哮
任你是虚伪的平静
任你掠走过去的一切
一切的过去——
这个世界
有沉沦的痛苦
也有苏醒的欢欣

    谭五昌： "大海"是崇高的象征，但在"第三代"诗人韩东的笔下是解构的
对象。在舒婷这里，在传统的观念影响下，"大海"的形象没有遭到解构。这首

诗其实包含着对俄国诗人普希金的呼应，"自由的元素"就借用了普希金的经典诗句。这首诗最有特色的地方就是它显示了"大海"形象的不完整性与破碎性，投射了舒婷那一代人破碎的情感体验。舒婷那一代人的生活与思想，曾受到"崇高理想"的欺骗，因而诗人表达的对"大海"即"崇高理想"的失望情绪是很真实的，也是合情合理的。不过，舒婷跟很多同时代的诗人一样，仍然无法脱离信仰、否定理想。因而，诗中的"大海"是一个复杂思想情感的综合体，投射了一代人的情感经历。诗人对"大海"的情感是非常复杂的，爱与恨、希望与失望、信念与动摇均交织混杂在一起。"大海"在作品中扮演了多种角色，具有非常重要的功能和作用，诗人用直抒胸臆的方式传达了一代人共同的价值体验。

下面我们来看她另外一首有名的诗作《双桅船》。彭希聪，你来读一下。

双桅船

雾打湿了我的双翼
可风却不容我再迟疑
岸呵，心爱的岸
昨天刚刚和你告别
今天你又在这里
明天我们将在
另一个纬度相遇

是一场风暴、一盏灯
把我们联系在一起
是一场风暴、另一盏灯
使我们再分东西
不怕天涯海角
岂在朝朝夕夕
你在我的航程上
我在你的视线里

谭五昌："双桅船"可以理解为恋爱者主体形象的象征。解读这首诗的关键在于领会"双桅船"与"岸"的关系：恋爱的双方，"你在我的航程上/我在你的视线里"，"我"指的是"双桅船"，"你"指的是"岸"。诗的结尾处还有"双桅船"对"岸"的一段表白，我们可以与秦观的《鹊桥仙》进行诗歌互文性的解读："两情若是久长时，又岂在朝朝暮暮。"该诗中"船"与"岸"的关系是爱情关系的隐喻，同时也是对动荡时代的一个隐喻。毫无疑问，这是一首爱情诗，但这首诗具有主题的多义性。"双桅船"与"岸"之间仅仅是恋人的关系吗？还有没有更加深刻的关系呢？

王力可同学：我觉得可以理解为追求理想道路上志同道合的关系，因为"岸"是要到达的地方。

谭五昌：对，可以理解为同志的关系，两个人志同道合，在精神上息息相通，有共同的人生理想和人生追求。所以，这又可以归结出一个信仰主题，体现了诗人的理想主义精神气质。好，我们接着看下一首诗《这也是一切》，我来给大家读一下。

这也是一切
　　——答一位青年朋友的《一切》

不是一切大树

都被暴风折断；

不是一切种子

都找不到生根的土壤；

不是一切真情

都流失在人心的沙漠里；

不是一切梦想

都甘愿被折掉翅膀。

不，不是一切

都像你说的那样！

不是一切火焰

都只燃烧自己

而不把别人照亮；

不是一切星星

都仅指示黑夜

而不报告曙光；

不是一切歌声

都只掠过耳旁

而不留在心上。

不，不是一切

都像你说的那样！

不是一切呼吁都没有回响；

不是一切损失都无法补偿；

不是一切深渊都是灭亡；

不是一切灭亡都覆盖在弱者头上；

不是一切心灵

都可以踩在脚下，烂在泥里；

不是一切后果

都是眼泪血印，而不展现欢容。

一切的现在都孕育着未来，

未来的一切都生长于它的昨天。

希望，而且为它斗争，

请把这一切放在你的肩上。

谭五昌：《一切》是北岛写的一首诗，舒婷的这首《这也是一切》是对它的呼应。在北岛的诗中，传达着一种穿透现实的悲观主义与怀疑主义的思想力量；而舒婷的诗中却具有浓烈的理想主义色彩，情感色调颇为明朗。《这也是一切》即使到现在也还有其思想文化价值。"不是一切呼吁都没有回响/不是一切损失都无法补偿/不是一切深渊都是灭亡/不是一切灭亡都覆盖在弱者头上"，历史很残酷，舒婷却给弱者以尊严和人道主义的同情，"一切的现在都孕育着未来/未来的一切都生长于它的昨天/希望，而且为它斗争/请把这一切放在你的肩上"。舒婷用规劝的方式公开表现自己理想主义的姿态，是很有研究价值的一个诗歌史话题。

下面我们来解读舒婷的另外一首诗《呵，母亲》，这是一首很有特色的诗歌，我们可以对照翟永明的《母亲》来进行解读。这两位女诗人的年龄差不多，对母亲形象的描写却有一种代际的差异。苟瀚心来朗读一下吧。

呵，母亲

你苍白的指尖理着我的双鬓
我禁不住像儿时一样
紧紧拉住你的衣襟
呵，母亲
为了留住你渐渐隐去的身影
虽然晨曦已把梦剪成烟缕
我还是久久不敢睁开眼睛

我依旧珍藏着那鲜红的围巾
生怕浣洗会使它
失去你特有的温馨
呵，母亲
岁月的流水不也同样无情
生怕记忆也一样褪色呵
我怎敢轻易打开它的画屏

194

为了一根刺我曾向你哭喊

如今带着荆冠，我不敢

一声也不敢呻吟

呵，母亲

我常悲哀地仰望你的照片

纵然呼唤能够穿透黄土

我怎敢惊动你的安眠

我还不敢这样陈列爱的祭品

虽然我写了许多支歌

给花、给海、给黎明

呵，母亲

我的甜柔深谧的怀念

不是激流，不是瀑布

是花木掩映中唱不出歌声的枯井

谭五昌：这首诗传达了诗人对母亲的深情，她以怀念的方式悼念亡母，反映了传统型女子对母亲的感情，非常纯粹和美好。可是如果按照弗洛伊德的观点，母女的关系往往是不和谐的，是潜在的敌人。母亲和女儿有关系亲密的一面，也有互相嫉妒的一面，为争夺同一个男人的爱，双方存在冲突。在翟永明的诗作《母亲》中，可以看出诗人对母亲的抱怨之情，而母亲也不是那种完全无私爱子的形象，总之传统的母亲形象及女儿形象均被打破与打碎了。但舒婷笔下的母亲则是贤惠、善良、疼子如命的传统形象，相应的，女儿则是爱母、恋母的娇娇女形象，很多细节描写读来令人感到无比温馨与感动。所以从诗学层面上来看，翟永明和舒婷是两代人，存在审美经验上的代际差异。

我们现在来讲一下舒婷的代表作之一《祖国啊，我亲爱的祖国》。我来读一下。

祖国啊，我亲爱的祖国

我是你河边上破旧的老水车
数百年来纺着疲惫的歌
我是你额上熏黑的矿灯
照你在历史的隧洞里蜗行摸索
我是干瘪的稻穗；是失修的路基
是淤滩上的驳船
把纤绳深深
勒进你的肩膊
——祖国啊！

我是贫困
我是悲哀
我是你祖祖辈辈
痛苦的希望啊
是"飞天"袖间
千百年来未落到地面的花朵
——祖国啊

我是你簇新的理想
刚从神话的蛛网里挣脱
我是你雪被下古莲的胚芽
我是你挂着眼泪的笑涡
我是新刷出的雪白的起跑线
是绯红的黎明
正在喷薄
——祖国啊

我是你十亿分之一

是你九百六十万平方的总和

你以伤痕累累的乳房

喂养了

迷惘的我，深思的我，沸腾的我

那就从我的血肉之躯上

去取得

你的富饶，你的荣光，你的自由

——祖国啊

我亲爱的祖国

谭五昌：这首诗传播很广，主题是爱国主义。主要用了组合性的意象，并且意象的组合很新鲜，用排比式的比喻来传达诗人的爱国主义情怀。诗中的"老水车"是贫穷中国的象征，"我是贫困/我是悲哀"，是一种情绪上的直白，代表当时中国人的普遍情感，用拟人手法则显得非常新颖。作品从诗句"我是你十亿分之一"开始达到抒情的最高潮，接下来的直抒胸臆表明诗人为祖国献身的感情非常真诚、炽热。总之，这首诗运用的意象和语言在当时很新鲜，显示了舒婷开拓性的艺术表现力。

下面我们再来看舒婷一首非常有名的诗《致橡树》，王力可读一下吧。

致橡树

我如果爱你——

绝不像攀援的凌霄花，

借你的高枝炫耀自己；

我如果爱你——

绝不学痴情的鸟儿，

为绿荫重复单调的歌曲；

也不止像泉源，

常年送来清凉的慰藉；

也不止像险峰，

增加你的高度，衬托你的威仪。

甚至日光。

甚至春雨。

不，这些都还不够！

我必须是你近旁的一株木棉，

作为树的形象和你站在一起。

根，紧握在地下；

叶，相触在云里。

每一阵风过，我们都互相致意，

但没有人，听得懂我们的言语。

你有你的铜枝铁干，

像刀，像剑，

也像戟；

我有我的红硕花朵，

像沉重的叹息，

又像英勇的火炬。

我们分担寒潮、风雷、霹雳；

我们共享雾霭、流岚、虹霓。

仿佛永远分离，

却又终身相依。

这才是伟大的爱情，

坚贞就在这里：

爱，不仅爱你伟岸的身躯，

也爱你坚持的位置，足下的土地。

王力可同学：从传统的解读来看，这首诗传达了一种不依附男性寻求平等独立的爱情观，而这种爱情观在那个年代是非常难能可贵的。

谭五昌：平等、独立的爱情观强调女性的觉醒和人格上的平等，强调男女之间的互相尊重和信任。的确，男性有男性的美，女性有女性的美，这首诗表达了一种非常理想化的爱情观和性别观。另外，这首诗富有南方的情调，比如"木棉"意象的运用。"我必须是你近旁的一株木棉/作为树的形象和你站在一起。"这是全诗的诗眼，非常重要，假如用"红玫瑰"的意象来表达这样的爱情就显得不伦不类了，所以舒婷用的"木棉"这个意象，是非常特别的，就像海子的"麦地"意象，郭沫若的"凤凰涅槃"，都具有不朽的文学史意义。《致橡树》是舒婷抒写爱情的经典之作，它描绘了爱情的永恒性、美妙性和理想性，传达了具有时代特征的爱情观与价值观。

下面，我们来看舒婷的另外一首诗《雨别》，罗雪峰来朗读一下。

雨　别

我真想甩开车门，向你奔去
在你的肩膀上失声痛哭：
"我忍不住，我真忍不住！"

我真想拉起你的手
逃向初晴的天空和田野
不萎缩也不回顾

我真想凝聚全部柔情
以一个无法申诉的眼神
使你终于醒悟

我真想，真想……
我的痛苦变为忧伤
想也想不够，说也说不出

谭五昌：《雨别》表达了女诗人对爱情一厢情愿的想象。诗中主人公的一厢情愿和男孩子的不开悟形成了对比，使得作品富有戏剧性。"我真想，真想……/我的痛苦变为忧伤/想也想不够，说也说不出"，在结尾，诗人只能自己去品味爱情失落的"美丽的忧伤"。

接下来，我们来看《神女峰》这首诗，看看它体现了舒婷什么样的爱情体验与爱情观念。江子安，你来朗读一下。

神女峰

在向你挥舞的各色花帕中
是谁的手突然收回
紧紧捂住了自己的眼睛
当人们四散离去，谁
还站在船尾
衣裙漫飞，如翻涌不息的云
江涛
高一声
低一声

美丽的梦留下美丽的忧伤
人间天上，代代相传
但是，心
真能变成石头吗
为眺望远天的杳鹤
而错过无数次春江月明

沿着江岸
金光菊和女贞子的洪流
正煽动新的背叛

与其在悬崖上展览千年

不如在爱人肩头痛哭一晚

谭五昌：传说中"神女"守望的丈夫一直没来，但诗人却在诗的结尾处说"不如在爱人肩头痛哭一晚"，这是什么意思，表达了作者一种什么样的观念？

褚云侠同学：这是对传统女性节烈观的质疑。"春江月明"有一点劝说、点醒眼前人的感觉，她觉得在那儿坚贞地等待，不如投入新的恋情中。在我们的前辈那里，人们为了传统的节烈观苦苦支撑，直到终老。这是封建礼教"吃人"的地方，是腐朽的道德观。而诗中所表达的女性观，表现出了一个现代女性思想的觉醒，是对女性被腐朽道德观束缚的命运的反抗。"春江月明"暗示现在的幸福，"鹤"暗示曾经的幸福，结尾是思想的高潮：与其变成一个悲剧、痛苦的传奇，还不如解放自己。这是新的道德观、爱情观、价值观、伦理观的体现。此诗观念意识非常强，具有新时代女性诗歌的特点。

谭五昌：《神女峰》体现了舒婷先进的爱情观、女性观与人生价值观。作品所运用的暗示与象征手法也很成功。接下来，我们来看舒婷的诗作《往事二三》，这首诗的艺术手法在当时很先进，它完全运用了蒙太奇的技巧，而这一技巧也被北岛、顾城等诗人广泛使用。苏楷越同学，你来朗读吧。

往事二三

一只打翻的酒盅

石路在月光下浮动

青草压倒的地方

遗落一只映山红

桉树林旋转起来

繁星拼成了万花筒

生锈的铁锚上

眼睛倒映出晕眩的天空

以竖起的书本挡住烛光

手指轻轻衔在口中

在脆薄的寂静里

做半明半昧的梦

谭五昌：这首诗出现了三个镜头，意象画面有较为突兀和断裂的跳跃。"一只打翻的酒盅/石路在月光下浮动/青草压倒的地方/遗落一只映山红"，写得很朦胧，好像不好解读，但很有味道，意象画面带有个人隐私的色彩，我们可以调动自己的直接和间接经验来解读。"一只打翻的酒盅"暗示一场争吵，"青草压倒的地方"有"映山红"遗落，又暗示一种爱情的失落。用映山红而非玫瑰来代表爱情，是乡村青年人表达爱情的方式。如果联系舒婷的插队经历，可以把作品中没有露面的青年人理解成知青，而且，我们可以根据这些意象片段与画面编出一段故事来。第二节，"桉树林旋转起来/繁星拼成了万花筒/生锈的铁锚上/眼睛倒映出晕眩的天空"，这里面又可以编出一段故事来。"铁锚"暗示那是发生在海边的故事，同学们是怎么理解的？

彭希聪同学："旋转"就是跳舞的意思，说明这个故事发生在晚上，是一场关于爱情的追逐。这首诗用了意识流的手法，"映山红"就是杜鹃，用来象征爱情，有一种恍惚的情绪在里面。接下来，诗歌写到大海的广阔，铁锚的斑驳，愁绪呼之欲出，诗人的孤单情绪得到了释放。诗歌最后一节则是对恋人的思念，对旧恋情的追忆。

谭五昌：其实，第二节诗可以理解为理想的失落，诗人用暗喻手法告知读者，他们那代人理想的航船很久没有远航了，生锈的铁锚停在海边，仰望星空，人感觉是眩晕的，理想可望而不可即。第三节诗描写一个女孩子在烛光里做梦的情景，这是诗人自己经验的写照，写得很真实，很有现场感。总之，三个片段拼在一起，表现了诗人立体化的情绪体验，其中负面情绪体验多一点，这与诗人的青春记忆有关。总之，这首诗通过对诗人朦胧青春情绪的艺术化书写，留下了一代人的历史情绪记忆。

最后，我们来解读舒婷的《惠安女子》。彭希聪，你来朗读一下。

惠安女子

野火在远方，远方
在你琥珀色的眼睛里

以古老部落的银饰
约束柔软的腰肢
幸福虽不可预期，但少女的梦
蒲公英一般徐徐落在海面上
呵，浪花无边无际

天生不爱倾诉苦难
并非苦难已经永远绝迹
当洞箫和琵琶在晚照中
唤醒普遍的忧伤
你把头巾一角轻轻咬在嘴里

这样优美地站在海天之间
令人忽略了：你的裸足
所踩过的碱滩和礁石
于是，在封面和插图中
你成为风景，成为传奇

谭五昌：这首诗极具南方经验，写的是福建惠安的女子，她们美丽、勤劳，秉承着传统女性贤惠而美好的性格，然而她们的命运却很艰辛。有一首歌谣唱道，"太阳落山了，太阳可以歇；月亮落山了，月亮可以歇；但女人不能歇"，因为女人有干不完的家务活。惠安女子的外表很光鲜、漂亮，但生活艰辛，命运悲苦。哪位同学来讲一下，这首诗呈现了一幅什么样的图景？

苏楷越同学：我觉得它呈现了一幅福建女性非常真实的生活场景。惠安女子美丽却辛劳，为了维持古礼，不得不忍受传统和生活的束缚。作者在这里既赞美惠安女子，同时也表达了一种深深的同情。

谭五昌：本诗第一节就呈现了南方女子美丽的形象，"野火在远方，远方/在你琥珀色的眼睛里"，这是一位有梦想有情怀的少女形象，她在眺望着远方。"琥珀色的眼睛"，很漂亮，很纯净，很传统。"浪花无边无际"，暗示惠安女子的梦想无边无际，但不能实现，因为它们落在大海上没有根，如蒲公英一样，这样的意象很空灵很美妙。诗人塑造了惠安女子美丽、坚强、忍受苦难的动人形象，这里面有个细节描写令人难忘，"你把头巾一角轻轻咬在嘴里"，"轻轻""咬"这两个词语，把惠安女子含蓄腼腆、隐忍克制、不愿向别人诉说苦难的性格与形象，刻画得入骨三分。诗歌的结尾用了反讽手法，揭露了很多人猎奇、猎艳的心态，因为他们只是对惠安女子美丽的外表表示好奇，却并不关注她们艰辛的命运。

这首诗的意象如"海面""礁石""头巾"等都是很典型的南方意象，因而这是一首充满南国风情的经典性诗篇。我们可以得出一个结论：舒婷的成功得益于一个时代，她在诗歌创作上的技巧手法，令人惊奇。她作品中有大量的南国意象，使得其诗歌具有长久不衰的魅力。纵观朦胧诗派，北岛以思想取胜，顾城以童话般的纯真见长，而舒婷则是以南国女诗人特有的温婉、优美、忧伤的风格独树一帜，为当代诗歌史所铭记。

第八讲　昌耀诗歌解读

时间：2012年6月1日

地点：北师大七教405教室

主讲教师：谭五昌

听众：北师大2011级中国当代文学专业研究生

谭五昌：昌耀，当代诗歌史上的传奇人物。他的传奇性体现在哪里呢？这里我首先向大家推荐一本书，著名诗评家燎原写的《昌耀评传》，这本书生动而详细地介绍了昌耀的生平和创作，是研究昌耀及昌耀诗歌的重要参考文献。

昌耀，原名王昌耀，1936年出生于湖南省桃源县。1950年参加中国人民解放军，入师文工团。1953年在朝鲜战争中负伤致残。1955年赴青海参加大西北开发。1957年发表小诗《林中试笛》，因为诗中表现了一些"不健康"的思想情绪而被打成右派，从此踏上了长达二十年的流放道路。他在流放期间与一位藏族的少女结识并结婚，1979年平反之后，他回到省城西宁，因为与妻子在志趣和生活方式上的巨大差距而离婚。据昌耀朋友、青海女诗人肖黛讲，昌耀离婚以后，一个人过着贫苦、孤独的生活。后来，他又爱上了一位藏族女性，名叫修篁，可是两人在生活中总是争吵不断，磕磕绊绊，一直未能步入婚姻的殿堂。2000年，昌耀罹患癌症，在他最后的日子里，修篁一直陪伴左右。从昌耀的感情史，我们可以看到一个孤僻、敏感、浪漫、具有赤子之心的诗人形象。昌耀病重之时，一位年轻的女诗人送给他十一朵玫瑰，昌耀也以此为题写下最后一首诗《一十一枝玫瑰》。这首诗为昌耀一生的情史做了一个凄美而伤感的总结。可见，诗人的情感和命运的确充满了传奇色彩。除此之外，昌耀的诗歌命运或者说作为诗人的命运也很有传奇性。昌耀本人生前几乎默默无闻，不太为人所知，在他因为病痛自杀后却一时"声名鹊起"。人们纷纷传阅昌耀的诗作，并对他做出了高度的评价。可以说，青海高原成就了昌耀的诗篇，昌耀也为青海高原书写了浓墨重彩的一笔。总而言之，昌耀是当代诗歌史上的一座高峰，他的诗歌成就和文学史地位不可低估。

下面我给大家读一段著名评论家耿占春对昌耀的评价："昌耀是我心中最信赖的诗人，因为他毫不掩饰自己的脆弱和痛苦，他的充满自我嘲讽的社会理念与个人的爱欲，以及他必然会折寿的敏锐的感受力。他不企图在诗歌中解决生命的任何矛盾，他听任自身挣扎在痛苦中，如果有与20世纪俄罗斯诗歌史上相似的殉道者，那就是昌耀：因为他的痛苦的辐射区是整整半个世纪的历史与社会。"

我再念一下唐晓渡对昌耀的一段评价："时间越是流逝，就越是凸显出昌耀的分量：一位当代汉语诗歌的行者和巨匠。他以卓越的定力化苦难为财富，以爱的信念和对生死的彻悟变孤旅为慈航，以谦卑而尊严的低姿态拥护其诗歌'如阳光垂直打向地面'的高能量。他的诗同时敞向世界的广阔和内心的幽深，敞向大地和天空，远古和当下，在万物和灵魂的彼此辨认、参证、渗透中，建立起支持他写作的庞大根系和气场。"

这两位著名诗歌评论家对昌耀诗歌的评价都是很高而且十分准确的。昌耀的诗不同于汪国真、席慕蓉等流行诗人的诗歌那样节奏轻快流畅，而是显得有些迟缓、滞重，完全是一种高原的风格。当然，昌耀的诗无论是从思想内容还是语言修辞上都是分量十足的。

下面，我们先来介绍他的早期代表作之一——《良宵》，请鲁博林同学读一下。

良　宵

放逐的诗人啊

这良宵是属于你的吗？

这新嫁娘忍受的柔情蜜意的夜是属于你的吗？

不，今夜没有月光，没有花朵，也没有天鹅，

我的手指染着细雨和青草气息，

但即使是这样的雨夜也完全是属于你的吗？

是的，全部属于我。

但不要以为我的爱情已生满菌斑，

我从空气摄取养料，经由阳光提取钙质，

我的须髭如同箭毛，

而我的爱情却如夜色一样羞涩。

啊，你自夜中与我对语的朋友

请递给我十指纤纤的你的素手。

谭五昌：我先提示一下，诗人写这首诗时正处在热恋中，诗中的一些意象涉及婚礼、爱情，诗题"良宵"也弥漫着唯美的古典气息。哪位同学来谈一谈对这首诗的感觉？

荀瀚心同学：我比较喜欢这首诗的意象以及它们所营造出的古典意境，唯美，温婉。

谭五昌：同学们还要注意一点：诗人被放逐者的身份。其实诗里已触及了诗人被放逐者的身份与幸福爱情的关系。本该唯美的良宵，却没有月光，没有花朵，也没有天鹅，只有"手指染着细雨和青草气息"，在这里，诗人暗示出了时代的不公和粗暴，它剥夺了本该属于诗人的许多美好的东西。但即使如此，诗人依然对爱情充满了渴望，并享受着爱情的羞涩与美妙。诗人和时代形成了隐秘的对抗关系。注意这句诗，"我的须髭如同箭毛"，它一方面表明诗人生活的艰苦，一方面也暗示出了诗人内心的抗争和不屈。如今我们读到的许多爱情诗歌都属于"快餐"文化，而昌耀的这首爱情诗却为我们提供了独特的美学体验，别有韵味。

接下来，我们来欣赏诗人早期的另一首代表作《峨日朵雪峰之侧》，从这首诗中我们能够感受到昌耀诗歌的表现力度。请褚云侠来为大家朗读一下。

峨日朵雪峰之侧

这是我此刻仅能征服的高度了：

我小心地探出前额，

惊异于薄壁那边

朝向峨日朵之雪彷徨许久的太阳

正决然跃入一片引力的无穷的

山海。石砾不时滑坡，

引动棕色深渊自上而下的一派喧鸣，

像军旅远去的喊杀声。

我的指关节铆钉一样揳入巨石的罅隙。

血滴，从撕裂的千层掌鞋底渗出。

呵，真渴望有一只雄鹰或雪豹与我为伍

在锈蚀的岩壁，

但有一只小得可怜的蜘蛛

与我一同默享着这大自然赐予的快慰。

褚云侠同学：这首诗的力度是很强的，表现了人对于山峰的一种征服感。还有，我觉得最后一句诗挺有意思，给我一种张承志作品的感觉：虽然命如蜘蛛般渺小，但不屈不挠顽强生存。

谭五昌：你觉得这首诗在艺术上有什么特点吗？

褚云侠同学：我觉得诗人不太注重诗歌语言的韵律感，好像采用了一种散文化的叙事手法在写诗。

谭五昌：诗人叙述了自己攀登雪山的过程与感受。语言简洁，结实，有力，如"薄壁""喧鸣""罅隙"等用语都很有质感和硬度，并且文白杂糅。请大家注意，这是昌耀诗歌语言非常重要的特色，在当代诗坛上独树一帜。在那个年代，昌耀的这首诗可谓独辟蹊径，一反政治抒情诗的集体表达方式，充分展示了诗人自我的主体性和独特的审美经验，真可谓天外之音，昌耀诗歌的成就于此可见一斑。最后一句诗，诗人将自己类比蜘蛛，这是在赞颂大自然的伟大，宇宙力量的伟大，也是昌耀诗歌所体现出的宇宙意识与独特经验。

好了，我们下面来看诗人的早期作品之一《边城》。从题目来看，这首诗以西部为题材，具有西部风情，也正因此，我们才将昌耀称为西部诗人。请王思宇同学朗读一下这首诗。

边 城

边城。夜从城楼跳将下来
踯躅原野。

——拜噶法，拜噶法，
你手帕上绣的什么花？

（小哥哥，我绣着鸳鸯蝴蝶花。）

——拜噶法，拜噶法，
别忙躲进屋，我有一件
美极的披风！

夜从城垛跳将下来
跳将下来跳将下来踯躅原野。

谭五昌：给大家提示一下，这首诗写了一个场景，诗中的"拜噶法"可以理解成一个女孩的名字。大家怎么理解这首诗呢？

苏楷越同学：是不是诗中的男主人公爱上了一个名叫"拜噶法"的女子，边城是这个爱情故事的发生地？

谭五昌：这里面写了一对青年男女的对话，地点在边城。第一节中的"跳将下来"，非常鲜活生动，还有"踯躅"一词也十分古典，在这里，诗人为我们描绘了一幅荒凉迷蒙的边城景象。接下来是诗人和女子的对话，"鸳鸯蝴蝶花""披风"的意象，暗示了诗人和这位女子之间的美好情愫。最后诗人再一次"踯躅原野"，表明了诗人得不到爱情的惆怅心境。这首诗构思非常精巧，它运用了对话和叙事的方式，还有诸如"小哥哥"等民间歌谣体的话语，艺术性地为我们再现了西部边城的异域风情。总而言之，昌耀作为一个西部大诗人的才华和潜质在他的早期诗作中已崭露头角。接下来的这首短诗《高车》写于1957年，从这首诗里我们可以一睹青海高车的风采。苟瀚心同学来读一下。

高　车

从地平线渐次隆起者
是青海的高车

从北斗星宫之侧悄然轧过者
是青海的高车

而从岁月间摇撼着远去者
仍是青海的高车呀

高车的青海于我是威武的巨人
青海的高车于我是巨人的轶诗

谭五昌：这首诗写得很出色，你们觉得它在艺术风格上有什么特点呢？诗人通过高车这一西部高原常见的事物为我们塑造了西部怎样的形象？

罗雪峰同学：我觉得诗人在塑造高车这一形象的时候视野非常地广阔，从各种维度，比如空间、时间等进行了描写。

谭五昌：诗人通过各种角度立体化地对高车的形象进行了再现与描绘。第一节，"从地平线渐次隆起者/是青海的高车"，高车从地平线上出现，给我们一种神秘感。第二节，"从北斗星宫之侧悄然轧过者/是青海的高车"，诗人以其卓越的想象力凸显了高车之高，北斗之星反衬了高车之高以及高原之高。第三节，"而从岁月间摇撼着远去者/仍是青海的高车呀"，则是从时间的角度写出了高车历史的悠久，发出了由衷的赞叹。最后一节是总结性的诗句，"高车的青海于我是威武的巨人"，通过高车把青海高原的高大形象矗立起来；"青海的高车于我是巨人的轶诗"，将高车进行了一种充满敬意与诗意的赞美。这首诗总体来说气魄宏大，想象卓越，虽然只有短短八句，却把青海高车所具有的历史感、文化感以及精神高度完美呈现了出来。

以上几首就是昌耀早期诗歌的代表作，虽然还未达到艺术上的最高峰，但他卓越的才华和个性已经初露端倪。现在，我要讲一下昌耀创作于20世纪80年代的一首非常著名的诗《慈航》。这首诗是诗人结束流放回到省城之后所创作的，是对诗人情感历程的一个总结，是昌耀创作生涯中具有里程碑意义的诗篇。我们从这首诗中可以获取很多信息，包括他的生平、爱情、思想变化等等，而且，他在这首诗中还提到了一个命题：慈航。"慈航"本是佛教用语，诗人借此来阐释他所经历的苦难、死亡以及新生历程。《慈航》共有十二节，每个同学读一节吧。

慈　航

一、爱与死

是的，在善恶的角力中
爱的繁衍与生殖
比死亡的戕残更古老、
更勇武百倍。
我，就是这样一部行动的情书

我不理解遗忘。
也不习惯麻木。
我不时展示状如兰花的五指
朝向空阔弹去——
触痛了的是回声。

然而，

只是为了再听一次失道者

败北的消息

我才拨弄这支

命题古老的琴曲？

在善恶的角力中

爱的繁衍与生殖

比死亡的残残更古老、

更勇武百倍。

二、记忆中的荒原

摘掉荆冠

他从荒原踏来，

重新领有自己的运命。

眺望旷野里

气象哨

雪白的柱顶

横卧着一支安详的箭镞……

但是，

在那不朽的荒原——

不朽的

那在疏松的土丘之后竖起前肢

独对寂寞吹奏东风的旱獭

是他昨天的影子？

不朽的——

那在高空的游丝下面冲决气旋

带箭失落于昏溟的大雁

那在闷热的刺棵丛里伸长脖颈

手持石器追食着蜥蜴的万物之灵

是他昨天的影子?

在不朽的荒原。

在荒原不朽的暗夜。

在暗夜浮动的旋梯——

在烦躁不安闪烁而过的红狐、

那惊犹未定倏忽隐遁的黄鼬、

那来去无踪的鸱鸺、

那旷野猫、

那鹿麂、

那磷光、

……可是他昨天的影子?

我不理解遗忘。

当我回首山关,

夕阳里覆满五色翎毛,

——是一座座惜春的花冢。

三、彼岸

于是,他听到了。

听到土伯特人沉默的彼岸

大经轮在大慈大悲中转动叶片。

他听到破裂的木筏划出最后一声

长泣。

当横扫一切的暴风

将灯塔沉入海底,

旋涡与贪婪达成默契,

彼方醒着的这一片良知

是他唯一的生之涯岸。

他在这里脱去垢辱的黑衣

留在埠头让时光漂洗，

把遍体流血的伤口

裸陈于女性吹拂的轻风——

是那个以手背遮羞的处女

解下抱襟的荷包，为他

献出护身的香草……

在善恶的角力中

爱的繁衍与生殖

比死亡的戕残更古老、

更勇武百倍！

是的，

当那个老人临去天国之际

是这样召见了自己的爱女和家族：

"听吧，你们当和睦共处。

他是你们的亲人、

你们的兄弟，

是我的朋友，和

——儿子！"

四、众神

再生的微笑。

是劫余后的明月。

我把微笑的明月

寄给那个年代

良知不灭的百姓。

寄给弃绝姓氏的部族。

寄给不留墓冢的属群。

那些占有马背的人，

那些敬畏鱼虫的人，

那些酷爱酒瓶的人。

那些围着篝火群舞的，

那些卵育了草原、耕作牧歌的，

猛兽的征服者，

飞禽的施主，

炊烟的鉴赏家，

大自然宠幸的自由民，

是我追随的偶像。

——众神！众神！

众神当是你们！

五、众神的宠偶

这微笑

是我缥缈的哈达

寄给天地交合的夹角

生命傲然的船桅。

寄给灵魂的保姆。

寄给你——

草原的小母亲。

此刻

星光之曲

又从寰宇

向我散发出

有如儿童肤体的乳香；
黎明的花枝
为我在欢快中张扬，
破译出那泥土绝密的哑语。

你哟，踮起赤裸的足尖
正把奶渣晾晒在高台。
靠近你肩头，
婴儿的内衣在门前的细枝
以旗帜的亢奋
解说万古的箴言。
墙壁贴满的牛粪饼块
是你手制的象形字模。
轻轻摘下这迷人的辞藻，
你回身交给归来的郎君，
托他送往灶坑去库藏。
（我看到你忽闪的睫毛
似同稷麦含笑之芒针；
我记得你冷凝的沉默
曾是电极触发之弧光。）
那个夜晚，正是他
向你贸然走去。
向着你贞洁的妙龄，
向着你梦求的摇篮，
向着你心甘的苦果……
带着不可更改的渴望或哀悼，
他比死亡更无畏——
他走向彼岸，
走向你

众神的宠偶！

六、邂逅

他独坐裸原。

脚边，流星的碎片尚留有天火的热吻。

背后，大自然虚构的河床——

鱼贝和海藻的精灵

从泥盆纪脱颖而出，

追戏于这日光幻变之水。

没有墓冢。

鹰的天空

交织着钻石多棱的射线。

直到那时，他才看到你从仙山驰来。

奔马的四蹄陡然在路边站定。

花蕊一齐摆动，为你

摇响了五月的铃铎。

——不悦么，旷野的郡主？

……但前方是否有村落？

他无须隐讳那些阴暗的故事、

那些镀金的骗局、那些……童话，

他会告诉你有过那疯狂的一瞬——

有过那春季里的严冬：

冷酷的纸帽，

癫醉的棍棒，

嗜血的猫狗……

天下奇寒，雏鸟

在暗夜里敲不醒一扇

庇身的门窦。

他会告诉你：为了光明再现的柯枝，
必然的妖风终将他和西天的羊群一同
裹挟……
他会告诉你那个古老的山岬，
原本是山神的祭坛。
秋气之中，间或可闻天鹅的呼唤，
雪原上偶尔留下
白唇鹿的请束，
——那里原是一个好地方。……

…………
…………

黄昏来了，
宁静而柔和。
土伯特女儿墨黑的葡萄在星光下思索，
似乎向他表示：
——我懂。
我献与。
我笃行……

那从上方凝视他的两汪清波
不再飞起迟疑的鸟翼。

七、慈航
花园里面的花喜鹊
花园外面的孔雀
　　　　——本土情歌

于是，她赧然一笑，
从花径召回巡守的家犬，
将红绢拉过肩头，
向这不速之客暗示：

——那么，
把我的鞍辔送给你呢
好不好？
把我的马驹送给你呢
好不好？
把我的帐幕送给你呢
好不好？
把我的香草送给你呢
好不好？

美呵，——
黄昏里放射的银耳环，
人类良知的最古老的战利品！
是的，在善恶的角力中
爱的繁衍与生殖
比死亡的戕残更古老、
更勇武百倍！

八、净土

雪线……
那最后的银峰超凡脱俗，
成为蓝天晶莹的岛屿，
归属寂寞的雪豹逡巡。

而在山麓，却是大地绿色的盆盂，
昆虫在那里扇动翅翼
梭织多彩的流风。

牧人走了，拆去帐幕，
将灶群寄存给疲惫了的牧场。
那粪火的青烟似乎还在召唤发酵罐中的
曲香，和兽皮褥垫下肢体的烘热。

在外人不易知晓的河谷，
已支起了牧人的夏官，
土伯特人卷发的婴儿好似袋鼠
从母亲的袍襟探出头来，
诧异眼前刚刚组合的村落。

……一头花鹿冲向断崖，
扭作半个轻柔的金环，
瞬间随同落日消散。
而远方送来了男性的吆喝，
那吐自丹田的音韵，久久
随着疾去的蹄声在深山传递。
高山大谷里这些乐天的子民
护佑着那异方的来客，
以他们固有的旷达
决不屈就于那些强加的忧患
和令人气闷的荣辱。

这里是良知的净土。

九、净土（之二）

……而在白昼的背后
是灿烂的群星。

升起了成人的诱梦曲。
筋骨完成了劳动的日课，
此刻不再做神圣的醉舞。
杵杆，和奶油搅拌桶
最后也熄灭了象牙的华彩。
沿着河边
无声的栅栏——
九十九头牦牛以精确的等距
缓步横贯茸茸的山阜，
如同一列游走的
堠堡。

灶膛还醒着。
火光撩逗下的肉体
无须在梦中羞闭自己的贝壳。
这些高度完美的艺术品
正像他们无羁的灵魂一样裸露
承受着夜的抚慰。
——生之留恋将永恒、永恒……

但在墨绿的林莽，
下山虎栖止于断崖，
再也克制不了难熬的孤独，
飞身擦过刺藤。
寄生的群蝇

从虎背拖出了一道噼啪的火花

急忙又——

追寻它们的宿主……

十、沐礼

他是待娶的"新娘"了！

在这良宵

为了那个老人临终的嘱托，

为了爱的最后之媾合，

他敧在红毡毯。

一个牧羊妇捧起薰沐的香炉

蹲伏在他的足边，

轻轻朝他吹去圣洁的

柏烟。

一切无情。

一切含情。

慧眼

正宁静地审度

他微妙的内心。

心旌摇荡。

窗隙里，徐徐飘过

三十多个折福的除夕……

烛台遥远了。

迎面而来——

他看到喜马拉雅丛林

燃起一团光明的瀑雨。

而在这虚照之中潜行

是万千条挽动经轮的纤绳……

他回答：

——"我理解。

我亦情愿。"

迎亲的使者

已将他挽上披红的征鞍，

一路穿越高山冰坂，和

激流的峡谷。

吉庆的火堆

也已为他在日出之前点燃。

在这处石砌的门楼他翻身下马

踏稳那一方

特为他投来的羊皮。

就从这坚实的舟楫，

怀着对一切偏见的憎恶

和对美与善的盟誓，

他毅然跃过了门前守护神狞厉的

火舌。

……然后

才是豪饮的金盏。

是燃烧的水。

是花堂的酥油灯。

十一、爱的史书

…………

…………

在不朽的荒原。

在荒原那个黎明的前夕，

有一头难产的母牛

独卧在冻土。

冷风萧萧，

只有一个路经这里的流浪汉

看到那求助的双眼

饱含了两颗痛楚的泪珠。

只有他理解这泪珠特定的象征。

——是时候了：

该出生的一定要出生！

该速朽的必定得速朽！

他在绳结上读着这个日子。

那里，有一双佩戴玉镯的手臂

将指掌抠进黑夜模拟的厚壁，

绞紧的辫发

搓探出蕴积的电火。

在那不见青灯的旷野，

一个婴儿降落了。

笑了的流浪汉

读着这个日子，潜行在不朽的

荒原。

——你呵，大漠的居士，笑了的

流浪汉，既然你是诸种元素的衍生物

既然你是基本粒子的聚合体，

面对物质变幻无涯的迷宫，

你似乎不应忧患，

也无须欣喜。

你或许

曾属于一只

卧在史前排卵的昆虫；

你或许曾属于一滴

熔落古鼎享神的

浮脂。

设想你业已氧化的前生

织成了大礼服上传世的绶带；

期望你此生待朽的骨骸

可育作沙洲一株啸嗷的红柳。

你应无穷的古老，超然时空之上；

你应无穷的年青，占有不尽的未来。

你属于这宏观整体中的既不可多得、

也不该减少的总和。

你是风雨雷电合乎逻辑的选择。

你只当再现在这特定时空相交的一点。

但你毕竟是这星体赋予了感官的生物

是岁月有意孕成的琴键。

为了遗传基因尚未透露的丑恶，

为了生命耐力创纪录的拼搏，

你既是牺牲品，又是享有者，

你既是苦行僧，又是欢乐佛。

…………

…………

是的，在善恶的角力中
爱的繁衍与生殖
比死亡的戕残更古老。
更勇武百倍！

十二、极乐界

当春光
与孵卵器一同成熟，
草叶，也啄破了严冬的薄壳。
这准确的信息岂是愚人的谵妄！

万物本蕴涵着无尽的奥秘：
地幔由运动而矗起山岳；
生命的晕环敢与日冕媲美；
原子的组合在微观中自成星系；
芳草把层层色彩托出泥土；
刺猬披一身锐利的箭镞……

当大道为花圈的行列开放绿灯，
另有一支仅存姓名的队伍在影子里
行进。
是时候了。
该复活的已复活。
该出生的已出生。
而他——
摘掉荆冠
从荒原踏来，
走向每一面帐幕。

他忘不了那雪山，那香炉，那孔雀翎。

他忘不了那孔雀翎上众多的眼睛。

他已属于那一片天空。

他已属于那一片热土。

他应是那里的一个没有王笏的侍臣。

而我，

展示状如兰花的五指

重又叩响虚空中的回声，

听一次失道者败北的消息，

也是同样地忘怀不了那一切。

是的，将永远、永远——

爱的繁衍与生殖

比死亡的戕残更古老、

更勇武百倍！

谭五昌：此诗十二节对应一年的十二个月，也象征着佛教的轮回，暗喻受难、得救、净化的一个过程，歌颂了真善美，歌颂爱最终引领诗人战胜恶。诗中善良的土伯特老人对他呵护有加，并且把自己心爱的女儿嫁给他。诗人在诗中一再抒发自己对于爱的歌颂，并且展现了少数民族特有的婚礼习俗。诗中的恶暗指时代的恶，诗人对之抱以蔑视的态度。虽然恶让诗人戴上了"荆冠"，让他背负了苦难的命运，但是诗人依旧相信"爱的繁衍与生殖/比死亡的戕残更古老/更勇武百倍"，在这里，诗人再一次重申了爱与善必定战胜恶的坚定信念。

这首诗比较难读，文白杂糅，有许多比较拗口的古语、生僻的词，让读者不得不放慢速度，所以这首诗的整体风格便显得厚重、深沉、笨拙，与诗人的气质非常吻合。第二节《记忆中的荒原》，诗人怀着一种伤悼的心情对自己的过去进行回忆。第三节《彼岸》，诗人讲述了如何在土伯特少女的抚慰中重新找到幸福的过程，土伯特老人对他的深厚情谊，土伯特少女的爱情抚慰让他脱离了苦难的此岸，到达幸福的彼岸，表达了诗人对爱的赞颂与感恩。《众神》一节表达诗人对少数民族的赞美，因为在诗人心中，这些少数民族具有可贵的淳朴和善良的秉性。《众神的宠偶》一节着重表达了诗人对于爱人的感激，同时也用具体的场景呈现了少数民族充满野性和自由的美好生活。《邂逅》一节讲述了诗人和土伯特女孩的相遇，并且赞美了少女心灵的美好和灵魂的高洁。《慈航》一节再一次写出了诗人身处爱河的幸福，并且将这种世俗之爱升华到了宗教的高度。少女的美映衬着心灵的善，心灵的善升华了世俗的爱，诗人在这里再次唱响了关于美和爱的赞歌。《净土》和《净土（之二）》两节中的"净土"，指的就是少数民族的栖居地，诗人在这里从对妻子的赞美上升到了对整个土伯特的赞美，赞美他们原生态的生活方式，赞美他们敢爱敢恨的自然品格。在土伯特人的影响下，诗人的灵魂获得了新生。诗中的好多细节，比如对于婚礼的描写是很有民俗学、人类学价值的。《爱的史书》一节写的是爱的传递以及人生不可避免的两面性和复杂性，很有哲学意味。人既是苦难的承受者，又是幸福的享有者，既是苦行僧，又是欢乐佛。这不仅是诗人自身命运的写照，也是无数受苦者共同命运的一个缩影。最后，诗歌在结尾达到了欢乐情绪的高潮，同时强化了作品的主题：爱的力量对死亡的超越。客观来说，这首诗在艺术上并不算完美，比如它的语言过于生僻，节奏有时也不流畅，但它所体现的思想文化价值、精神价值却是十分丰富和厚重的。

我们在欣赏完昌耀的这首长诗后，再来看他的一首短诗《斯人》。这首诗虽短却很见功力，并且进一步确定了昌耀作为当代大诗人的地位。请罗雪峰同学来朗读一下。

斯　人

静极——谁的叹嘘？

密西西比河此刻风雨，在那边攀援而走。
地球这壁，一人无语独坐。

罗雪峰同学：在目前所读到的诗歌中，这首诗我最喜欢。可能前面所讲的诗歌太长，而且比较僻涩，难以让人产生共鸣。这首诗用语平实，并且表现了一种只可意会不可言传的微妙情感，意境和构思都很独特，从密西西比河一下跨越到地球这端，这种想象是让我叹服的。

谭五昌：的确，这首诗在语言上一改刚才那首诗的佶屈聱牙，显得比较平实和流畅，在节奏的快与慢之间取得了平衡。而且，这首诗的跨度很大，具有很强的空间感和宇宙意识，从密西西比河一下子跨越到青海高原，再回到诗人的居室，跨度之大，令人叹服。诗人在诗中用了"地球"这个词，一下子将空间无限扩展了。这首诗最大的亮点就是其中所体现的宇宙意识和孤独感。"一人无语独坐"，写出了诗人知己难觅的痛苦和孤独。这种浩大的孤独感是古往今来一切大诗人的共同精神体验，而昌耀诗中广阔无边的时空背景更是突出了这种空前绝后的孤独感。这首诗整体上气象宏大，构思巧妙，时空跨度广，具有很强的宇宙意识，是昌耀诗歌中不可多得的精品。

下面我们再把目光转向昌耀在20世纪80年代写的一首诗——《鹿的角枝》，我自己对于这首诗还是很欣赏的。王力可同学来读一下吧。

鹿的角枝

在雄鹿的颅骨，有两株
被精血所滋养的小树。
雾光里
这些挺拔的枝状体
明丽而珍重，
遁越于危崖、沼泽，
与猎人相周旋。

若干个世纪以后。
在我的书架，
在我新得收藏品之上，

我才听到来自高原腹地的那一声

火枪。——

那样的夕阳

倾照着那样呼唤的荒野，

从高岩，飞动的鹿角

猝然倒仆……

……是悲壮的。

王力可同学：诗歌第一节通过描写鹿的角枝来赞美生命的美好和珍贵，到第二节，诗人还原了鹿被猎杀的场景，这两节形成了一个鲜明的对比，表达了诗人对盗猎者的控诉和对于生命逝去的惋惜之情。

谭五昌：这首诗使用了对比的手法。第一节，诗人将鹿枝比喻成被精血滋养的小树，想象丰富而奇特，"这些挺拔的枝状体/明丽而珍重"，充分显示了诗人对鹿枝的喜爱和珍惜之情。"遁越于危崖、沼泽/与猎人相周旋"，虽然潜藏危险，但鹿的轻盈身姿仍是活灵活现，招人喜爱。到了第二节，一句"若干个世纪以后"将时空拉回了现实世界。接着诗人又将时空背景推回到过去，想象性地再现了鹿被猎杀的残酷场景，"猝然倒仆……"四个字简洁有力，字字珠玑，而省略号为读者营造了一种空白、无语的氛围，非常有力地表达了诗人心中的悲愤情怀。这首诗在主题上呈现了人道主义与保护生态的理念，值得我们大家深思和回味。

下面我们再看一首极具西部味道的诗——《一百头雄牛》，鲁博林同学来读一下。

一百头雄牛

一

一百头雄牛噌噌的步武。

一个时代上升的摩擦。

彤云垂天，火红的帷幕，血酒一样悲壮。

二

犄角扬起，
遗世而独立。

犄角扬起，
一百头雄牛，一百九十九只犄角。
一百头雄牛扬起一百九十九种威猛。
立起在垂天彤云飞行的牛角砦堡，
号手握持那一只折断的犄角
而呼呜呜……

血酒一样悲壮。

三

一百头雄牛低悬的睾丸阴囊投影大地。
一百头雄牛低悬的睾丸阴囊垂布天宇。

午夜，一百种雄性荷尔蒙穆穆地渗透了泥土，

血酒一样悲壮。

谭五昌：这首诗的西部味道、西部色彩真是太足了！三节诗，三个片段，三个意象画面。哪位同学来回答一下，为什么说这是一首极为典型的西部诗？

王思宇同学：诗人所选的意象——雄牛就是西部所特有的物种。在第一节，诗人将雄牛的形象放置在彤云密布的高原景象之中，色彩对比十分鲜明。第二节最好的一点是诗人将眼光集中在了一只折断的角，更加凸显雄牛的威猛。第三节作者的想法比较独特。

谭五昌：看来王思宇同学理解这首诗的精神内核了。一百头雄牛——当然"一百"这个数字可虚可实，展现了阳刚、威猛、充满雄性气息的西部高原风情。第一节，"雄牛噌噌的步武"，用声音也就是听觉意象来凸显雄牛的威猛形象；"彤云垂天"，在视觉上给人以极大的冲击力，象征着雄牛血性的气质。第二节，诗人通过描写一只被折断了的犄角来反衬雄牛的阳刚。第三节通过出色的想象塑造出雄牛的英雄形象，气势逼人，雄性的力量铺天盖地，给人以力量的震撼与冲击。"午夜，一百种雄性荷尔蒙穆穆地渗透了泥土"，将感觉化为视觉，将无形变为有形，真是神来之笔。我觉得诗人通过雄牛的形象刻画，十分传神地诠释了西部的精神气息，可见昌耀不愧是西部精神最出色的诗歌代言人。

我们再来看一首昌耀写于20世纪80年代的诗作《内陆高迥》，一些评论家从这首诗中分析出了昌耀诗歌的悲剧精神。这首诗到底反映了诗人怎样的精神状态呢？罗雪峰同学来朗读一下。

内陆高迥

内陆。一侧垂立的身影。在河源。
谁与我同享暮色的金黄然后一起退入月亮宝石？

孤独的内陆高迥沉寂空旷恒大
使一切可能的轰动自肇始就将潮解而失去弹性。
而永远渺小。
孤独的内陆。
无声的火曜。
无声的崩毁。

一个蓬头垢面的旅行者西行在旷远的公路，一只燎黑了的铝制
饭锅倒扣在他的背囊，一根充作手杖的棍棒横抱在腰际。他的鬓角扎
起。兔毛似的灰白有如霉变。他的颈弯前翘如牛负轭。他睁大的瞳仁

也似因窒息而在喘息。我直觉他的饥渴也是我的饥渴。我直觉组成他的肉体的一部分也曾是组成我的肉体的一部分。使他苦闷的原因也是使我同样苦闷的原因，而我感受到的欢乐却未必是他的欢乐。

而愈益沉重的却只是灵魂的寂寞。
谁与我同享暮色的金黄然后一起退入月亮宝石？

一个蓬头的旅行者背负行囊穿行在高迥内陆。
不见村庄。不见田垄。不见井垣。
远山粗陋如同防水布绷紧在巨型动物骨架。
沼泽散布如同鲜绿的蛙皮。
一个挑战的旅行者步行在上帝的沙盘

河源
一群旅行者手执酒瓶伫立望天豪饮，随后
将空酒瓶猛力抛掷在脚底高迥的路。
一次准宗教祭仪。
一地碎片如同鳞甲而令男儿动容。
内陆漂起。

罗雪峰同学：我觉得诗人似乎在传达一种宗教般的情结，"我直觉组成他的肉体的一部分也曾是组成我的肉体的一部分。使他苦闷的原因也是使我同样苦闷的原因，而我感受到的欢乐却未必是他的欢乐"。这几句诗似乎体现了诗人博爱的情怀。诗人虽然理解所有人，但别人却不理解诗人，体现出了诗人的一种孤独感。

谭五昌：你如何理解诗中"蓬头的旅行者"的形象？

罗雪峰同学：我觉得这是苦难的芸芸众生的缩影。

谭五昌：注意诗中"挑战的旅行者"，这个旅行者在路上不停地流浪，不停地挑战宿命，与凯鲁亚克《在路上》中的反叛精神是相通的。我们甚至可以说，旅行者就是昌耀灵魂的自画像，是诗人对自我的一种认知和探究。最后一节中，旅行者纷纷踏上流浪的路，开始了寻找灵魂归宿的历程。然而结局又如何呢？"一地碎片如同鳞甲而令男儿动容/内陆漂起。"这道出了诗人灵魂的漂泊状态，前途虚幻，归宿无果，诗作的悲剧精神由此彰显。同学们对这首诗还有什么补充吗？

王力可同学：我觉得这首诗有强烈的宿命感，就是他永远在流浪，永远逃不出这种流浪的宿命。

谭五昌：说得很好。我们再来看昌耀的下一首诗《幽默大师死去》，这首诗似乎可以看作对诗人命运的一个预言。褚云侠来朗读一下。

幽默大师死去

（一次蓦然袭来的心潮）

最后一个幽默大师已经死了，这世界再也不存在幽默。

一个本质痛苦的幽默大师，不屑于插科打诨。不屑于滑稽。他虽不等同于讽刺，但也不仅仅只是幽默。

一个本质痛苦的幽默大师，是庶民可引以为荣的自我存在。是庶民可借以获得的自我安慰。是庶民善作解语的另一个"自我"。

一个本质严肃的幽默大师已经死了，再不会有第二个为我们转世再生。在埃博拉病毒、疯牛病毒、艾滋病毒……人口走私、死囚……阴谋……等等相继威胁我们的苦闷中，不会有第二个幽默大师临世接受我们膜拜并替我们摩顶祈福。

但是，世上仍不乏冒名的僭越者、拙劣的效颦者及沽名钓誉赖以为生的小丑。

只剩下了所谓小的制造业。

因之，他是最后一个死去的幽默师。

这世界失去了圣杯，也同时失去了宝剑。

干枯了的人类脐带不再分泌健脑的营养素。

谭五昌：这首诗采用了散文化的形式，表达了诗人对幽默本质的感受。大家怎么理解这首诗呢？

苟瀚心同学：我觉得幽默大师看似在逗人们发笑，但实际上是对世事荒诞的一种自我解嘲。因为他可能看透了事物的本质，所以能以一种超然的态度来面对这一切。

谭五昌：那你觉得"幽默大师死去"有什么含义呢？

苟瀚心同学：我觉得幽默大师可能在世人和世界之间起到了一种协调的作用，但是如果幽默大师死去，人们就失去了这样一种承受苦难的力量。

谭五昌：幽默大师缓解了人们和这个时代的紧张关系。痛苦是人存在的本质，如果没有痛苦，生命就无法承受其轻。我觉得这首诗具有时代的意义，就是人要在本质上保持痛苦，这是人之所以被称为人的理由。"世上仍不乏冒名的僭越者、拙劣的效颦者及沽名钓誉赖以为生的小丑"，这正是对当下社会的批判。如今有很多笑星成了我们时代的"文化英雄"，这是一种很不正常的现象，因为他们中的大多数人缺少真正的幽默，缺少对于痛苦本质的理解。所以昌耀的这首诗也可以理解成对娱乐化时代的一个预言，其中具有非常超前的意识。

最后，我们来赏析一下昌耀的绝笔诗《一十一枝红玫瑰》。诗人身患重病，他的一位女性朋友就送给他十一枝红玫瑰，诗人有感于此而写下了这首诗，而这首诗也成了他命运的一个预言。请罗雪峰同学朗读一下这首诗。

一十一枝红玫瑰

一位滨海女子飞往北漠看望一位垂死的长者，
临别将一束火红的玫瑰赠给这位不幸的朋友。

姑娘啊，火红的一束玫瑰为何端只一十一支，
姑娘说，这象征我对你的敬重原是一心一意。

一天过后长者的病情骤然恶化，

刁滑的死神不给猎物片刻喘息。

姑娘姑娘自你走后我就觉出求生无望,
何况死神说只要听话他就会给我安息。

我的朋友啊我的朋友你可要千万挺住,
我临别不是说嘱咐你的一切绝对真实?

姑娘姑娘我每存活一分钟都万分痛苦,
何况死神说只要听话他就会给我长眠。

我的朋友啊我的朋友你可要千乃挺住,
你应该明白你在我们眼中的重要位置。

姑娘姑娘我随时都将可能不告而辞,
何况死神说他待我也不是二意三心。

三天过后一十一枝玫瑰全部垂首默立,
一位滨海女子为北漠长者在悄声饮泣。

谭五昌:爱与死的对白可以看作这首诗的核心主题,也是这首诗的一个艺术表现手法。虽然世间还有爱,但诗人还是听从了死神的召唤,因为死神的力量太强大了。诗中的"姑娘"代表爱的话语,"我"代表死亡的意志,但结尾处玫瑰的枯萎与哀伤,象征着诗人死亡意志与死亡命运的不可逆转。诗人在这首诗中预言了自己的死亡结局,展示了他一生坎坷多艰的情感遭遇,让人感到无限伤感和悲叹。

总之,昌耀是一位长期被边缘化的大诗人。至今为止,他知名度也不高,但他的诗歌呈现出了一种与西部风物相对应的开阔景象,是西部诗歌最有力的代言人。同时,他又超越了西部诗人的身份,是一位杰出的中国当代诗人,他的诗歌文本为中国当代诗歌带来了许多重要的美学经验与精神元素,奠定了他在当代诗歌史上独特而重要的地位。当然，昌耀的诗歌文本也有局限性，比如语言、意象上的过分生僻与刻意雕琢，可能会在一定程度上阻碍人们对他诗歌文本的理解与欣赏，从而限制了其作品的传播。但其实这也就是昌耀作为一位大诗人的创作特点，他也许注定就是一位小众的高端的曲高和寡类型的诗人。

第九讲　欧阳江河诗歌解读

时间：2012年6月8日

地点：北师大七教405教室

主讲教师：谭五昌

听众：北师大2011级中国当代文学专业研究生

谭五昌：我们今天要来认识一位"强悍"的中国当代诗人——欧阳江河。不知道大家见过欧阳江河没有，见过他的人会发现他的体格很壮实，给人"强悍"之感。同时，欧阳江河的口才也非常好，是当代诗人中为数不多善于雄辩的诗人。欧阳江河的作品也很"强悍"，他的文本修辞能力是一流的，国内诗人很少能出其右。我觉得，欧阳江河诗歌文本的耐读和他高超的修辞能力大有关系。他的诗歌文本张力很大，善于运用修辞技巧把词语和句子、艺术与质感调配得恰到好处。他对于诗歌的本体意识、语言意识有着出色的感悟能力，诗歌中有着明显的英雄主义姿态，对事物与时代经验的整体性呈现是凸显这一特点的重要表征。总的来说，欧阳江河诗歌的声音是雄辩的、雄性的，他的创作生命力也是很旺盛的，早在20世纪80年代就在"第三代"诗人中崭露头角。

我现在来简单介绍一下欧阳江河。首先要提醒大家，欧阳江河和江河并不是同一个人，但经常有人把他们二位搞混。江河是有名的朦胧诗诗人，是和北岛、舒婷、杨炼一起的，他写过《星星变奏曲》《纪念碑》等名作。欧阳江河是四川人，1979年开始发表诗歌，1983年至1984年间，他创作了长诗《悬棺》，其后的主要代表作有《玻璃工厂》《计划经济时代的爱情》《傍晚穿过广场》《最后的幻象》《汉英之间》《椅中人的倾听与交谈》等，著有诗集《透过词语的玻璃》《谁去谁留》《事物的眼泪》及评论集

《站在虚构这边》等。欧阳江河被认为是"第三代"诗人的重要代表人物之一。直到现在，欧阳江河的诗歌创作还呈现出旺盛状态，这在当代诗歌史上也是颇为难得的景象。

下面，我们来解读他的诗作《手枪》。这首诗体现了欧阳江河丰富的词语想象能力。我们很多诗人到现在才强调词语的想象能力，而欧阳江河早在20世纪80年代就开始了，这是欧阳江河开风气之先的地方。大家想想，这首诗的词语想象力体现在哪里，或者说这首诗具有怎样的艺术风格。江子安同学来读一下这首诗。

手　枪

手枪可以拆开

拆作两件不相关的东西

一件是手，一件是枪

枪变长可以成为一个党

手涂黑可以成为另一个党

而东西本身可以再拆

直到成为相反的向度

世界在无穷的拆字法中分离

人用一只眼睛寻找爱情

另一只眼睛压进枪膛

子弹眉来眼去

鼻子对准敌人的客厅

政治向左倾斜

一个人朝东方开枪

另一个人在西方倒下

黑手党戴上白手套

长枪党改用短枪

永远的维纳斯站在石头里

她的手拒绝了人类

从她的胸脯里拉出两只抽屉

里面有两粒子弹，一支枪

要扣响时成为玩具

谋杀，一次哑火

褚云侠同学：我觉得这首诗将手枪拆成手和枪，这把我们平时对于手枪的理解瓦解了。诗人就好像一个词语的魔术师，他似乎打开了一扇小门，走上了诗意的小路。

苟瀚心同学：我觉得这首诗第三节有·种很矛盾的情绪在里面——寻找爱情，又把子弹压进枪膛。

谭五昌：欧阳江河的诗歌对普通读者而言可能还是有些晦涩。手枪是什么？我们不假思索地就会认为是暴力。诗人在诗中把手枪拆开了，而且说，手涂黑就变成黑手党，枪变长就变为长枪党。诗人出色的词语想象力与表现力让我们加深了对事物的理解。第二节诗中，诗人表达了这样的意思：东西本身可以再拆，成为两个相反的向度。一只眼睛和另一只眼睛又是那么不同，暗示人思想状况与情感世界的内在分裂性与丰富性。第三节中诗人说，长枪党变成短枪党了，黑手党变成了白手党。一切都在变化，乱哄哄的，你方唱罢我上场。而诗中的"维纳斯"代表什么呢？她代表了美与善，代表了永恒的美与善的力量。她拒绝了人类的邪恶欲望，所以在诗的结尾，有人想借她进行一次谋杀，但失败了，因为永恒的美与善的力量是不会被利用的。你们理解这首诗的意义了吗？这首诗对事物的叙述与评价非常智慧，可以说是对事物复杂性关系的一种诗意而富有哲理的阐述。

我们现在来看欧阳江河的第二首诗《玻璃工厂》。你们见过玻璃工厂吗？我们来看看欧阳江河是怎样描写玻璃的。请王力可同学朗读此诗。

玻璃工厂

一

从看见到看见，中间只有玻璃。

从脸到脸

隔开是看不见的。

在玻璃中，物质并不透明。

整个玻璃工厂是一只巨大的眼珠，

劳动是其中最黑的部分，

它的白天在事物的核心闪耀。

事物坚持了最初的泪水，

就像鸟在一片纯光中坚持了阴影。

以黑暗方式收回光芒，然后奉献。

在到处都是玻璃的地方，

玻璃已经不是它自己，而是

一种精神。

就像到处都是空气，空气近乎不存在。

二

工厂附近是大海。

对水的认识就是对玻璃的认识。

凝固，寒冷，易碎，

这些都是透明的代价。

透明是一种神秘的、能看见波浪的语言，

我在说出它的时候已经脱离了它，

脱离了杯子、茶几、穿衣镜，所有这些

具体的、成批生产的物质。

但我又置身于物质的包围之中，

生命被欲望充满。

语言溢出，枯竭，在透明之前。

语言就是飞翔，就是

以空旷对空旷，以闪电对闪电。

如此多的天空在飞鸟的躯体之外，

而一只孤鸟的影子

可以是光在海上的轻轻的擦痕。

有什么东西从玻璃上划过，比影子更轻，

比切口更深，比刀锋更难逾越。

裂缝是看不见的。

三

我来了，我看见了，我说出。

语言和时间浑浊，泥沙俱下。

一片盲目从中心散开。

同样的经验也发生在玻璃内部。

火焰的呼吸，火焰的心脏。

所谓玻璃就是水在火焰里改变态度，

就是两种精神相遇，

两次毁灭进入同一永生。

水经过火焰变成玻璃，

变成零度以下的冷峻的燃烧，

像一个真理或一种感情

浅显，清晰，拒绝流动。

在果实里，在大海深处，水从不流动。

四

那么这就是我看到的玻璃——

依旧是石头，但已不再坚固。

依旧是火焰，但已不复温暖。

依旧是水，但既不柔软也不流逝。

它是一些伤口但从不流血，

它是一种声音但从不经过寂静。

从失去到失去，这就是玻璃。

语言和时间透明，

付出高代价。

五

在同一工厂我看见三种玻璃：

物态的，装饰的，象征的。

人们告诉我玻璃的父亲是一些混乱的石头。

在石头的空虚里，死亡并非终结，

而是一种可改变的原始的事实。

石头粉碎，玻璃诞生。

这是真实的。但还有另一种真实

把我引入另一种境界：从高处到高处。

在那种真实里玻璃仅仅是水，是已经

或正在变硬的、有骨头的、泼不掉的水，

而火焰是彻骨的寒冷，

并且最美丽的也最容易破碎。

世间一切崇高的事物，以及

事物的眼泪。

谭五昌：在这首诗中，诗人对我们见怪不怪的事物——玻璃进行了充满智慧与灵感的描述。我觉得诗人从五个角度——正好对应诗的五节，呈现了他对玻璃敏感、诗意、哲思性的认知。诗人将玻璃提炼为一种精神。而这种精神是什么呢？我请大家注意一下诗中的另一个关键词——"劳动"，这是这一节的诗眼。这里有一个比喻很有意思，"整个玻璃工厂是一只巨大的眼珠/劳动是其中最黑的部分"，劳动是最有价值的，就像人可爱是因为有了眼珠一样。结尾诗人说："在到处都是玻璃的地方/玻璃已经不是它自己，而是/一种精神。"我觉得这一节诗体现出了欧阳江河的思辨能力，他从玻璃中看到一种精神。这为全诗奠定了思想的高度。大家对这一节还有什么看法？

江子安同学：作品开头说"从看见到看见"，我们在玻璃中能看见自己的脸，就断定玻璃是透明的，但在玻璃中，物质是不透明的。既然玻璃不透明，那是不是一切都不可知呢？接下来，诗人用比喻说整个玻璃工厂是个眼珠，"劳动是其中最黑的部分/它的白天在事物的核心闪耀"，这让我联想到了玻璃工厂的反光，因为玻璃都会反光，因此才有"闪耀"一说。这节诗最后说，玻璃已经不是它自己，而是一种精神。这种精神是什么呢？我觉得是劳动，并且坚持最初的泪水的精神。

谭五昌：在读诗的时候，有时会有错位理解的情况发生，这是因为我们带着自己的观念来解释某一首诗，而实际情况是诗人受某种强烈的灵感触动，通过他设置的词语小径阐释着他的诗意。因此我们不能只是在诗中摘出几个词语任意阐发，而是要尽量摸清楚诗人灵感的运行轨迹。我们继续来看诗的第二节。诗人指出工厂附近是海，这里就自然涉及了玻璃与水的关系。这里也有一个关键词：透明。玻璃的特点——透明、凝固、寒冷、易碎，但诗人着重强调"透明"这一特点，声称"透明是一种神秘的、能看见波浪的语言"，这其实是一种类比，语言和生命的关系就像玻璃和水的关系，语言一说出来就脱离了物本身，因此变得很"透明"。第三节一开始就是诗人的宣言："我来了，我看见了，我说出。"诗人在这里宣称"我说出"，就是表明他要说出别人没有说过的话。刚才我们说了，在某种程度上，语言是盲目的，是神秘的，语言和时间一样，都是泥沙俱下的。我们很多时候以为自己表达得很清晰的想法，到后来被证实并不清晰，甚至是混乱的。同样的情况也发生在玻璃身上，欧阳江河发现玻璃和人的语言是具有可比性的，诗人要借玻璃说出语言的奥秘，这奥秘是什么呢？用诗人的话来说，就是水在火中改变态度，两种东西同时毁灭成为永生。我们内心无法抑制的想法，在表达前和表达后是多么不同啊，可以说思想、情感、经验这些东西都要经过语言的表达来供时间考验，若是经得住考验，便是真理，而真理是不会改变的，就像玻璃拒绝流动一样。

再看第四节，这节诗里也谈到了不透明，但我觉得重点还是强调玻璃的透明，以及它高昂的代价——正因为玻璃透明，所以要付出很高的代价。前面谈到了透明和神秘的关系，这里谈到了透明和高代价的关系。提醒大家注意一下，"从失去到失去"，是说事物在被说出之后，它与原来的事物就不一样了，因为它会失去原初性的一些东西。这就是玻璃和语言的境遇。我们最后来看看第五节，诗人说，石头是玻璃的父亲。别看石头是空虚的，是毫无流动性的东西，但诗人告诉我们，在石头那里，死亡并非终结，它是可改变的，它可以变成玻璃，这是一种事实。但诗人更关注另一种事实，那就是玻璃的不同存在形式，玻璃的不同功能、作用与价值，玻璃对人类生命存在所具有的思想、情感双重层面的启示意义。总而言之，这首诗包含的精神信息非常丰富，思想性与艺术性完美融合，堪称当代汉语诗歌的典范之作。

好了，我们现在转到下一首诗《汉英之间》，这也是欧阳江河很有名的诗作。请王思宇朗读一下这首诗。

汉英之间

  我居住在汉字的块垒里，

  在这些和那些形象的顾盼之间。

  它们孤立而贯穿，肢体摇晃不定，

  节奏单一如连续的枪。

  一片响声之后，汉字变得简单。

  掉下了一些胳膊，腿，眼睛，

  但语言依然在行走，伸出，以及看见。

  那样一种神秘养育了饥饿。

  并且，省下很多好吃的日子，

  让我和同一种族的人分食，挑剔。

  在本地口音中，在团结如一个晶体的方言

  在古代和现代汉语的混为一谈中，

  我的嘴唇像是圆形废墟，

  牙齿陷入空旷

没碰到一根骨头。

如此风景，如此肉，汉语盛宴天下。

我吃完我那份日子，又吃古人的，直到

一天傍晚，我去英语之角散步，看见

一群中国人围住一个美国佬，我猜他们

想迁居到英语里面。但英语在中国没有领地。

它只是一门课，一种会话方式，电视节目，

大学的一个系，考试和纸。

在纸上我感到中国人和铅笔的酷似。

轻描淡写，磨损橡皮的一生。

经历了太多的墨水，眼镜，打字机

以及铅的沉重之后，

英语已经轻松自如，卷起在中国的一角。

它使我们习惯了缩写和外交辞令，

还有西餐，刀叉，阿斯匹林。

这样的变化不涉及鼻子

和皮肤。像每天早晨的牙刷

英语在牙齿上走着，使汉语变白。

从前吃书吃死人，因此

我天天刷牙。这关系到水，卫生和比较。

由此产生了口感，滋味说，

以及日常用语的种种差异。

还关系到一只手：它伸进英语，

中指和食指分开，模拟

一个字母，一次胜利，一种

对自我的纳粹式体验。

一支烟落地，只燃到一半就熄灭了，

像一段历史。历史就是苦于口吃的

战争，再往前是第三帝国，是希特勒。

我不知道这个狂人是否枪杀过英语，枪杀过

莎士比亚和济慈。

但我知道，有牛津辞典里的、贵族的英语，

也有武装到牙齿的、丘吉尔或罗斯福的英语。

它的隐喻、它的物质、它的破坏的美学，

在广岛和长崎爆炸。

我看见一堆堆汉字在日语中变成尸首——

但在语言之外，中国和英美结盟。

我读过这段历史，感到极为可疑。

我不知道历史和我谁更荒谬。

一百多年了，汉英之间，究竟发生了什么？

为什么如此多的中国人移居英语，

努力成为黄种白人，而把汉语

看作离婚的前妻，看作破镜里的家园？究竟

发生了什么？我独自一人在汉语中幽居，

与众多纸人对话，空想着英语，

并看着更多的中国人跻身其间，

从一个象形的人变成一个拼音的人。

谭五昌：我想同学们对于这首诗传达出的文化气息应该深有体会，因为我们很多人都在努力学习英语。可以说这首诗表达了部分中国人尤其是知识分子的一种文化焦虑。王思宇，你谈谈对这首诗的理解。

王思宇同学：我觉得这首诗可能涉及一种历史感，汉语与日语的冲突，汉语和英语的冲突，但这些都被忽略了，最后汉语和英语的界限模糊了，诗人自己最后也疑惑了，汉英之间到底发生了什么。

谭五昌：这首诗再一次体现了诗人高超的修辞能力与语言想象力。大家看这一节："它们孤立而贯穿，肢体摇晃不定/节奏单一如连续的枪/一片响声之后，汉字变得简单/掉下了一些胳膊，腿，眼睛"。这把汉语遭受外语挤压的情形呈现得多么生动啊。另外，诗人在诗中提出了国家之间语言与文化冲突的命题，这个命题是很有意义的，到现在也还有强烈的现实针对性。同学们怎么理解这个命题呢？

江子安同学：语言限制着文化，不同语言有不同的文化，即语言是存在之家。诗一开始说汉语虽然掉下了胳膊、腿和眼，但那种神秘依然在养育一种饥饿，省下很多好吃的日子，我吃完现在的日子，吃古时的日子。但在方言、现代汉语和古代汉语混为一谈时，我的嘴像个废墟，牙齿没有碰到一根骨头。是啊，在那种日常交往的语言中，没有什么能让神经兴奋的。接下来诗人接触到了英语的世界，而英语在中国人这里，还只是一门考试、一种会话方式。诗人在他所谓的"刷牙"中注意到了滋味、口感，诗人在慢慢地思考两种语言，也注意到身为中国人，用手势做出某个"V"形标志所产生的西方式体验。在诗人看来，汉英的差别很大，而我们忽略了这些。在语言之外，中英美结盟，当然，诗人并不是在政治上否认其合理性，而是要反衬出在文化、语言和民族心理上，汉英之间有很大的差距。

谭五昌：关于这首诗，我们就简单谈到这里。我们来看下一首诗《公开的独白——悼念埃兹拉·庞德》。庞德是意象主义的代表人物，他在西方现代诗人中是很受推崇的。下面，我们请王力可朗读一下这首诗。

公开的独白
——悼念埃兹拉·庞德

我死了，你们还活着。

你们不认识我如同你们不认识世界。

我的遗容化作不朽的面具，

迫使你们彼此相似：

没有自己，也没有他人。

我祝福过的每一棵苹果树都长成秋天，

结出更多的苹果和饥饿。

248

你们看见的每一只飞鸟都是我的灵魂。

我布下的阴影比一切光明更肯定。

我真正的葬身之地是在书卷，

在那儿，你们的名字如同多余的字母，

被轻轻抹去。

所有的眼睛只为一瞥而睁开，

没有我的歌，你们不会有嘴唇。

而你们传唱并将继续传唱的

只是无边的寂静，不是歌。

谭五昌：这是欧阳江河借庞德之口所做的一次公开的诗性独白，以此悼念庞德。这也是中外两位诗人之间的灵魂对白。王力可，你觉得这首诗表现了诗人欧阳江河对庞德怎样的一种情感？

王力可同学：欧阳江河是非常崇敬并且欣赏庞德的，同时他认为庞德卓越的才华不被世人所理解，但这并不妨碍庞德创造的诗歌艺术永恒流传。

谭五昌：我个人也觉得欧阳江河对庞德是非常推崇的。比如诗的开头写道："我死了，你们还活着/你们不认识我如同你们不认识世界。"庞德造物主般的诗人形象在此被塑造出来了，欧阳江河对庞德的某种仰望姿态也非常明了。再看，"我的遗容化作不朽的面具/迫使你们彼此相似"。这句是神来之笔，一个面具迫使别人相似，这个面具得有多大的魅力和与众不同啊！正因为庞德远远超出了大众，别人与庞德相比才不值一提。这首诗的语言表现力量非常强，且表现的方式也是很奇特的。这和诗人语言一贯的特色有关，也和欧阳江河本人出色的词语想象力有关。因为欧阳江河对庞德充满崇敬，所以这首诗的语调是斩钉截铁、不容置疑的，就像海上的大风扑面而来，势不可挡。我们可以把这首诗理解成欧阳江河对庞德的致敬，对庞德才华与诗艺的高度认同。

我们再来看下面一首《傍晚穿过广场》。请罗雪峰同学朗读一下这首诗。

傍晚穿过广场

我不知道一个过去年代的广场
从何而始，从何而终。
有的人用一小时穿过广场，
有的人用一生——
早晨是孩子，傍晚已是垂暮之人。
我不知道还要在夕光中走出多远才能
停住脚步？

还要在夕光中眺望多久
才能闭上眼睛？当高速行驶的汽车
打开刺目的车灯
那些曾在一个明媚早晨穿过广场的人
我从汽车的后视镜看见过他们一闪即逝
的面孔
傍晚他们乘车离去

一个无人离去的地方不是广场，
一个无人倒下的地方也不是。
离去的重新归来，倒下的却永远倒下了。
一种叫作石头的东西
迅速地堆积，屹立，
不像骨头的生长需要一百年的时间，
也不像骨头那么软弱。
每个广场都有一个用石头垒起来的脑袋，
使两手空空的人们感到生存的
分量。以巨大的石头脑袋去思考和仰望，
对任何人都不是一件轻松的事。

石头的重量
减轻了人们肩上的责任、爱情和牺牲。

或许人们会在一个明媚的早晨穿过广场，
张开手臂在四面来风中柔情地拥抱。
但当黑夜降临，双手就变得沉重。
唯一的发光体是脑袋里的石头，
唯一刺向石头的利剑悄然坠地。

黑暗和寒冷在上升。
广场周围的高层建筑穿上了瓷和玻璃的时装。
一切变得矮小了。石头的世界
在玻璃反射出来的世界中轻轻浮起，
像是涂在孩子们作业本上的
一个随时会被撕下来揉成一团的阴沉念头。

汽车疾驶而过，把流水的速度
倾泻到有着钢铁筋骨的庞大混凝土制度中，
赋予寂静以喇叭的形状。
一个过去年代的广场从汽车的后视镜消失了。
永远消失了——
一个青春期的、初恋的、布满粉刺的广场。
一个从未在账单和死亡通知书上出现的广场。
一个露出胸膛、挽起衣袖、扎紧腰带
一个双手使劲搓洗的带补丁的广场。

一个通过年轻的血液流到身体之外
用舌头去舔、用前额去磕、用旗帜去覆盖
的广场。

空想的、消失的、不复存在的广场，

像下了一夜的大雪在早晨停住，

一种纯洁而神秘的融化

在良心和眼睛里交替闪耀，

一部分成为叫作泪水的东西，

另一部分在叫作石头的东西里变得坚硬起来。

石头的世界崩溃了，

一个软组织的世界爬到高处。

整个过程就像泉水从吸管离开矿物，

进入密封的、蒸馏过的、有着精美包装的空间。

我乘坐高速电梯在雨天的伞柄里上升。

回到地面时，我抬头看见雨伞一样撑开的

一座圆形餐厅在城市上空旋转

这是一顶从魔法变出来的帽子

它的尺寸并不适合

用石头垒起的巨人的脑袋

那些曾托起广场的手臂放了下来。

如今巨人仅靠一柄短剑来支撑。

它会不会刺破什么呢？比如，曾经有过的

一场在纸上掀起，在墙上张贴的脆弱革命？

从来没有一种力量

能把两个不同的世界长久地粘在一起。

一个反复张贴的脑袋最终将被撕去。

反复粉刷的墙壁，

被露出大腿的混血女郎占据了一半。

另一半是安装假肢、头发再生之类的诱人广告。

一辆婴儿车静静地停在傍晚的广场上，

静静地，和这个快要发疯的世界没有关系。

我猜婴儿与落日之间的距离

有一百年之遥。

这是近乎无限的尺度，足以测量

穿过广场所要经历的一个幽闭时代有多么漫长。

对幽闭的普遍恐惧，

使人们从各自的栖居云集广场，

把一生中的孤独时刻变成热烈的节日。

但在栖居深处，在爱与死的默默的注目礼中，

一个空无人迹的影子广场被珍藏着，

像紧闭的忏悔室只属于内心的秘密。

是否穿越广场之前必须穿过内心的黑暗？

现在黑暗中最黑的两个世界合为一体，

坚硬的石头脑袋被劈开，

利剑在黑暗中闪闪发光。

如果我能用被劈成两半的神秘黑夜

去解释一个双脚踏在大地上的明媚早晨——

如果我能沿着洒满晨曦的台阶

登上虚无之巅的巨人的肩膀，

不是为了升起，而是为了陨落——

如果黄金镌刻的铭文不是为了被传颂，

而是为了被抹去，被遗忘，被践踏——

正如一个被践踏的广场必将落到践踏者头上，

那些曾在明媚早晨穿过广场的人

他们的黑色皮鞋也迟早要落到利剑之上，

像必将落下的棺盖落到棺材上那么沉重。

躺在里面的不是我，也不是

行走在剑刃上的人。

我没想到这么多人会在一个明媚的早晨

穿过广场，避开孤独和永生。

他们是幽闭时代的幸存者。

我没想到他们会在傍晚时离去或倒下。

一个无人倒下的地方不是广场，

一个无人站立的地方也不是。

我曾是站着的吗？还要站立多久？

毕竟我和那些倒下去的人一样，

从来不是一个永生者。

谭五昌：《傍晚穿过广场》这首诗涉及公共空间，我觉得它在思想文化方面的意义非常重大。在诗人看来，广场首先是一个公共空间，因此广场语言是公共话语、大众话语的聚合体。诗中"傍晚"的含义是什么呢？它表明了时代的转型，人们穿过广场，穿越公共话语空间，有的要用一小时，有的则要用一生。我想在这里提醒大家，这首诗包含了一种时代经验全部的丰富性与复杂性，属于宏大叙事。诗里出现了三个很有意思的意象，"脑袋里的石头""石头""利剑"，表明诗人对庸众的批判意向。原来的广场有群众集会的功能，现在的广场是什么样子呢？是广告的世界，无边膨胀的物质欲望让广场异化了。诗人认为真正意义上的广场应该建立在每一个公民内心，那是每一个个体都可以自由参与的公共空间。通观这首诗，欧阳江河是用

"广场"这个宏大意象作为一个时代剧烈转型的代表物与象征体，对未来中国社会的变化与发展方向进行了高瞻远瞩的思考。这首诗集叙事、抒情、沉思于一体，内涵丰富，格局宏大，具有某种史诗气象与意味，得到了许多著名诗评家与诗人的高度重视。

第十讲　臧棣、西渡诗歌解读

时间：2012年6月15日

地点：北师大七教405教室

主讲教师：谭五昌

听众：北师大2011级中国当代文学专业研究生

一、臧棣诗歌解读

谭五昌：臧棣和西渡均在20世纪90年代崭露头角，进入21世纪后影响越来越大。我们先来讲讲臧棣。

臧棣诗歌写作的学院派背景十分鲜明，同时他也是一位非常有才华的诗歌批评家。当然，臧棣以主要精力从事诗歌写作，其诗人身份的凸显有意无意地淡化了其诗歌批评家的身份，我感觉臧棣本人是非常看重他的诗人身份的。

我们在臧棣的诗歌中，看到的常常是一位学者型诗人的形象，因为其诗歌在语言表达、结构营造等形式方面非常专业，对诗歌的认知也非常深刻。臧棣自20世纪90年代以来，被认为是中国当代诗坛上重要的诗人之一，因为他的诗歌写作带来了一种新的风格：学院派风格。这种学院派风格讲究诗歌的技艺，讲究诗歌的修辞效果，重视叙述与叙事，强调经验的拓展，纠正诗歌的纯抒情倾向。我认为这是一种重要的诗歌写作向度，有它的重要诗学意义与价值。但也有人认为臧棣诗歌的学究气或者学院气太浓重了，缺少原创力，好像在用知识来写诗。因此在1999年的"盘峰论争"中，以伊沙、沈浩波等为代表的民间诗人，对臧棣的批评就主要针对他把诗歌写作变成了一种知识写作。当然，臧棣对此也做出了有力的辩护：诗歌是一种特殊的知识。

我们先不去讨论诗歌到底是一种什么样的特殊知识，总之，臧棣的诗歌创作与知识文化的关系是非常紧密的。臧棣的诗歌如果离开了知识文化背景，也就失去了自己的特色。不管有多大争议，臧棣诗歌写作的重要性还是毋庸置疑的。一个诗人只要能够在诗坛上形成自己的独特风格，他的重要性价值就凸显出来了。

首都师范大学的王光明教授是一位著名学者，也是一位著名的诗歌批评家。他曾在首师大召集了一些非常有水平的青年批评家，专门探讨"臧棣的诗歌与90年代的诗歌"，把臧棣的诗歌放在了诗歌史的一个重要位置上。简单说来，臧棣在写作中注重观察，把握词语与句子的能力出色，善于营造结构，耽于沉思，作品充满智性化写作的色彩，与20世纪80年代的抒情诗风格形成了巨大的反差。

臧棣1964年出生，与海子是同一代人。以前臧棣对海子的诗歌还是颇有微词的，可能因为他们是两种完全不同的诗歌风格。当臧棣进入创作的成熟期后，他对海子诗歌的评价就发生了彻底转变。2009年，海子去世二十周年时，他给了海子以"天才诗人"的评价和定位。大家要知道，臧棣作为一个著名诗人和评论家，又有北大背景，心气很高，能入他法眼的诗人肯定不多，从他的评价可见臧棣对海子诗歌的认可与推崇。

我个人认为臧棣是位非常优秀的诗人，首先一点就是其诗歌结构营造得非常出色，节奏从容不迫，我想这也是他精心雕琢、反复打磨的结果。同时，臧棣是位学者，他常有意无意地以西方诗歌作为参照，试图对20世纪90年代以来的中国社会进行理性的观察、叙述、思考，很有抱负，所以他的诗歌还是有较强的思想性和人文性的。另外，臧棣诗歌的艺术感觉在整体上也是相当不错的。有人说，臧棣的有些诗作写得太像学者，有点像论文，可这些诗作毕竟还是少数。还有一点，臧棣诗歌的修辞很漂亮，诗人努力追求一种高超的技艺。因此，我认为臧棣确实是当下诗歌叙事潮流当中一个重要的人物，在今日多元化的诗歌格局里，在知识分子写作或者学院派诗人当中，臧棣都是一个代表性诗人。臧棣诗歌的最大弊病被有些评论家指为过度地追求技巧和修辞，不少文本过度晦涩，解读起来难度比较大。这当然是一家之言。事实上，任何诗人的创作都存在不足，可以从中挑剔出缺点来。我们还是要多发现一个诗人的创作优点，对于臧棣的诗歌写作，我个人认为也应该持这种态度。

臧棣出版的诗集主要有《燕园纪事》（1998）、《风吹草动》（2001）、

《新鲜的荆棘》（2002）、《宇宙是扁的》（2004）等。此外，臧棣还编了很多书，可见臧棣也是个非常活跃而重要的学院派批评家与编选家。

我们从《无情的美人》开始对臧棣诗歌进行解读。这首诗是诗人20世纪90年代的代表作之一，选自诗集《燕园纪事》。我个人认为，《燕园纪事》是臧棣迄今为止最有才子气象的一本诗集。下面，请罗雪峰同学来读一下这首诗。

无情的美人

我们之中有人曾把她写进小说

试图在那里，用他称之为后精神分析的手法

解释出她的性格的奥秘

她和时代的暧昧关系，以及她对甜食的

喜欢怎样影响了她对男人的鉴赏力

赞美为什么会是她的鸦片

而她已学会用她的风度控制每日的剂量

就像时代放飞的气象汽球

她矫正着我们的远视能力

我们之中有人已聪明到去燕莎商城

买进口的胶布条，准备封堵上帝的嘴唇

当他把某些思考从隐秘的角落

搬到丰盛的餐桌上时，她是难以回避的参照物

因缺少起码的教养而显得妙不可言

来自外省，出生在小镇

似乎只有这样才足以表明

她的美无可挑剔：像一段闪烁的时光

躺在一束正午的阳光中憩眠

危险而甜蜜的礼物，一首流行歌曲暴露出

她存在的意义：好像因为她

历史才变得容易忍受，成为手掌上的一本书

谭五昌：《无情的美人》这首诗到底有什么象征含义？ 罗雪峰，你来谈一下对这首诗的感受。

罗雪峰同学：我认为这首诗讲述了美人与时代很微妙的暧昧关系。诗中的美人能够看得更远，超越世俗，所以这样的美人是一种既神秘又很难捉摸的存在。

谭五昌：这首诗叙述了美人与时代的暧昧关系，这是理解这首诗的一个正确方向。"美人与时代"很有历史渊源，它是一个重要的命题。这首诗叙述了一个男性对美女的看法。在第一节中可以看出，美女的性格是很神秘的，需要男性去揣测，因为，她既像"流行歌曲"那样时尚，同时却又"来自外省"。对男性来说，这个美人是"无可挑剔"的，但她的美是世俗的美。在生存的意义上，有了美人生活就变得很好，一切都容易忍受，哪怕美人本身是无情的，从中透露出诗人委婉的讽刺态度。

如前所述，美人与时代的关系是个永恒的命题。因此，这首诗的主题具有普遍性。诗中的这个美人，从世俗的意义上来看，她能给某个具体的男性带来幸福。从时代性的角度来看，是否追求美可以说是考量一个时代精神状况的重要途径。假如一个时代对美人缺少鉴赏力，无人欣赏之，那么这个时代就是很不正常的。比如在"文革"时代，女性的美就被压抑被人为地扼杀掉了：所有女性的穿着打扮都是中性化，甚至男性化的。到了20世纪80年代，女性的美开始得到一定程度的重视。但是女性在性别上、生理上的美，还未得到理想主义的文化潮流的正视，还属于禁区。女性的身体、生理意义上的美，到了20世纪90年代才被充分挖掘出来了，这大概也是诗人写这首诗的原因。很有意思的是，诗人为什么把作品命名为《无情的美人》？我们需要关心的是，诗人对"无情的美人"的态度是怎么样的，是赞美、臣服，还是抗拒、抵触？我认为，用"暧昧"来定位非常合适。 "她和时代的暧昧关系"这句诗也正好体现出作者的态度——暧昧。诗人对美人的态度，似乎是赞美的。比如他说她的美是无可挑剔的，"像一段闪烁的时光/躺在一束正午的阳光中憩眠"，这就充满诱惑力了。

需要指出的是，这个时代是男人主宰的一个时代。因此，诗里所叙述的美人非常富有时代特色。自20世纪90年代始，一个女人长得美，就很容易成为男人的欲望对象，成为大众的情人。只要外表长得漂亮，就可以成为这个时代的宠儿，具体来说是成为男人的宠儿，甚至可以缺少教养。诗人对这个浅薄的时代暗藏讥讽。

另外，诗中出现了"丰盛的餐桌"这个意象，也涉及欲望化的主题，在这里，美人与食、色、性全部杂糅在一起，这些元素构成了对时代的隐喻。我们注意一下这句诗，"因缺少起码的教养而显得妙不可言"，这就是臧棣的修辞方式——反讽，或者说矛盾修辞。诗人对于美人的态度颇为暧昧，一方面对美人缺少教养有点不满，一方面对美人又非常欣赏，体现出20世纪90年代叙事性诗歌的典型特点：呈现情感经验的复杂性。"因缺少起码的教养而显得妙不可言"，这句诗到底什么意思？从日常经验来讲，一个美女，突然从嘴巴里说出粗俗的骂人的话，有的时候，确实也会让人觉得妙不可言。这句诗表征了20世纪90年代美的世俗化，因为美已经沦为身体的欲望对象了。诗人对美人的定位意味深长——"危险而甜蜜的礼物"，"甜蜜"指的是她长得非常美，可以满足男性的欲望；"危险"暗指她可能给男性带来的堕落与麻烦。"一首流行歌曲暴露出/她存在的意义"，这是全诗的诗眼，暗示如果没有这些世俗化的美人的存在，历史就难以让人忍受了。这其实是对历史的虚化，对一个欲望化时代人们精神信仰普遍缺失状况的微妙讽刺。在20世纪90年代，昔日的理想主义教育与物质化、庸俗化的现实境况形成了巨大反差，这首诗借"无情的美人"表现了对一个时代的深刻感受与理解，内涵丰富，发人深思。整首诗虽然比较短，但是在修辞上很见功夫，写得非常机智、成熟，举重若轻，语言节奏也很从容，极具审美感染力。

现在我们来看臧棣的另一首诗《个人书信史话》，这是一首爱情诗。诗人对这种以书信来维持情感的恋爱方式做了一种怎样的诗意阐述呢？请薛晨同学读一下这首诗。

个人书信史话

似乎有太多的空白，
聚集在这尚未被书写过的
信纸上。所以有时
倾诉就像是在填写调查表。

涉及到情绪，牵连到
被反复怀疑的事物；有时
奇怪地，竟关系到个人的幸福。
多少次：写信就像是

一份不能辞职的工作
有谁会暗自庆幸他的身体
像一本装有消音器的书：
其中的一部分，必然要复印出来，

并寄给一双美丽的眼睛。
多少次：信写得过于漂亮，
这反而吸引了更多的空腹的空白。
好像一双手的确可以

灵活如色彩斑斓的蝶翼。
而更多的空白则表明：
语言自己就会做梦，并像
一条防空洞一样有一个深处。
虽然最终有两个人会走到那里，
并把它作为一件事情来熟悉。
多少次，多少场轰轰烈烈：

仔细一想，其实只有两个人。

有时，两个人意味着拥挤不堪。
有时，两个人即便互相信任，
互相依靠，也难以应付一种爱的
恐惧。也有时，每一个写下的字

都很顺手，一下子变成为
满园的黑郁金香，能将针对着
空白的包围圈不断缩小：仿佛
一封信仍可以引起一场战事，

像唐朝的檄文；或者结束一段
情感，像折断一根细长的柳枝。

　　彭希聪同学：作者把写信时的微妙情绪写出来了，例如，他说道："涉及
到情绪，牵连到/被反复怀疑的事物；有时/奇怪地，竟关系到个人的幸福"。
在我看来，就是诗人和收信人有着暧昧关系，所以他写信的时候小心翼翼，希
望能够建立一些更深刻的关系。

　　谭五昌：我认为臧棣在这首诗中把情爱经历和写信经历同时呈现了出
来。他通过第三者冷静的视角来观察自己，所以在这首诗里，经验的个体性
和集体性融合得很好。这首诗的亮点就是诗人的想象力丰富，表达精确。例
如，"似乎有太多的空白/聚集在这尚未被书写过的/信纸上"，这里所指的
"空白"当然是情感了。这种空白需要去填充，通过写信的方式。再如，
"所以有时/倾诉就像是在填写调查表"，"填写调查表"是必须老老实实
的，不能隐瞒事实。诗人在这里对个人情书写作进行了理性的观察和思考。

　　诗的第二节涉及写信者和收信者之间敏感的情感纠葛。第四节写道："信
写得过于漂亮/这反而吸引了更多的空腹的空白"。这里道出了语言修辞的漂亮
与感情的真诚之间非常微妙的关系。有时候，话语说得太漂亮了，收信一方反

而不信。另外，诗人对"空白"的理解非常智慧，词语的想象力很出色，而且体验很深刻——如果没有恋爱经验，没有写情书的经验，是写不出"语言自己就会做梦"这样神妙的诗句来的。

诗人写到"两个人会走到那里"时，已经持旁观者的角度了。所以说，这是诗人臧棣对自己写情书的经验，也是对其他人写情书的经验的一种理性总结。"一下子变成为/满园的黑郁金香"，这里虽然想象的场景是客观的，但每一个词似乎都带着情感，让人感到陶醉。它表明，诗人在作品中也有抒情，但是节制、含蓄、优美，比如"像折断一根细长的柳枝"这样的诗句，体现了20世纪90年代冷抒情的一种话语表达方式。总之，理性、节制、客观的写作方式就是非常规范的20世纪90年代诗歌表达的方式，臧棣的这首爱情诗属于90年代的典范性写作。

接下来，我们解读臧棣的《关于维拉的虚构之旅》。这首诗虚构了一个外国美女的形象。褚云侠同学来读一下。

关于维拉的虚构之旅

在我身边走着的这个女人
信仰基督。但她也喜欢烹饪
甚至喜欢说："最后的晚餐如果
由我来做的话，历史就不会是今天这样"

我们要去的地方是西什库教堂
从府右街到那里还有一段路要走：而正是她
使雄辩的圣经迈出了超短裙的步履

她不让我皈依她的基督教
这曾使我奇怪。因为她的那些教友
都希望我加入："我们的宗教会让你锦上添花"

"某天晚上你会得到答案的"。很久以后
她解开衣链，裙子像波浪一样滑下
她露出了更完美的建筑：她坚定地说
"这就是你的教堂。信仰我吧"

褚云侠同学：诗人一开头就写到这个女人既信仰基督又喜欢烹饪，这是神圣和世俗之间的对比。"我们要去的地方是西什库教堂/从府右街到那里还有一段路要走：而正是她/使雄辩的圣经迈出了超短裙的步履"，这里又是神圣和世俗的碰撞。最后的结论就是" 她解开衣链，裙子像波浪一样滑下/她露出了更完美的建筑"，在这里，我们可以推断出诗人通过维拉的形象解构了信仰，期盼人性回归。

谭五昌：在这首诗中，维拉是个外国女性的名字，但从本质来讲，这个维拉却更像个中国女性，因为她的做派不像一个西方女性。虽然在表面上已经加入了基督教，但是，在骨子里她并不真正追求宗教信仰，她还是世俗化的欲望的化身，所以反对"我"加入基督教。在诗歌的结尾，诗人写道，"'某天晚上你会得到答案的'。很久以后/她解开衣链，裙子像波浪一样滑下/她露出了更完美的建筑"，这就是反讽，相当于宣称：我的肉体、身体就是你的信仰。这就是解构精神，对于西方宗教信仰的解构，用一种中国化、世俗化的欲望来解构西方的宗教信仰。这也反映了20世纪90年代很多中国年轻人的精神状态。因而，这首诗还是很有思想性的。这首诗在艺术上很有特色，具有戏剧性，结构完整，语言简洁，比较口语化，意象独特，寓意深刻，体现出了诗人厚实的创作功底。

接着，我们来看一下《菠菜》这首诗。像臧棣这样的学院派诗人、知识分子诗人，他对日常生活有什么样的态度？可以想象一下，如果是口语诗人或民间诗人来写菠菜，会是什么样子呢？下面，请鲁博林同学来读一下这首诗。

菠　菜

美丽的菠菜不曾把你

藏在它们的绿衬衣里。

你甚至没有穿过

任何一种绿颜色的衬衣，

你回避了这样的形象；

而我能更清楚地记得

你沉默的肉体就像

一粒极端的种子。

为什么菠菜看起来

是美丽的？为什么

我知道你会想到

但不会提出这样的问题？

我冲洗菠菜时感到

它们碧绿的质量摸上去

就像是我和植物的孩子。

如此，菠菜回答了

我们怎样才能在我们的生活中

看见对他们来说

似乎并不存在的天使的问题。

菠菜的魅力是脆弱的，

当我们面对一个只有五十平方米的

标准的空间时，鲜明的菠菜

是最脆弱的政治。表面上，

它们有些零乱，不易清理；

它们的美丽也可以说

是由烦琐的力量来维持的；

而它们的营养纠正了

它们的价格，不左也不右。

鲁博林同学：诗人的每一首诗都是这样，写信也好，写食物菠菜也好，总是从不同的维度进去，把它复杂化，把其中的各种可能性都写出来了。这些都构成了他特有的修辞。

谭五昌：在这首诗中，有句话很重要，那就是："为什么菠菜看起来/是美丽的？为什么/我知道你会想到/但不会提出这样的问题？"我认为这句话提供了一个思考点。菠菜当然是我们日常的食物了，我们经常会吃到它。当诗人面对非常普通的菠菜时，他产生了一种形而上的思考。在这首诗中，他提到了天使的问题。他说："如此，菠菜回答了/我们怎样才能在我们的生活中/看见对他们来说/似乎并不存在的天使的问题。"在这里，诗人把菠菜上升为天使，它的美是上天赐予的，充满神秘性。在后面，诗人提到了普通人的日常生活状态，"菠菜的魅力是脆弱的/当我们面对一个只有五十平方米的/标准的空间时"，这揭示出了知识分子贫困与简陋的生存状况。因为菠菜价格比较低，又有营养，价廉物美，所以知识分子与普通民众老爱吃菠菜，菠菜成为日常生活中的天使，表明菠菜是维系我们日常生活与心灵平衡的精神纽带，是形而下与形而上的结合体与象征物。诗人在结尾这样写，"它们的营养纠正了/它们的价格，不左也不右"，这种语言表达充满智慧。我认为诗人在思考物质的贫困与精神的信仰之间如何达成平衡的问题，并且通过菠菜这种食物意象找到了一个切入点，从而使自己的创作与平面化的口语写作、民间写作拉开了距离。

这首诗虽然理性色彩比较浓厚，但是也有很好的艺术感觉。例如："我冲洗菠菜时感到/它们碧绿的质量摸上去/就像是我和植物的孩子。"这把菠菜拟人化了，令人感觉亲切，显示了诗人对菠菜的由衷喜爱之情。

进入21世纪以来，臧棣的诗歌创作日趋活跃，产量可观，他的艺术声望越来越高，而他理性的书写方式也得到了诗坛越来越多的认可和重视。在此，我们来解读臧棣的《我喜爱蓝波的几个理由》，我个人认为这首诗写得非常好。臧棣在这首诗里，提出的喜欢兰波的几个理由是什么？这几个理由能够显示诗人什么样的精神品质？请王思宇先来读一下。

我喜爱蓝波的几个理由

他的名字里有蓝色的波浪，

奇异的爱恨交加，

但不伤人。浪漫起伏着，

噢，犹如一种光学现象。

至少，我喜欢这样的特例——

喜欢他们这样把他介绍过来。

他命定要出生在法国南部，

然后去巴黎，去布鲁塞尔，

去伦敦，去荒凉的非洲

寻找足够的沙子。

他们用水洗东西，而他

用成吨的沙子洗东西。

我理解这些，并喜爱

其中闪光的部分。

我不能确定，如果早生

一百年，我是否会认他做

诗歌上的兄弟。但我知道

我喜欢他，因为他说

每个人都是艺术家。

他使用的逻辑非常简单：

由于他是天才，他也在每个人的身上

看到了天才。要么是潜在的，

要么是无名的。他的呼吁

简洁但是复杂："什么？永恒。"

有趣的是，晚上睡觉时，

我偶尔会觉得他是在胡扯。

而早上醒来，沐浴在

晨光的清新中，我又意识到

他的确有先见之明。

李才荣同学：我觉得诗人喜欢兰波，喜欢他的表达方式。例如，"奇异的爱恨交加/但不伤人"。再如，"有趣的是，晚上睡觉时/我偶尔会觉得他是在胡扯/而早上醒来，沐浴在/晨光的清新中，我又意识到/他的确有先见之明"，在这里，作者写出了他读兰波诗歌的独特感受。

谭五昌：在这首诗里，臧棣向我们阐述了他对19世纪法国天才诗人兰波的理解。他在该诗中提到了"喜爱"一词，因而这首诗应该是对于兰波的正面理解与评价。众所周知，兰波一生充满了传奇。他20岁就写出了自己的代表作，20岁以后，搞同性恋，贩卖军火，什么事情都去干。他做人、做事都是肆无忌惮的，而他的情感表达方式也与众不同。大家知道，他是个同性恋，他与另外一个法国诗人魏尔伦有过一段恋情。在诗中，诗人提到了"他们用水洗东西，而他/用成吨的沙子洗东西"，这就是淘金。臧棣对兰波的传奇人生经历充满兴趣，充满好奇，有一种隐秘的认可。

实际上，臧棣和兰波诗歌创作的方式是截然相反的。兰波是个天才，想怎么写就怎么写；而臧棣写作时需要严谨构思，认真打磨词语，经营结构。从这个意义上来说，我认为两个诗人之间、诗歌观念与艺术风格之间存在一种互补。当然，臧棣毕竟是个晚辈诗人，他对前辈天才诗人兰波还表现出了极深的理解。进一步而言，他对兰波的诗歌天才有一种发自内心的认可。例如，"他也在每个人的身上/看到了天才"，就是作者对兰波一些观念的认可。臧棣对兰波的态度表面上似乎有些捉摸不定，但还是写出了兰波作为一个天才诗人的气场，而这种气场足以促使后辈诗人对他一种心理上的仰慕和认可。

此外，这首诗显示了臧棣的词语想象力，例如，"他的名字里有蓝色的波浪"，这样的语言表达也是很机智、很打动人的。这首诗还具有戏剧性元素。例如这一节，"而早上醒来，沐浴在/晨光的清新中，我又意识到/他的确有先见之明"。这种诗歌表达上的戏剧性，让诗歌的思想情感也具有了戏剧性（喜剧性），这也构成了这首诗的亮点。假如没有这种戏剧性的元素，这首诗的趣味性就大为减少了。总之，这首诗富有想象力，语言表达简洁、生动、幽默，同时，还有戏剧性，具有很高的技术含量与艺术品位。

最后，我们来讲讲臧棣的《诗歌雷锋丛书——纪念海子逝世20周年》。这首诗选自臧棣的一本书，这本书写的基本上都是一些人物，而这首诗是献给海子的，是作者近年的作品。我先来读一下这首诗。

诗歌雷锋丛书
—— 纪念海子逝世20周年

关于历史上的今天，他们
已列举过无数。我不关心历史上的今天，
我只关心属于你的今天。
对我来说，今天属于你
1985年的秋天，我把《未名湖诗选》递给你，
你说谢谢。你只翻看了一下目录，
就把它放进了背包。随后，
你谈及威廉·布莱克，我暗暗吃惊——
扫烟囱的孩子：你说，诗人的工作
其实和打扫烟囱没什么两样。
我也喜欢布莱克，却没想到这一点——
那形象涉及我们的原型。第二年，
你的黑格尔几乎把我的爱默生
逼到了美学的死角。生活就是一场审美。
诗必须回到戏剧。但是今天，戏剧已死亡。
诗的戏剧只能去高原上去寻找，
幸好祖国博大，我们有辽阔的高原。
不过在当时，我一直痛恨山水中的人格，
对归回自然不免小心翼翼。1987年春天，
《大雨》编好之后，徐永提议去昌平看你。
你说，你喜欢徐永。因为你们都长着
一张娃娃脸。今天我才意识到，从面相上看，
你甚至长得像雷锋。你对诗歌做的事情，
对我来说，就像雷锋对社会做的事情。

他们说，雷锋是神话。我们应该警惕神话。

好吧。今天我就以诗歌的名义宣布，

让他们见鬼去吧。神话也好，不神话也好，

你都是我心目中的诗歌雷锋。

你的孩子气曾令我困惑不已。1988年春，

西川打电话来转达了你的要求：你说，

你叫海子，我叫海翁。那我不是变成了长辈吗。

兄弟。听你的。我当即改掉了我的笔名。

谭五昌：这首诗比较通俗易懂，而且提供了海子生平的第一手资料。如果对海子的诗歌和生平感兴趣，可以通过臧棣和海子的交往来了解一些细节情况。

在这首诗中，诗人谈到他与海子之间的诗歌交流和日常交往，具有史料的价值。我认为这首诗从艺术上来看，体现了臧棣多样化的风格，语言上比较口语化，通俗易懂，例如，"神话也好，不神话也好"。再如，"1988年春/西川打电话来转达了你的要求：你说/你叫海子，我叫海翁"，海子和臧棣都是1964年出生的，是同一辈人，因而海子要求臧棣取名为"海翁"。这一段用了通俗易懂的语言来表达，给人带来一种充满亲和力的阅读感受，而臧棣的其他诗歌文本大都比较有深度，有些读起来比较晦涩，知识文化的含量比较丰富。

同时，从这首诗还能感受到臧棣的幽默。例如，"你的黑格尔几乎把我的爱默生/逼到了美学的死角"。这是什么意思呢？是说海子喜欢黑格尔，臧棣喜欢爱默生，臧棣的爱好受到了挤压。还有一例："今天我才意识到，从面相上看/你甚至长得像雷锋。"这不是冷幽默是什么？臧棣的诗，几乎每一首中都能找到幽默的元素。

这首诗还提供了个证据，证明臧棣也具备用口语写作的能力，这是一种平民化的美学趣味，也给臧棣的诗歌艺术空间带来了更大的可能性，让他的诗歌更加丰富。如果他不会用口语写作，只能用书面语来建构他的诗歌世界，他会损失不少读者，其作品传播面也会缩小。但正因为臧棣有效地接纳口语，让他诗歌语言的风格、面貌多样和丰富，其诗意的空间也更加开阔，且会让他诗歌文本的价值得到更大范围的认可和接受。

二、西渡诗歌解读

谭五昌：每个诗人都有自己的知己。在诗坛上，臧棣和西渡是北大同学，他们的关系非常紧密，这也是我把臧棣和西渡放在一起解读的一个原因。西渡的诗歌跟臧棣的作品有相似的地方：西渡的诗歌在精神上有某种洁癖，很纯净和形而上，臧棣的诗歌也比较干净，他们对思想、心理的东西表现出了共同的兴趣。同时，在讲究语言修辞与技巧方面，这两位诗人也很接近，有许多共同的地方，构成了所谓的北大诗人或者学院派诗人的特色。但是，西渡与臧棣在风格上还是有明显不同的地方，那就是西渡的诗歌作品从整体上来看，学院派的气息还不是很浓厚，而且，西渡的诗歌相对来说也不像臧棣的那样晦涩。在精神气质上，西渡与北大的校友——诗人骆一禾、戈麦有更多的共性。

读西渡的诗歌，明显能感到一种高雅甚至高贵的品质。臧棣作为西渡在诗歌方面的挚友，他是这么评价西渡的："西渡便将他对诗歌的热爱确定为探索并展示一种'词语的谦卑'。也就是说，对于我们能用语言触摸的世界，怀着一种敬畏的态度。我以为，正是这种内在的精神姿态使西渡的诗歌有别于其他的当代诗歌。另一个方面，这种敬畏的态度还让西渡找到了他自己的诗歌方式：像语言的工匠那样工作，在朴素中抵达一种可能的完美。"首都师范大学一位年轻的教授、批评家张桃洲这么评价西渡："西渡的全部作品中贯穿着一种高迈的气质。"从这两位评论家对西渡的评价中我们可以看到两个关键点：第一，对语言和技巧的追求；第二，高远和超迈的诗歌境界。追求高迈的境界，维护诗歌精神的纯洁性，这是西渡诗歌的鲜明特质，而他的调侃、反讽、质疑等精神特性，相对来说，比臧棣要淡一点。

下面，我们来解读西渡的《雪景中的柏拉图》。这是他20世纪90年代刚刚出道时的作品。从20世纪80年代后期至90年代初期，这一段时间算是西渡诗歌创作的一个探索期，一个不太成熟的阶段。在这个阶段，他诗歌的抒情性很浓郁，对词语有一种迷恋，而他的词与物之间不存在及物关系。请鲁博林同学来读一下这首诗吧。

雪景中的柏拉图

在空旷的旷野里下着，这盼望已久的安慰
在柏拉图的旅行中带来短暂的欢欣，就像
阿尔戈船从海上带回波塞冬寒冷的浪花
在他的头脑中，有更好的雪，中国的雪

在科林斯的天空下，和柏拉图骤然相遇
它从庭院的梅花带来问候，人们没有看见
因为人们不够孤单，它来自最高的信仰
这众神的使者，不会在阳光下羞怯地逃遁

更多的雪落下，这孤独的问候
没有人能够拒绝：它问候的是柏拉图的内心
背向阳光的树枝在那里已悄悄生长多年
这问候还会在明天持续。还会持续多年

在图书馆隐暗的天井里，这古代严峻的大师
眺望着逝者的星空，预见到两千年后
美洲的一场雪、一次火灾，以及我们
微不足道的爱情，预见到理想国的大厦在革命中倾覆

但现在时光已教会他沉默，柏拉图和他的雪
在书卷里继续生存，充满了智慧和善意
这时是否该抚摸着理想国灰暗的封皮
当我深夜从地铁车站步行回家，遇见柏拉图的雪

它劫持着我的想象，在这春天将临的日子
太阳正在向双鱼座走近，这最后的和最早的问候

逼我倾向道德，直到它骤然停住：引导着两只
饥寒交加的麻雀，在我的头颅里寻找粮食

谭五昌：柏拉图是理想的建构者。在20世纪90年代初的语境当中，中国人的精神信仰普遍产生了某种危机，而柏拉图是一种超级的理想与精神信仰的符号。诗人在这首诗中对当时中国人的精神困境，以及时代现状进行了一个隐喻的表述。他希望通过人们对柏拉图的记忆来唤起我们对理想、信仰的追求和渴慕。而且在这首诗中，雪也有象征含义，暗示了一代人时代性的精神孤独。更具体而言，雪暗示了一个理想主义诗人孤独、悲凉的心境。

在这首诗中，诗人靠丰富的想象来建构两千多年前的场景。"雪景中的柏拉图"的旅行是一种精神的旅行，朝着一个信仰的方向。柏拉图在诗中是崇高、圣洁信仰的象征，也是整个人类文明的标准与价值尺度。这是一首见不到人间烟火的诗，它就是一场纯粹的、神圣的精神旅程。诗人把柏拉图的象征含义放到了20世纪80年代末90年代初中国社会的具体语境中，这也表明了诗人对90年代人们精神困境的一种深沉焦虑，体现出诗人强烈的理想主义精神，是典型的乌托邦写作。在这首诗中，诗人的想象非常丰富、奇幻，具有超现实色彩。从中，我们也能够感受到20世纪80年代末90年代初那种最后的浪漫主义激情。

我们现在来看西渡的另外一首诗《在硬卧车厢里》，在这里，我们又发现了一个与沉迷于"雪景中的柏拉图" 完全不同的西渡。《雪景中的柏拉图》我们是看不到的，只能靠想象，这是一种超验性的写作。到了《在硬卧车厢里》，诗人就进入了日常写作。诗人把日常的生活经验纳入诗歌写作，给我们呈现了当下的日常经验。我认为从这首诗中，能看出西渡的诗歌写作进入了转型阶段，他用生活经验做底子，再现了一个非常真实的场景：20世纪90年代男女之间的欲望故事。下面，我们看看《在硬卧车厢里》这首诗的内容，大家思考一下，它表达了什么经验？另外，在诗的艺术表现手法上有什么样的变化？我先来读一下这首诗。

在硬卧车厢里

在开往南昌的硬卧车厢里
他用大哥大操纵着北京的生意
他运筹帷幄的男人气概发动起邻座
一位异性的图书推销员的谈兴。
——他之所以没有乘上飞机
或者在软卧车厢内伸躺他得体的四肢
再一次表明：在我们的国家
金钱还远远不是万能的。

"你原先的单位一定状况不佳
是它成全了你。至于我，就坏在
有一份相当令人陶醉的工作，想想
十年前我就拿到这个数。"她竖起
一根小葱般的手指，"心满意足
是成不了气候的。但你必须相信
如果我早年下海，干得绝不会比你逊色！
你能够相信这一点，是不是？"
"你怀疑？你是故意气我的，
你这人！"他在不失风度地道歉之后
开始叙述他漫长的奋斗史，他的失意
他的挫折，他后来的成功，他现今的抱负
他对未来的判断。她为他的失意
唉声叹气，她的眼眶中仿佛镶进了
一粒钻石，为他的成功而惊喜
几乎像一对恋人，他撕开一袋方便面

"让我来，"她在方便面碗里冲上开水，

"看你那样，就知道离不开女人的照顾。"

——如果把"女人"后面的补充省略也许

更符合实际情况。谈话渐渐滑入

不适于第三者旁听的氛围。我退进过道

回避陈腐的羞耻心。在火车进入南方

的稻田之后，在一个风景秀丽的城市

他们提前下了车，合乎情理的说法是

图书推销员生了病，因此男人的手

恰到好处地扶住她的腰，以免她跌倒

王思宇同学：这首诗的风格跟前面诗歌的风格完全不一样。前面的诗歌是比较纯净、形而上的，而这首《在硬卧车厢里》就相当形而下，语言也是非常口语化的。此外，诗人主要讲述了在火车上发生的男女故事，写出了男女之间那种敷衍，是很随意的感情意识流。

谭五昌：这首诗叙述的是司空见惯的火车上的一幕场景，一个男人和一个女人的故事。这个男人和女人是什么身份？他们都具有20世纪90年代最有时代特点的身份——商人。商人、老板在当时是社会上非常吃香的人物，现在也是这样的。这首诗讲述了一个成功的经商的男人和一个经商的女人之间的艳遇故事，是90年代典型的情爱叙事。在作品中，他们最终互相吸引。那么，他们靠什么互相吸引呢？作品中的这个男人在商业上取得了成功，在事业上很有发展前途，吸引了女商人。很快，他们产生了"恋情"。其实他们之间这种"爱情"的诞生是和他们对金钱、欲望的追逐联系在一起的，各取所需罢了。大家去看看经典的爱情片，那才是完全纯真动人的，而这首诗中这对男女的风流韵事，其实是那个时代大众的价值追求和精神状况的一个隐喻性呈现，折射出商业时代社会流行的价值观念。

在艺术上，我认为这首诗是个典型的叙事性作品，它运用了小说的手法，有对话描写，有场景描写，也有细节描写，非常真实、鲜活、生动，而且有比较完整的故事情节，画面感很强。另外，它的语言风格是完全口语化的，而且很幽默。这一点与臧棣写海子的那首诗很相似。例如，"他之所以没有乘上飞

275

机/或者在软卧车厢内伸躺他得体的四肢/再一次表明：在我们的国家/金钱还远远不是万能的"，我认为这是一种很内在、很高级的幽默，跟臧棣的幽默很相似。你们看，《雪景中的柏拉图》写得很庄严，没有幽默感；而《在硬卧车厢里》中的说话语调却是幽默的，反讽的，甚至是调侃的，但经得起我们品味，它不是那么浅薄和直白的。同时，这首诗也显示了20世纪90年代诗歌的叙事特点，即诗歌中包含一种理性的观察，还有反讽、幽默手法的运用。

下面，我们来讲讲《一个钟表匠人的记忆》这首诗。西渡的这首诗发表之后，诗坛上的评价很高。这个钟表匠人的记忆有何与众不同的地方？这首诗在内容、思想主题、艺术特色上，有什么出彩的地方？请王力可同学来读一下吧。

一个钟表匠人的记忆

一

我们在放学路上玩着跳房子游戏

一阵风一样跑过，在拐角处

世界突然停下来碰了我一下

然后，继续加速，把我呆呆地

留在原处。从此我和一个红色的

夏天错过。一个梳羊角辫的童年

散开了。那年冬天我看见她

侧身坐在小学教师的自行车后座上

回来时她戴着大红袖章，在昂扬的

旋律中爬上重型卡车，告别童贞

二

在世界的快和我的慢之间

为观察留下了一个位置。我滞留在

阳台上或一扇窗前，其间换了几次窗户

装修工来了几次，阳台封上了
为观察带来某些不同的参照：
当锣鼓喧闹把我的玩伴分批
送往乡下，街头只剩下沉寂的阳光
仿佛在谋杀的现场，血腥的气味
多年后仍难以消除。仿佛上帝
歇业了，使我和世界产生了短暂的一致

三

几年中她回来过数次，黄昏时
悄悄踅进后门，清晨我刚刚醒来时
匆匆离去。当她的背影从港口消失
我猛然意识到在我和某些伟大事物
之间，始终有着无法言喻的敌意
很多年我再没见她。而我为了
在快和慢之间揳入一枚理解的钉子
开始热衷于钟表的知识。在街角
出售全城最好的手艺：在我遇上
我的慢之前，那里曾是我童年的后花园

四

在我的顾客中忽然加入了一些熟悉
的脸庞，而她是最后出现的：憔悴、衰老
再一次提醒我快和慢之间的距离
为了安慰多年的心愿，我违反了职业
的习惯，拨慢了上海钻石表的节奏
为什么世界不能再慢一点？我夜夜梦见
分针和秒针迈着芳香的节奏，应和着
一个小学女生的呼吸和心跳。而她是否听到？

玷污了职业的声誉，失去了最令人怀恋
的顾客：我多么愿意拥有一个急速的夜晚！

五

之后我只从记者的镜头里看到她
作为投资人为某座商厦剪彩，出席
颁奖仪式。真如我盗窃的计谋得逞
她在人群中楚楚动人，仿佛在倒放的
镜头中越走越近，随后是我探出舌头
突然在报上看到她死在旅馆的寝床上
死于感情破产和过量的海洛因：
一个相当表面的解释
我知道她事实上死于透支，死于速度
但为什么人们总是要求我为他们的
时间加速？为什么从没人要求慢一点？

六

这是我的职业生涯失败的开始
悲伤的海洛因，让我在钟表的滴答声里
闻到生石灰的气味：一个失败的匠人
我无法使人们感谢我慷慨的馈赠
在夏天爬上脚手架的顶端，在秋天
眺望：哪里是红色的童年，哪里又是
苍白的归宿？下午五点钟，在幼稚园
孩子们急速地奔向他们的父母，带着
童贞的快乐和全部的向往：从起点到终点
此刻，我同意把速度加大到无限

谭五昌：西渡当然不是钟表匠人，但是，这首诗肯定包含了诗人自己的经验。诗人站在一个钟表匠人的立场上叙述了自己的童年经历，其中还讲到了那个女同学的故事。钟表匠人是有象征含义的，而那个女同学的故事也是20世纪90年代许多所谓成功人士人生遭遇的一个隐喻。大家能谈谈自己的理解吗？

苟瀚心同学：从这个女生的故事来看，这个时代在追求"快"，而诗人在寻求"慢"，他在努力寻求跟世界的契合点。但是，我觉得诗人没有找到这个契合点。

谭五昌：诗中的"钟表"是显示时间的，诗歌重点谈到了对时间的感受："快"和"慢"的关系。关键词"快"代表时代的潮流，"慢"则是个人感受和生命体验。在诗里，还触及了历史与个人命运的关系这一重大主题。首先，这个小学女生在不断地追求着"快"，比如诗人如此书写"文化大革命"时期的记忆，"我们在放学路上玩着跳房子游戏/一阵风一样跑过，在拐角处/世界突然停下来碰了我一下"，这个世界跟别人的世界是不一样的。"然后，继续加速，把我呆呆地/留在原处"，所有的社会运动都是让人热血澎湃、心跳加快的，整个世界于是变得很狂热。诗人揭示出了时代的疯狂和历史潮流的不可逆转。作品里出现了几个细节，"一个梳羊角辫的童年/散开了"，表明这个女孩陷入了激情状态。然后，"那年冬天我看见她/侧身坐在小学教师的自行车后座上/回来时她戴着大红袖章，在昂扬的/旋律中爬上重型卡车"，这是干什么呢？串联，造反，参加狂热的政治运动。"告别童贞"，是说虽然她年纪小小，但已经失去了单纯、美好的精神品质。

我们再来看第二节。在这里，诗人记录了自己的一段历史记忆。"在世界的快和我的慢之间/为观察留下了一个位置"，表明诗人在这个疯狂的世界里想安静下来，守住自己的思想与道德底线。"街头只剩下沉寂的阳光/仿佛在谋杀的现场，血腥的气味/多年后仍难以消除。"这就是诗人关于历史的记忆再现，令人恐惧。"仿佛上帝/歇业了，使我和世界产生了短暂的一致"，暗示这个世界失去了信仰与价值标准，很混乱、很无奈，采用的是反讽手法。

再看第三节，其中有一句话非常重要，"我猛然意识到在我和某些伟大事物/之间，始终有着无法言喻的敌意"，诗人表明自己不能理解伟大的事物和自己与历史潮流的疏远。在这里，诗人用个人生命的立场，对历史潮流进行了反思与批判。"在我遇上/我的慢之前，那里曾是我童年的后花园"，大家知道，

"慢"是非常美好的享受生命的状态，"快"是一个不正常的状态。"快"必然导致致命的危险，"慢"给我带来了童年的快乐。一旦"快"，"童年"也就消失了。

在第四节，诗人重点刻画了女主人公的形象，"她是最后出现的：憔悴、衰老"，出于对这个女性的眷念情感，诗人故意放慢节奏，并说出了富于预言性的一句话："为什么世界不能再慢一点？"这是全诗的诗眼，诗人希望时间慢下来，希望这个时代变得理性，变得平和，变得和谐。

在第五节中，诗人重点揭示了女主人公的命运。她一直是"快"时代潮流的主角，走在时代最前列，20世纪90年代初期的各种仪式、商业活动等她都出席了。结果，有一天她突然死了。报纸上说，"她死于感情破产和过量的海洛因"，这是相当表面的解释。那么，她的死因是什么呢？"我知道她事实上死于透支，死于速度"，她死在疯狂追求时代潮流的速度上。"为什么人们总是要求我为他们的/时间加速？为什么从没人要求慢一点？"这是诗人借钟表匠人之口，表达对疯狂时代的质疑和控诉。在结尾，诗人表面上同意"快"，实际上，他对盲目的历史潮流表示了最为强烈的反抗和不认同。诗人其实一直在强调"慢"，只有"慢"才能让社会回归常态。在此，"慢"代表着人类的理性与反思，能给人以深刻的思想启示。

这首诗的叙事很清晰，很完整，而且口语和书面语的运用结合得很好。另外，诗中反讽、讽刺的手法也运用得恰到好处。所以，这是一个很优秀的叙事文本。

我们再来讲一下《最后一首颂歌》。这首诗能够典型地表现西渡的理性主义情怀。诗人在精神上是有洁癖的，有非常强烈的浪漫主义情怀。下面，请王力可同学读一下这首诗。

最后一首颂歌

我看见这世上健康美好的少女
在暴雨后醒来的清晨，蹚过
污浊的积水；我看见夕阳

又大又圆，落在老妇人的肩膀上

我看见被污染的雨水从天空
落下，落在一个老人的凝视中
我看见城市的冬天，乌鸦盘旋
我看见乡村的黎明，花好月圆

即使被污染的雨水也带着
青春的芬芳，即使在钢铁厂的阴影中
也会有一只兔子啮食四月的青草
即使历尽磨难也要相信

那尚未到来的爱情。即使春天
进入一个新的世纪，我仍然是一个
事物的爱好者，收藏着孩子们的礼物
仍然相信每天减少的幸福

还会有更多的诞生和死亡，还会有
尚未认识的真理，让你一见倾心
因此你要把颂歌唱到最后，要继续谦卑
把每一次失败变作一个伟大的教训

谭五昌：这首诗解读起来没有那么大的难度，它的思想情感是比较明亮的。在20世纪末这个语境下写下这首诗，诗人表达了纯粹的理想主义情怀，所以题目叫作《最后一首颂歌》。总而言之，"相信"一词就是作品的主题关键词：相信未来，相信美好的一切。

另外，这首诗的整体语调是歌唱式的。在结尾，诗人说，"因此你要把颂歌唱到最后，要继续谦卑/把每一次失败变作一个伟大的教训"，在这里，"伟大"这个词出现了，鲜明有力地凸显了西渡具有20世纪80年代特质的理想主义情怀，也使西渡的创作与90年代开始流行的那种口语化、低俗化的诗歌写作完全区别开来。因而我认为，西渡这样的诗人价值就在于他对理想主义人文情怀始终如一的执着坚守。

除以上这些诗外，西渡还写有不少优秀诗歌作品。进入21世纪以来，西渡的诗歌作品数量不是太多，他开始把主要精力转向诗歌批评与研究，比如，他在骆一禾诗歌的研究上就取得了可喜的成绩，令人刮目相看。

第十一讲　莫非、树才诗歌解读

时间：2012年6月22日

地点：北师大七教405教室

主讲教师：谭五昌

听众：北师大2011级中国当代文学专业研究生

一、莫非诗歌解读

谭五昌： 今天我们要讲解的两位著名诗人，一位是莫非，一位是树才。莫非这个人非常有个性，低调、率真，但说话比较尖锐。他的写作保持着独立性，不刻意追求与其他诗人的结盟。用他的话说，他是走在自己诗歌的小路上，因此我觉得莫非是一个独立性比较强的诗人。至今为止他出版的诗集主要有《词与物》《莫非诗选》。莫非在中国当代诗坛上不是大红大紫的诗人，但他是绝不能被忽略的诗人。一方面他是低调的，另一方面他是很有实力的，对这样的诗人我们应给予相当的关注和重视。莫非唯一的一次"拉帮结派"就是在1999年与树才、车前子、乔达摩等诗人联合走"第三条道路"。当时，知识分子写作与民间写作形成了两军对峙的格局，但莫非他们认为诗人就是诗人，诗人首先是诗人，而不是民间人物或知识分子，他们坚持的是一种诗歌的立场，他们说"三"代表多数，所以他们要走"第三条道路"，意思就是在民间诗人和知识分子诗人两军对垒的阵营中走出一条广阔的诗歌道路来，这种说法在当时来讲是合理的。但是进入21世纪以后，随着诗歌语境的变化，一些人为的诗歌概念慢慢失效了。2004年以后，诗坛处于比较安静的状态，已经不存在谁遮蔽谁的情况了。我觉得，诗人还是要用文本来说话，如果现在还执着于"第三条道路"写作这种说法的话，就滞后了。

关于莫非的写作，我认为他视野开阔，技艺成熟。他做过一段时间的园林工作，现在也还是一个园丁。20世纪90年代末，莫非的重要诗集《词与物》出版了，主要表现的就是园丁的生活与体验。这本诗集出版以后，莫非诗歌的领域越来越开阔了。另外，他语言风格上的主要特点是讲究词与物的对应，这点好像一直没大变过。我觉得莫非是个不随波逐流的诗人，所以他诗歌风格的辨识度还是比较高的，他作为诗人的个性色彩和印记还是颇为鲜明的。

下面我们来解读莫非的《遗嘱》。这首诗写于1985年，当时诗人25岁，在那样的年纪写这种题材是比较敏感、比较超前的。褚云侠，你来读一下。

遗　嘱

生与死仿佛木桥与流水，相遇又错过。

这是命中注定的时刻。

我没有值得留下的遗产。

连我的孩子也都在我的心中先后病死。

我的最初的哭声预言了我的一生。

生存如此短暂，生活又是那样漫长。

忘掉我。

我的坟前不要竖立墓碑。石头会被风化。

把我的祭日从挂历撕去。

死亡如此清晰，生命却是那样模糊。

人啊！你好像坟头的轮廓！

心啊！你仿佛墓穴的外景！

至于我的葬礼需要开始那就开始好了。

不要等我。

真的，这是最后的请求。

罗雪峰同学：这首诗主要是谈生与死的，而且在诗人看来，死是确定的，但生却是模糊的，表达了诗人这样一种信念：短暂的生是无可奈何的，"至于我的葬礼需要开始那就开始好了/不要等我"。

谭五昌：这首诗体现了诗人的先锋意识、悲剧意识。在20世纪80年代的语境下，诗人对自己的命运有一种悲剧性的预感，诗中写道，"我的最初的哭声预言了我的一生"，鲜明自觉的死亡意识凸显了这首诗所蕴含的先锋意识。这首诗的语言具有跳跃性，很简洁，很生动，也很有力度。"生存如此短暂，生活又是那样漫长。"这句诗很有哲理，表明诗人对生存与生活两个概念有深刻认知。"忘掉我/我的坟前不要树立墓碑。"这句诗则表明诗人对永恒的东西抱有一种深刻的怀疑态度，这体现了诗人精神姿态的超越性。这首诗可以说是诗人早期作品的代表，构建了莫非先锋诗人的形象，一个具有独立性的先锋诗人的形象，而"独立""先锋"也是对他此后二三十年诗歌写作风格和诗歌精神品质的概括。

另外，我觉得这首诗的语言和情感控制也是比较好的，二者达到了有机的平衡，所以不会让你感到悲伤。或者可以这样说，它会让你在悲伤、难过和冷静、理性之间感觉到某种微妙的平衡，这也显示了诗人对情感的控制能力。

接下来我们来看莫非的第二首诗《观象台》。这首诗是1989年写的，大家看看作品表达了什么样的思想内涵。薛晨，你来读一下。

观象台

观象台鸦雀无声

废墟上白白挂起的笼子

招惹了　片叹息

野草青了又青漫无边际

在第一场雨后

天空如此盲目

上年的树叶转着圈儿

努力给这个季节灌输活力

桃花开得令人惊骇

仿佛为弥补过去的某一天

遗漏的重要信件

还有未能言中的一次冬雪

春天就是在很久以前

那个暮色中忍不住的情人

该说的总也说不上来

不该说的却说过了头

王力可同学：我觉得诗里出现"观象台"这个意象，就是为了观察时代的变迁。观象台本来是观察天象或者自然气候的，但是在诗里边反映出了时代气候的转变。诗人说，"努力给这个季节灌输活力"，在变化之下，时代缺乏一种活力，很无力，很无奈。"桃花开得令人惊骇"，"桃花"也许有它的象征意义。反正这首诗整体给人的感觉就是比较萧条。

谭五昌：这首诗传达的是一种消极的情绪。整首诗有一定的晦涩性，"观象台"的意象确实可以理解成对时代气象、时代精神气候的一种观察。大家知道，20世纪80年代末，理想主义在中国社会大面积退潮，这首诗用比较含蓄、晦涩的意象与语言表达了对特定年代精神氛围的一种体验。"野草青了又青漫无边际"，这蕴含着诗人对希望的召唤，因为那个时代的信仰与理想已经破碎了。诗中的"天空"代表着崇高，而"天空"的"盲目"暗示着一种对崇高的怀疑态度。"桃花"的意象有些不好理解，根据这首诗的语境，可以将"桃花"理解成一种青春的热情、偏执与单纯品质。诗中的"春天"象征着美好的理想，但在严酷的现实面前总是处于错位的状态。总的来说，我觉得这首诗整体的思想意绪还是可以把握的，但不能把每个细节、每个意象的含义都弄得非常清楚，只能猜测一下。

我们再看看《伟大的药剂师》这首诗，这是莫非在1991年写的，会好懂一点。彭希聪，你来读一下。

伟大的药剂师

伟大的药剂师
在死亡的敦促下拉开抽屉
中邪的那个人
边哭边唱

沦落的家园
木头在水上翻滚
用什么来镇痛
医生才会满意而归

王思宇同学：第一节我不是很懂。第二节的话，我理解的是，家园如果遭受什么灾难，医生要思考拿出什么药来镇痛。这是作为医生应该思考的问题，或者更深层次地说，是我们所有人都应该思考的问题。

谭五昌：其实诗作本身还有个时代背景在里面，如果经历了那个时代，你就能够理解。药剂师是给人治病的人，"在死亡的敦促下拉开抽屉"，是说给人治病不一定就可能好，更有可能把人治死，这凸显了药剂师的残酷无情。诗中"伟大的药剂师"可以理解为生活与现实本身，诗人用含蓄、晦涩的手法，表现出了那一代人共同的情绪体验，一种沮丧绝望的情绪体验。诗中"中邪的那个人"暗喻遭遇理想沦陷的有志之士；"沦落的家园"，可能指现实中受灾的家园，但更具有象征意义，象征人们精神家园的丧失，暗喻当时人们普遍的精神危机状态。

作品结尾写道，"用什么来镇痛/医生才会满意而归"，这里展示了人们精神受伤害的程度，探讨了如何拯救我们精神的危机，但诗人没有给出答案。这首诗已经具有手法上的反讽和后现代的解构主义痕迹了，诗中的药剂师其实并不伟大，甚至可以理解为非常冷酷的现实生活的本质。当然，这只是我的一家之言，也还可以有其他的阐释。

这两首诗都比较晦涩，有诗人很多个人意象密码在里面，所以解读起来有点儿难度。接下来的这首诗《今生今世》，可能会相对好懂一些。苟瀚心来读一下吧。

今生今世

电报大楼表面漆黑的指针
扫盲似的转过整个城市
黄昏这深冬每日的落叶
郁积了建设者疲惫的心头

前面没有别的只有脚步
匆忙的脚步后面是寂静
拖着断断续续的树篱
被搅乱的花朵完全松开

死亡从小就摆弄我们的手指
早已厌倦抓挠任何东西
天知道都干些什么好
浑身的疼痛一片模糊

自郊外刮来的风沿着大街
吹响水果店灿烂的招牌
午夜短暂的光芒
照不到幸福藏匿的脸上

钟声歇息　从此古怪的事物
沾染了我们的血和灵魂
今生今世就像牺牲品一样
让卑微的人在地上轮流赞颂

谭五昌：如果从更严格的角度来说，莫非才是一个朦胧诗诗人，北岛反而不是一个朦胧诗诗人。这么多年来，莫非一直坚持有深度的写作，他诗歌中很多句子的意义指向是比较朦胧、比较混沌的，我们阐述起来有一定难度。这首诗稍微好一点儿，至少它有四五节场景描写，整体来看，表达了诗人一种消极、虚无、神性的复杂生命体验。这首诗的思想情绪存在一个变化曲线，诗眼就在这里，"今生今世就像牺牲品一样/让卑微的人在地上轮流赞颂"，赞颂那些生命中神圣的事物。

接下来我们讲讲莫非的诗作《蝴蝶是敞开的》，我们注意一下他词与物的想象力。王思宇来读一下。

蝴蝶是敞开的

蝴蝶是敞开的
几乎忘了根本
她煽动自己
然后梦见春天

花树摇荡
也不全是因为风
好一卷美妙的书
从头至尾

容不下另一个人
在双翅的夹缝里
蜕变，沉寂
形同枯叶

却比生命来得灿烂
雪片翻飞，跌落

黑夜在喘息中

有了寄托和安慰

在记忆留下空白的地方

留下了时光和旗帜

与孤独者相映照

敞开的是蝴蝶

谭五昌：这首诗的语言、意象比较清晰，情感指向也大概能把握。诗人对蝴蝶的想象、联想很丰富，同时很精准，比如说，"好一卷美妙的书""在双翅的夹缝里／蜕变，沉寂／形同枯叶"，等等，都可以看出诗人莫非对蝴蝶形象的描写与刻画是十分鲜活、生动的，表达了自己生命中的独特体验，能让人产生审美的感动与沉醉感。总之，这首诗显示了莫非出色的观察、想象、思考与表现能力。

我们再来看莫非的一首短诗《修昔底德》，这是在1993年创作的。罗雪峰同学来读一下。

修昔底德

因为我，才有伯罗奔尼撒战争

战争结束是因为我的写作被打断

历史先写下来，然后等待它发生

罗雪峰同学：我觉得诗人是在强调历史。以前我们一直以为历史真相本来就存在，但是这首诗表达了诗人对历史新的认识：历史是作家、诗人表达出来的，是被作家、诗人叙述出来的。

谭五昌：这首诗揭示了书写与历史的关系，能够体现莫非对历史与叙述之间关系的形而上思考。诗人认为，历史是被叙述出来的，并不存在客观历史，他通过修昔底德书写伯罗奔尼撒战争史的行为，强调了书写或写作行为本身所具有的强大意识形态建构能力，发人深思。另外，这首诗构思新颖，角度巧妙，语言简洁，很有思想性。

简言之，莫非对词语颇为敏感，富有出色的词语想象力与表现力，追求思想性与自由探索精神。总之，是值得我们去花时间解读其诗歌文本的非常优秀的诗人。

二、树才诗歌解读

谭五昌：接下来，我们讲一下树才及其诗歌。树才跟莫非关系非常好，但他们两个人性格的反差是很大的，莫非是一个性格很内向、很孤傲的诗人，但树才则给人一种谦谦君子的感觉，很儒雅，很绅士。尽管如此，他们两个人还是互相吸引，成为莫逆之交，而且在诗学观念上，颇有相通的地方。比如树才也对语言、对词与物的关系很看重，而且树才的写作也是试图从日常生活中发现哲理、提炼思想的。这两个诗人在诗学上是有很多交集的，不然的话，他们也不会有二三十年的诗歌友谊。

我们现在来简单了解一下树才的生平。树才原名陈树才，浙江奉化人，20世纪80年代后期从北京外国语大学毕业。树才的人生经历比较丰富，当过外交官，在大型企业任过职，20世纪90年代末调入中国社会科学院外国文学研究所。除了诗歌写作，树才在诗歌翻译方面的影响也很大，得到过法国的"教育骑士"勋章。

树才的诗歌风格整体上比较稳健，不以尖锐著称，而是注重词语与事物的对称式表现。相对来说，树才走的是一种雅俗共赏的诗歌路子，不像莫非，不时剑走偏锋，走向晦涩的境界。树才的诗歌基本上不晦涩，更多地展现了一种质朴、纯净、简单又深刻的美学境界。

我们先来解读树才的诗作《母亲》，请江子安来读一下。

母　亲

今晚，一双眼睛在天上，
善良，质朴，噙满忧伤！

今晚，这双眼睛对我说："孩子，
哭泣吧，要为哭泣而坚强！"

我久久地凝望这双眼睛，
它们像天空一样。
它们不像露水，或是葡萄，
不，它们像天空一样！

止不住的泪水使我闪闪发光。
这五月的夜晚使我闪闪发光。
一切都那么遥远，
但遥远的，让我终生难忘。

这双眼睛无论在哪里，
无论在哪里，都像天空一样。
因为每一天，只要我站在天空下，
我就能感到来自母亲的光芒。

罗雪峰同学：这首诗跟先前我们解读的诗歌相比，亲切多了。我觉得这首诗里面的感情是大家都可以理解的——儿子对母亲的那种依恋，对母爱崇高伟大的敬意。我觉得诗里的比喻很新鲜，比如将母亲的眼睛比喻成天空，"它们像天空一样/它们不像露水，或是葡萄"，给人的感觉就是我们对母亲的感情很深厚。

谭五昌：这首诗表达了诗人对母爱的一种怀念。诗人抓住了一双眼睛——母亲在天上的一双眼睛、逝去的慈母的眼睛来抒发感情，角度很独特。诗人说这双眼睛像露水、像天空一样，这就把母爱那种伟大、广博的特质与形象艺术性地表现出来了。这首诗写得很纯粹、很感人、很美，是树才的早期之作，那时他才20多岁。到了20世纪90年代以后，树才可能对语言有了一种自觉的追求，他追求语言的节奏，追求语言对事物客观、准确、诗意的呈现效果，对语词与修辞的力量也很看重。我们现在来看看树才的《极端的秋天》，这是他在1992年写的一首诗。请褚云侠同学来读一下。

极端的秋天

秋天宁静得
像一位厌倦了思想的
思想者。他仍然
宁静而痛切地
沉思着。

秋天干净得
像一只站在草原尽头的
小羊羔。她无助
而纯洁，令天空
俯下身来。

树叶从枝丫上簌簌飘落。
安魂曲来自一把断裂的
吉它。思想对于生命，
是另一种怜悯。

所幸，季节到了秋天，
也像一具肉身，
开始经历到一点点灵魂。

秋天总让人想起什么，想说什么。
树木颤抖着，以为能挽留什么，
其实只是一天比一天地

光秃秃。

秋天是一面镜子。我把着它
陷入自省，并喃喃地
为看不见的灵魂祈祷。

褚云侠同学：我觉得诗人的想象还是比较奇特的，他把秋天比喻为一个思想者，把秋天比作有生命的人，"秋天总让人想起什么，想说什么/树木颤抖着，以为能挽留什么"，秋天就像那时生命终结时的状态，是必然的，不可能挽留。

谭五昌："极端的秋天"——为什么说"极端"呢？这是诗人对秋天的一种深度体验，是想把秋天的体验写到极致。诗的语言修辞很简洁，很到位，感觉灵动。"秋天宁静得/像一位厌倦了思想的/思想者"，这里面有些重复的表达，实际上展示出了诗人树才非凡的词语想象力。再看，"她无助/而纯洁，令天空/俯下身来"，天空很高远，这种感觉多好。再看结尾："陷入自省，并喃喃地/为看不见的灵魂祈祷。"在情绪体验上，诗人把秋天的味道淋漓尽致地表达出来了，而且，他还极力追求思想，比如，"树叶从枝丫上簌簌飘落/安魂曲来自一把断裂的/吉它。思想对于生命/是另一种怜悯"。这就把思想性元素突出来了，也把对季节的情绪体验和思想感悟有机融合了，成就了一首出色的秋天诗篇，体现出树才厚实的艺术功力。

我们现在再来看树才的《单独者》，《单独者》是他第一本诗集的主打诗，他的诗集也以此命名，可见诗人对这首诗的看重。薛晨，你来读一下。

单独者

这是正午！心灵确认了。
太阳直射进我的心灵。
没有一棵树投下阴影。

我的体内，冥想的烟散尽，

只剩下蓝，佛教的蓝，统一……

把尘世当作天庭照耀。

我在大地的一隅走着，

但比太阳走得要慢，

我总是遇到风……

我走着，我的心灵就产生风，

我的衣襟就产生飘动。

鸟落进树丛。石头不再拒绝。

因为什么，我成了单独者？

在阳光的温暖中，石头敞亮着，

像暮年的老人在无言中叙说……

倾听者少。听到者更少。

石头毕竟不是鸟。

谁能真正生活得快乐而简单？

不是地上的石头，不是天上的太阳……

王思宇同学：我觉得这首诗可能是人的心灵的感受。比如说，诗人始终在把握或者是感受太阳、风这些东西内心的思考，给人一种宗教性的感受。

谭五昌：这首诗表达的就是个体生命的宗教性体验。《单独者》展开了诗人内心的一场对话，传达了一种宁静而美好的孤独的生命体验。整个作品的语言很干净，很简洁，语感很好，语言节奏是自然、流畅、轻快的。从这首诗，我们也可以感觉到树才所追求的词与物对称的表达效果。

接下来我们来看树才写于2011年的一首短诗《安宁》。请彭希聪朗读一下。

安　宁

我想写出此刻的安宁

我心中枯草一样驯服的安宁

被风吹送着一直升向天庭的安宁

我想写出这住宅小区的安宁

汽车开走了停车场空荡荡的安宁

儿童们奔跑奶奶们闲聊的安宁

我想写出这风中的清亮的安宁

草茎颤动着咝咝响的安宁

老人裤管里瘦骨的安宁

我想写出这泥地上湿乎乎的安宁

阳光铺出的淡黄色的安宁

断枝裂隙间干巴巴的安宁

我想写出这树影笼罩着的安宁

以及树影之外的安宁

以及天地间青蓝色的安宁

我这么想着没功夫再想别的

我这么想着一路都这么想着

占据我全身心的，就是这

——安宁

谭五昌：王力可，你谈一下这首诗。

王力可同学：我觉得这首诗其实是诗人想诠释自己心中的安宁，因而就用了特别多信息、场景和意象来诠释。诗人想写的就是一种感觉，诗中所有东西都可能是不存在的。另外，整首诗的节奏感挺好。

谭五昌：诗人把很多事物与场景汇集在一起，它们共同的体验、共同的感觉就是安宁。这种构思很巧妙，很集中。另外，这首诗利用了通感描写——视觉、听觉、触觉、味觉，让诗人对安宁的艺术表现显得五彩缤纷，具有立体化的效果，读者读完之后，脑子里也都有了画面感。同时，诗人运用排比的修辞手法，让安宁的感觉达到一种艺术性的强化：从不同角度、不同层面强化这种安宁的感觉。可以看出，树才在写作中很有艺术追求，他努力让自己的诗篇呈现艺术面貌的多样性和丰富性。

最后，我们来解读一下树才自己很看重的一首域外题材的诗——《兰波墓前》。树才是法语诗歌著名翻译家，他为诗歌文化的中西交流做出了很大的贡献。这首诗一共五节，我来读一下。诗人对兰波有什么评价？他在兰波墓前有什么感受？请大家抓住这两个问题来思考一下。

兰波墓前

一

墓地散发出墓地的味道
九点钟的风，树叶不安地翻动
麻雀叽叽喳喳，在沙地上觅食
墓地的大树上又飘下来一片叶子

走了这么长的路，终于来到
你的墓前。你和你妹妹葬在
同一个墓穴里。同母亲面对面
她生你，好让你满世界奔波

天空蓝得像大海悬挂在头顶
小城在扩大，生活变了样
这么宽阔的大街被星期天搬空
市中心的方形广场支满了帐篷

偶尔有鸟鸣在墓冢间一闪一闪
教堂的钟声因天空的空而温柔

一只甲壳虫，从我的脚边爬过
像我一样盲目，探索此生的生活

二

为何有这么多人集中在一起——
安息？为何独独给他献上一朵
小喇叭花？为何大铁门只敞开半扇？
为何狗屎和鲜花同时杂陈在墓碑前？

我早早起床，一路步行到这里
为了找你，我把脚步放得很轻
我把心跳尽可能压抑到平静
我走累了的脚得在你那里歇一歇

墓碑高高低低，小径曲折多变
让我想起沿途遭逢的人间生活
墓室有的塌陷，有的还在骄傲
好在墓前的十字架一律指向空无

还是活着的人可珍贵呵！还是
蚂蚁们爬得耐心！我同时观看
好几只蚂蚁在巴掌大的沙地上乱爬
怎么看都觉着它们爬不出墓地的围墙

三

在空空的墓前，我静心，坐着
我就坐在你身边那棵大树的树根上
我不明白钟声为什么敲了又敲
好像有人诞生，又像有人刚刚咽气

星期天，心和麻雀都不休息
休息属于告别了血肉的枯骨
但心和麻雀不歌唱，也不喊叫
甲壳虫多得染红了眼前的青草丛

老树根硌得我屁股疼，它恰恰
同庇荫你全家的树冠连成一体
一条大街把源头直推到这座公墓
大街两旁，出入和繁衍着男女

狗吠并不是城里出了什么大事
这从无到有的小城可以叫查理
兰波降生于此，一生都在逃避
岂料死后归来，故乡更加出名

四

一个小时过去了。我只看见
一位妇女开着车从门口经过
还有一辆小轿车，在大门前
停了一下，又掉转头，跑了

在这一小时里，我孤零零的
守着这偌大的静悄悄的公墓
我乐得沐浴阳光，倾听沙砾——
在麻雀的细爪下它们也会翻身

风啊你把太多的生活气息
吹刮到我的鼻孔里。公墓里

葬着兰波和他的家人，更多的
还是十六世纪以来的平凡居民

柏树象征什么？柏树只是柏树
椅子却结结实实地空着些什么
太阳晒得我渐渐有点发热
我想我得起身，走向人群

五

让我把这个句子写完！我将
回去，先回巴黎，再回北京
有一天还将回到我的下陈村
回到山和水、田埂和田埂之间

这已不是以诗人为骄傲的时代
钟声提示我：生活不在此地
墓地外的街道才流淌着生活
吵闹，商业，恋爱，妄想……

趁太阳未落，我用手抚摸
这洁白得有点苍白的墓碑
我再掐一朵别人栽种的
小红花，放到兰波的家门前

这柔黄的慰藉人心的天色
这些给生者以力量的先死者
安静的墓地一整天都这么安静
连我的到来我都觉得多余

谭五昌：这首诗写于树才2000年7月去法国访问时。当时他慕名去拜谒天才诗人兰波的墓地，写下了他在墓地的见闻和感想，并且通过这首诗表达对诗人兰波的敬意。兰波的经历很坎坷，死后也没有什么人来悼念他。我觉得树才这首向兰波致敬的诗，写出了兰波墓地的荒凉之美，以及兰波作为天才诗人独特而永恒的价值。兰波在文学史上的风光与他墓地的荒凉形成对比，让这首诗的意义显得更加深刻。真正的诗人永远是被社会主流、世俗大众抛弃的人，他可能命中注定是孤独者，他孤独地守着自己心中的一方神圣土地，守着自己心中的价值与理想。作品还传达出树才对诗人价值以及对这个时代的认知，"这已不是以诗人为骄傲的时代/钟声提示我：生活不在此地/墓地外的街道才流淌着生活/吵闹，商业，恋爱，妄想……"，树才想告诉读者的是，一个真正诗人的孤独、被边缘化、被遗忘，恰恰是诗人的光荣，因为诗人永远是高端精神价值的守护者。我觉得诗人树才对兰波这种孤高、孤独的诗人形象与价值很认可。"安静的墓地一整天都这么安静/连我的到来我都觉得多余"，这是这首诗的诗眼，它表明真正的诗人艺术家不需要那些世俗的喧嚣，他们身后的荒凉恰恰成就了诗人崇高的形象与不朽的价值。树才心有戚戚，有感于兰波墓前的荒凉，写成了这首内涵非常丰富、立意高迈的力作。

《兰波墓前》是树才与兰波这两位中西诗人想象性的灵魂对话，情调高雅。作品的语言干净，形式规范。树才很注重语言的表达力量，他不是以复杂、晦涩取胜的诗人，他诗歌写作的特点在于简约、纯粹、深刻以及对语言形式的探索。他的诗歌让我们感觉到简洁就是力量，就是美，因而他诗歌的受众面在理论上讲要比莫非广泛一些。

第十二讲　田禾、阎志诗歌解读

时间：2012年6月29日

地点：北师大七教405教室

主讲教师：谭五昌

听众：北师大2011级中国当代文学专业研究生

一、田禾诗歌解读

谭五昌：中国是个农业大国，乡土诗的写作在中国诗坛上一直很繁荣很兴旺，不但写诗的人数众多，而且出现了许多优秀作品。在全球化的今天，我们注重本土经验与中国经验，而中国当代乡土诗人的作品里面就包含着丰富的本土经验与中国经验。通过这些乡土诗人的作品，我们不但可以感受到非常本土化的审美趣味，还可以了解中国现代化的进程。

先来讲讲田禾的乡土诗。我相信大家阅读他的诗歌都会感觉轻松、亲切，没有多大障碍，在我们可以理解与掌握的范围之内。而且，田禾诗歌的语言、意象，都是比较质朴、明朗的，很有韵味。他是在当前语境之下，现代化进程中乡土命运的有力表达者，或者说，他是现代乡土诗的重要代表人物之一。田禾本人曾经在2007年获得鲁迅文学奖，而且是全票通过，这说明当代诗坛对田禾乡土诗的认可度还是很高的。

田禾也创造了自己的人生传奇。田禾原名吴灯旺，20世纪60年代出生在湖北一个特别贫困的乡村，中学时代就开始打工，饭都吃不饱，可谓中国最贫穷的底层打工者。20世纪80年代的时候，他一个人漂泊到武汉，一天只吃两个馒头，这样的生活持续了很长一段时间。到了20世纪90年代以后，他的命运渐渐发生改变。现在，他已经是湖北省作协的专业作家。田禾学历很低，只上过初中——只上过初中而成为专业作家的人非常少。田禾虽然学历不高，诗歌创作的数量却很大，至今已经出版有五六本诗集了，他能在学历普遍很高且名家如林的21世纪诗坛脱颖而出，占有自己的一席之地，可以说是很不容易的。

在《读田禾的诗》一文中，李瑛这样评价道："读田禾的诗，进一步加深了对我的启示和思索。首先，诗人不是以一个生活的旁观者的眼睛，而是以一个长期在农村底层劳动的历史的参与者、经历者和创造者来观察和思考这里的一切的……其次，田禾多年生活在农村，使他深刻地懂得生活的严酷和劳动的艰辛……第三，我还想说诗如其人。田禾的诗是自然的，简洁的，质朴的，却又是深沉、凝重的。"这个评价很朴素，也很到位。作为中国资深诗评家的谢冕先生写了一篇《田禾的村庄》，里面有这样一段话："田禾笔下的乡村是那样让人牵肠挂肚。他置身其中，他没有旁观者那种容易夸张的'怜悯'和'同情'，也不是所谓的'感同身受'，他就是他所写的那些村民中的一个，他和那些人物和事件难解难分。田禾说别人是'唱'自己的家乡，而他则是直接发自内心地'喊'，用最'土'的、最不加装饰的声音，颤抖着喊出带泪的、带血的声音！诗人告诉我们，庄稼、炊烟以及爱情，都是他的村庄永久的回声。"从这两位诗坛前辈对田禾诗的评价，我们可以看出田禾乡土诗的特色和价值。

田禾至今最著名的一部诗集名叫《喊故乡》。他不是唱故乡，他是"喊"故乡。田禾是农民，他是用执着的、粗哑的土地般的嗓音来赞美故乡的。田禾的诗歌创作让我们非常生动、直观、深刻地理解了中国的农村在历史进程中的命运遭际。我们读田禾的诗歌就能真切感受到中国农民在全球化的背景之下是怎么生活、怎么挣扎的，了解到他们的喜怒哀乐、生死沉浮。因此，我认为田禾的乡土诗创作具有重要的社会历史价值及审美价值。

在当下全球化的语境之中，像田禾这样的乡土诗人，他的诗歌当中就有非常鲜明浓郁的中国经验、本土经验。我们读到田禾诗歌的时候，可以最为强烈地感到这是在读一个中国当代诗人的作品，跟一个西方诗人的作品有着鲜明的区别，因为在他的诗歌当中出现了大量的中国意象、中国乡土生活的场景。在全球化的时代氛围当中，中国现代乡土诗的价值越发显得独特，也越值得我们关注和研究。

我是一个具有乡村经验的人，田禾的诗唤起了我童年的记忆，也唤起了我的乡村生活记忆。我们在座的各位同学，如果你有乡村生活经验，那么你对田禾的诗歌也会感到很亲切。如果你是一个城市青年，田禾的诗歌至少会给你一种陌生化的审美阅读体验，也许能满足你的好奇心。

现在，我们来解读田禾具有代表性的乡土诗作品。田禾的诗歌都是乡土诗，他几乎没有写过与城市经验有关的诗歌，他是一个纯粹的乡土诗人，而且在这块领域里，他的表现是优异的。我个人认为田禾是当代中国最为优秀的乡土诗人之一。下面，我们先来解读他的代表作之一《喊故乡》。王力可同学来读一下。

喊故乡

别人唱故乡，我不会唱
我只能写，写不出来，就喊
喊我的故乡
我的故乡在江南
我对着江南喊
用心喊，用笔喊，用我的破嗓子喊
只有喊出声、喊出泪、喊出血
故乡才能听见我颤抖的声音

看见太阳，我将对着太阳喊
看见月亮，我将对着月亮喊
我想，只要喊出山脉、喊出河流
就能喊出村庄
看见了草坡、牛羊、田野和菜地
我更要大声地喊。风吹我，也喊
站在更高处喊
让那些流水、庄稼、炊烟以及爱情
都变作我永远的回声

王力可同学：这首诗给我的一个直观感受就是诗人对故乡抱有一种特别真挚和炽热的爱。一方面他的感情是质朴的，另一方面从"喊"字就可以看出诗人的感情是强烈的，是用生命在"喊"。另外，整首诗读起来比较直白。

谭五昌：确实比较直白，但成了他的代表作之一。它表达了诗人对故乡完全发自灵魂深处的无条件的热爱，所以诗人用了"喊"这种方式。"喊"是一种原始的、本能的，甚至笨拙的抒发感情的方式，诗人如果用"唱"的话，这种感情就是经过修饰的，就有矫情的成分了。这首诗虽然直白了一点，但是它真实、真诚、真挚。诗人用"喊"这种表达方式具有一定的原创性，它很粗糙，很本真，很原生态，但是很热烈，很深沉，很感人。"喊"这个动作意象，表达了诗人非常强烈的乡土情结。虽然田禾现在生活在大城市，但他还是有一颗农民的心，是一个彻头彻尾的具有乡土情结的诗人。

关于这首诗，诗人自己也说了，在艺术上还有不成熟的地方，直白了一点，还不够精细，可以再打磨一下。但是我觉得恰恰是《喊故乡》这种作品，能够凸显田禾非常本真、质朴、富有冲击力的创作方式。通过这首诗，我们可以体会到田禾的诗走的是一种质朴的美学道路。

下面我们来看田禾《父亲的咳嗽》这首诗。江子安同学来读一下吧。

父亲的咳嗽

那年我只有十五岁

天气很冷

父亲，我听见你的咳嗽

从老井中打水的那只木桶开始

从风雪中扛回耕牛过冬的

那捆稻草开始

从堵完草房中那个

过风漏雨的泥巴洞开始

从母亲端出米缸里可怜的

最后一升米开始

父亲的咳嗽，就没有停止过
那么多的咳嗽
父亲强忍着疼痛
把它抑压在胸口间

从春到夏，从秋到冬
父亲没有因为他的咳嗽
而让地里的棉花歉收
只是四季的风，吹落了
他太多的白发
父亲的身体，跟泥土
贴得越来越近
岁月的风和雨
依然捏在，他的手掌心
可他的咳嗽
却在一天一天地加重了

父亲生命里最疼痛的
部位
还不是他的咳嗽
而是几个还没成年的孩子
每当咳得难受的时候
他痛啊，那每一声咳嗽
像一把铁锤，锤打着自己

父亲的咳嗽是一根钢锯
锯着他的身体
锯着他钢铁般的骨头
也锯着我们儿女的心

直到锯完生命的最后一截

是喉管里的一口血痰
淹没了他
我记得那一年的冬天
大雪淹没了整个村子

江子安同学：这首诗通过咳嗽来写父子之间的感情，角度选得很真实，小中见大。

彭希聪同学：我认为这首诗很不错。诗人通过平凡的生活细节，写出了父亲对这个家的付出和默默奉献，可是过度的劳累却压垮了他的身体。

罗雪峰同学：我感觉这首诗很质朴。这样的诗没有乡村经验的人是写不出来的，诗人对父亲的咳嗽确实有很深的情感上的触动。他把父亲从身体上的疾病、生理上的劳累到承担的责任，都写得很真实也很感人。

谭五昌：刚才几个同学根据自己不同的生活经历与文学体验，从不同的角度发表了自己的看法。我觉得江子安刚才讲的一点很对，这首诗角度抓得很好，从父亲的咳嗽来表现乡间一个勤劳、忍辱负重的父亲形象，把乡村父亲苦难的一生完整地呈现了出来，构思完整，角度比较新颖、巧妙。

最打动我的是诗人不断在强调父亲的咳嗽。咳嗽的频率有多密，就说明父亲承受的生活苦难有多重。我为什么喜欢这首诗呢？这跟我的个人经验也有关系。我对小时候我的父亲，尤其是我母亲痛苦的咳嗽记忆深刻，难以忘怀，所以当我读到"父亲生命里最疼痛的/部位/还不是他的咳嗽/而是几个还没成年的孩子/每当咳得难受的时候/他痛啊，那每一声咳嗽/像一把铁锤，锤打着自己"，觉得诗人一下子把父亲的形象升华了，非常地打动人。其实我们有乡村经验的人往往忘不了父母亲的咳嗽。父母亲的咳嗽代表了乡村生活的苦难，浓缩了一部乡村的苦难史。

总的来说，我觉得这首诗在艺术表现上也很有特色，除了构思完整、角度新巧之外，它的细节描写也很丰富。比如说，"父亲的身体，跟泥土/贴得越来越近"，这是说父亲离死亡更近了，但说得很含蓄很巧妙，咳得越多、越苦，就越驼背，而背越来越驼的人不就是离泥土离死亡越来越近吗？这首诗虽然看起来有点直白，但是写出了一种生命的痛感。有过乡村经验、底层经验的人读到这首诗，绝大多数都会有共鸣的。它书写出了我们父辈的苦难，咳嗽这个象征苦难的声音会深深地留在我们的记忆里面，甚至会陪伴我们一生。这样的诗句，会唤起我们的乡村生活记忆。

田禾还有一首写父亲的诗——《八公里山路》，我来读一下。

八公里山路

八公里的山路在父亲脚下
却不止走出八十公里，八百公里
甚至八千公里，八万公里
八公里的山路
是父亲命运与苦难的轮回

八公里的山路只有两公里的好路
中间石坎多，坡陡
往往要人在后面推一把
还有两公里林子太深，阴暗
不到黄昏就黑了

临近小镇的一公里折叠在林中
到小镇前才完全打开自己
小镇的喧嚣声更是高低不平
父亲挑着一担黄瓜，天不亮起
他还没走到镇上就崴了脚

父亲早已离我而去
躺在了八公里山路的高坡上

我已经在省城住了多年

我乡下的兄弟还在不停地奔走

这父亲一世还没走完的八公里山路

王力可同学：我觉得"八公里山路"有一种象征的含义，象征了最底层农民生命历程的曲折、充满苦难的命运。在后面的几节诗中，诗人不断地把这种苦难具象化，写出了底层农民苦难的宿命性的轮回。在艺术上，这首诗比较质朴，但比之前我们读到的几首诗又更讲究了一些。

谭五昌："八公里山路"凝结了父亲一辈子的辛劳和苦难。父亲从自己的村庄出发，要走八公里山路才能走到镇上，换取生活的费用。所以诗人说"八十公里，八百公里/甚至八千公里，八万公里/八公里的山路/是父亲命运与苦难的轮回"，概括得非常精辟。接下来诗人叙述了在八公里山路上父亲不小心崴了脚这个细节，非常真实，非常生活化，说明生活的重担最终把父亲压垮了。因为诗人本身是个农民，所以这些生活细节不需要去想象，不需要去虚构，自然真实地就给我们呈现出来了。

作品结尾处的几句诗写得很漂亮，而且内涵很丰富。"父亲早已离我而去/躺在了八公里山路的高坡上"，在此，"八公里山路"是父亲一生苦难的见证。"我"现在通过努力改变了自己的命运，在城市里面生活，"我"的今日生活是建立在父亲苦难命运的基础之上的。但是"我乡下的兄弟还在不停地奔走"又让感情出现了转折，本来以为父亲的后代都来到了城市里生活，但其实只有"我"侥幸地来到城市，"我"乡下的兄弟们还在重复着父亲的命运，还得继续走"这父亲一世还没走完的八公里山路"，一下子就把中国农民集体的苦难命运揭示出来了。

我觉得这首诗在艺术上更加精巧，表达更精粹、更有力度，艺术品位也更高一些。通过"八公里山路"，我们可以看到几代乡村农民的苦难命运，这给了我们很多感触。

接下来是田禾写祖父的一首诗作《还原》，艺术构思也非常巧妙，我给大家读一下。

还　原

现在向你们描述我的祖父

那个五十年前得肺癌痛苦死去的

瘦弱的老头，我从没见过面的祖父

描述我的祖父就是还原我的祖父

首先要为祖父还原他的村庄

还原他的村庄的孤独、衰败、战栗

祖父一辈子在这个村庄里生活

他在贫困、悲苦、脆弱、潦倒，和长期的

病痛中，活过了短暂的四十八岁

我要把村庄还原成一盏贫寒的油灯

祖父深夜在暗淡的油灯下推碾子，咳血

土屋中一扇虚掩的柴门

风吹一次，就吱呀响一声

祖母站在柴门后面，怀里抱着我还不满

周岁的父亲，门外一声狗叫

祖母把我父亲往怀里搂紧一点

村后的十亩荒地都是祖父开垦的

我想还原他的劳动

他抡锄的姿势，向下而弯曲

还原他的一个歉收之年

祖父站在檐下，既不言语，也不哭泣

最后，我把祖父还原成山体、草木

让他永远睡成山的模样

让草木在他的身体周围永远摇曳

　　褚云侠同学：这首诗的构思比较独特，通过对逝去祖父的追忆，还原了一个比较完整的乡村生活环境。整首诗不仅是对祖父个人的回忆，也是对整个乡村环境、乡村人命运的概括。

谭五昌："还原"作为本诗的关键词，体现了诗人丰富的想象力。这里存在词与物的对应关系，诗人要还原祖父的一生，本来是一种词语的想象行为，却还原了很多场景。当然，这种还原是建立在诗人对乡村生活熟悉的基础上的。诗人通过对他父亲的了解，就能完全想象出祖父劳动生活的样子，能够感受到祖父的贫穷。

这首诗打动人的地方，还在于诗人想象性地呈现或还原了许多原生态的农村生活和劳动场景。比如，"我要把村庄还原成一盏贫寒的油灯/祖父深夜在暗淡的油灯下推碾子，咳血/土屋中一扇虚掩的柴门/风吹一次，就吱呀响一声"，这些场景虽然是想象的，但是非常真实、感人。另外，诗人在诗中还想象性地描写了祖母的形象，"祖母站在柴门后面，怀里抱着我还不满/周岁的父亲，门外一声狗叫/祖母把我父亲往怀里搂紧一点"，这个场景其实也非常真实，很具现场感。"门外一声狗叫"，创造了一种紧张的氛围。俗话说，"贫贱夫妻百事哀"，乡村最底层最贫困的夫妻，他们的神经非常敏感、脆弱，一声狗叫就让他们内心发慌与恐惧。通过这一段对祖母形象的描写，祖父的形象变得更加丰满。诗中还写到了歉收之年，"祖父站在檐下，既不言语，也不哭泣"，这样的细节描写让祖父的形象更加真实动人。

诗作的情绪非常节制，却极富张力，表现了诗人对祖父深沉的感情。结尾处诗人写道，"最后，我把祖父还原成山体、草木/让他永远睡成山的模样/让草木在他的身体周围永远摇曳"，其中的含义是非常深的。山与草木具有默默承受苦难的品质，体现了诗人对祖先的崇拜与尊敬之情。而诗人的这种想象和表达又很空灵，意境优美，所以说这首诗的艺术价值还是比较高的。

田禾善于塑造中国底层苦难的乡下亲人的形象，善于表现苦难主题，用学术一点的话语来讲，田禾诗歌中的乡村苦难叙事是其突出鲜明的艺术特色与亮点。现在我们来看田禾写表弟的一首诗《那一刻》，也是苦难叙事。诗人的表弟才三四十岁，刚步入中年却遭遇了车祸。王力可，你来读一读。

那一刻

那一刻我行走在武汉汉正街的街头

许多人坐在电视机前看中央台新闻联播

那一刻有人喝酒，有人做爱，有人预谋

长江仍带着均匀的秒速平缓流淌

那一刻堪称火炉的武汉在升温，但不急促

那一刻，乡下的表弟遭遇了车祸

村长杨金锁在我的手机中泣不成声

他说太惨了。还没等他说出表弟血肉模糊

我差点支持不住

表弟死于酒后驾车司机的车轮下

两眼昏花的司机，把我走夜路的表弟

看成了一条道路，从他整个人身上碾过去

爬不动山坡的汽车

那一刻却爬到了我表弟的头顶

那一刻，一只羊本能地穿过车轮的左侧

表弟，他三十七岁的年龄上

还挂着一双儿女和风烛残年的父母

那一刻他的老婆杏芳当场昏死过去

这本不该有的那一刻

早该在时间表上删去的那一刻

灰色的那一刻，迷茫的那一刻，被忽略的那一刻

来不及转弯的那一刻，生死两茫茫的那一刻

几乎要被遗忘的那一刻

苟瀚心同学：诗的第一、二节描绘了一种终生难忘的景象：那一刻什么人在做什么，是很世俗平凡的场景，但是在那一刻表弟遭遇了车祸。"爬不动山坡的汽车/那一刻却爬到了我表弟的头顶"，写得很真诚很带感情，很有画面感，却又很荒诞，把那个决定命运的时刻的荒诞性表现了出来。

褚云侠同学：这首诗给人一种无常感。在这个平凡的、可能被历史遗忘的时刻，却发生了这么一件不平凡的事情，它会给一个家庭带来极大的痛苦。诗歌前半部分叙事性比较强，后半部分抒情性比较强烈。

谭五昌：《那一刻》又是诗人书写乡下底层人苦难主题的诗歌。一个时间点激发起诗人的情感与联想，那一刻，城市里的人正在享受他们的世俗生活，"那一刻有人喝酒，有人做爱，有人预谋"，为什么要这样写？这里面暗含了诗人对表弟的深切同情。那么多世俗的享乐，表弟都不可能去享受了，意外的车祸对于表弟是一个悲剧，是其生命的终结。诗歌前面一节是叙述，比较口语化，后面从"那一刻"起，是诗人感情的爆发，"那一刻他的老婆杏芳当场昏死过去/这本不该有的那一刻/早该在时间表上删去的那一刻/灰色的那一刻，迷茫的那一刻，被忽略的那一刻/来不及转弯的那一刻，生死两茫茫的那一刻/几乎要被遗忘的那一刻"，一连串排比句式的运用，形成了一股情绪的激流与风暴，让读者感受到一种比较强大的情感冲击力。

这首诗在艺术上很有可取之处。诗的前面是叙事，后面是抒情，是叙事抒情的有机结合。诗人表达了对表弟不幸命运的深切同情：表弟的悲剧是一个底层人的悲剧，底层人的悲剧命运更具有普遍性，更值得我们同情。这首诗的亮点就体现在作品最后强烈而密集的抒情上。

我们再来看看田禾的诗作《土碗》。这是写得非常巧妙的一首诗，是对农民命运的整体性揭示。鲁博林来读一下。

土　碗

土碗里盛满米饭

农民端在手里

生命随着一碗米饭

而延续下来

土碗里没有米饭了

吃饭的人

也永远不再吃饭了

土碗倒扣过来
就变成了
一个农民的土坟

彭希聪同学：这首诗用非常精练的语言让我们看到了农民生活的艰辛，由一个很小的物——"土碗"，联想到粮食对农民的重要性，以及收获粮食的艰辛。

王思宇同学：我觉得诗人是用土碗来象征农民生命的延续。当碗里面盛有东西的时候，农民的生命得到延续；但是当它里面没有东西的时候，就像诗里说的，"土碗里没有米饭了"，它倒过来就变成了一个坟墓，暗示种粮食是农民谋生的手段，但农民自己也要靠吃粮食活下去，如果他丧失了延续生命的资源，会遭到灾难性的毁灭。

薛晨同学：这首诗有一个亮点，就是最后的"土碗倒扣过来/就变成了/一个农民的土坟"，诗人的想象力还是很丰富的。可能诗人是将"土碗"看作了生与死的矛盾体，有吃的就活，没吃的就死。

谭五昌：作品中的"土碗"就是农民命运的一个象征，农民自己生产出粮食，土碗里有米饭，就能延续自己的生命。当他身体衰老了，不能生产了，就没有米饭吃了，那他也将离开这个世界了。这首诗的艺术亮点就是"土碗"与"土坟"之间的类比性联想，非常巧妙。如此简短的十行诗，对农民命运进行了高度艺术性的概括，非常简洁，非常动人。诗人的联想非常丰富，他对农民有着非常深刻的了解，对农民、土地与宿命的关系做了精彩到位的阐释。作品的语言非常质朴、简洁，但很有艺术含量，你能给这首诗删掉一个词吗？很难。同时，你也不能增加一个词语与意象，这首诗已经达到了艺术上的完整。

读这首诗，我们还可以联想到臧克家的诗作《三代人》。我记得原诗是这样写的："孩子/在土里洗澡/父亲/在土里流汗/爷爷/在土里葬埋。"这首诗同样也展示了农民与土地的宿命关系，极具概括性。我们的农民就是整日面朝黄土背朝天，土地既供他们生产、延续生命，同时又是他们最终的回归之所——

埋葬他们的地方。这土地是如此多情，又是如此无情。两位诗人的两首乡土诗把农民与土地的宿命关系深刻揭示出来了。相比臧克家的诗作《三代人》，田禾的诗作《土碗》在表现角度上显得更加小巧。

现在我们来讲一下田禾的《火车经过村庄》。这首诗写出了处于现代化进程中的农民的命运。前面我们讲的是传统农民的处境与命运，现在我们来关注一下在现代化背景下的农民工的命运。从农民到农民工身份的变化，实际上就呈现了农民在现代化进程中被时代潮流挟裹而去的命运变迁。罗雪峰，你来读一下吧。

火车从村庄经过

火车经过村庄的时候
五磨村还在夜里
拉一声汽笛，警报火车通过
今晚进入安全时刻
汽笛声拉得很长
拦腰截断了夜的前半部分
后半部分笼罩在月光中
这一站是黄石至武昌之间
的一个逗号。火车停站十分
我的去南方打工的九妹
在最后一分钟上了车
火车尖叫一声就往南开
往南，往南，一直往南
途中走直路，也走弯路
钻很多隧道，停很多站
两行铁轨承受着整列火车的重量

罗雪峰同学：在刚才的几首诗里，我比较喜欢这一首。因为我觉得它在诗歌艺术上有进步，诗性有所加强。比如这一句："汽笛声拉得很长/拦腰截断了夜的前半部分/后半部分笼罩在月光中"。总的来看，虽然这首诗还是有些直白，但是这种直白能更好地转化成诗的语言了，比如同样很直白地写妹妹上火车去打工，却让人感觉艺术性更强了，质朴而又有诗性。

谭五昌：在作品中，"火车"是现代文明的符号，而"村庄"是农业文明的符号。诗的标题暗示出中国乡村被迫要经过一个现代化的历史进程。诗中要去南方打工的九妹"在最后一分钟上了车"，表面是说她赶上了末班车，其实在象征意义上隐喻着中国农村也难以摆脱被卷入现代化历史进程的命运。再来看，"火车尖叫一声就往南开"，"尖叫"一词在这里也是有深意的，暗示中国乡村的现代化进程并不一定是幸福的，反而有可能是痛苦的，至少要经历灵魂的阵痛，要付出很大代价。"往南，往南，一直往南"，用到了重复句法，表明了九妹心情的沉痛，离开家乡的恋恋不舍。"途中走直路，也走弯路"，我们在此过度阐释一下：它表明中国农村现代化的进程不顺畅，是有很多曲折的。"钻很多隧道，停很多站"，一方面暗示九妹打工的过程很艰辛，同时也暗示中国农村的现代化进程很艰辛，很漫长。"两行铁轨承受着整列火车的重量"，这里的列车可以理解成对时代的隐喻，铁轨是对中国发展道路的隐喻，铁轨要承受这列时代的火车，有些不堪重负了。

总的来说，这首诗有丰富的思想内涵，有许多令人思考、回味的地方。全诗语言朴素，意象精确，善于暗示，给了我们很多联想，值得称道。这首诗也呈现出了诗人鲜明的现代性思想意识，因此我们可把田禾视作一位现代乡土诗人，而不是完全传统意义上的乡土诗人。

我们刚才说到田禾的诗歌中包含着大量的乡村生活经验，我这里给大家推荐一首诗——《两片亮瓦》，它能把我们带回遥远年代的乡村生活场景。彭希聪来读一下这首诗吧。

两片亮瓦

父亲给低矮的土平房加进去两片亮瓦
漆黑的土平房顷刻亮堂起来

昏暗的屋顶像开了天窗

这也是咱贫穷人家唯一的亮点

晴天阳光射进来

两片亮瓦，像穷人张开的笑口

十多年我没见父亲这么笑过

雨天，天空响过三声闷雷

雨水便开始在上面流淌

我没在意后来雨水流向了哪里

我只记得两片亮瓦在一场雨之后

冲洗得特别干净、明亮

母亲借着一片亮光缝补我的白衬衫

王思宇同学：我觉得这首诗看起来不像其他诗那么沉重、压抑。因为这首诗采用了一个少年的视角，他还没有充分意识到生活的艰辛，还会欣赏晴天阳光射进来的灿烂，还会看到雨水流淌，两片亮瓦雨后被冲洗得非常明亮。虽然两片亮瓦是微不足道的小东西，但是对于"我"，却是生命的亮点，是生活中快乐的来源。这也可以从侧面反映出主人公生活的艰辛。

谭五昌：这是田禾难得的带有快乐情绪的一首乡土诗，让我们感到温暖而明亮，而不像其他作品那样带着某种压抑或沉重的情感。诗人书写了少年时代一段非常温馨而快乐的记忆，一个贫穷的人家买了两片亮瓦装上去了，给诗人贫穷的童年与少年时代，带来了长久的欢乐记忆。作品的语调是平稳而喜悦的，诗中写道，"昏暗的屋顶像开了天窗/这也是咱贫穷人家唯一的亮点/晴天阳光射进来/两片亮瓦，像穷人张开的笑口"，比喻非常生动、形象，令人难以忘怀。

这首诗语言平实，但寓意深长，例如这一句，"我没在意后来雨水流向了哪里"，这儿的雨水也可以让我们联想到泪水，但亮瓦让人暂时忘记了贫苦的悲伤。"我只记得两片亮瓦在一场雨之后/冲洗得特别干净、明亮"，这个场景描写暗示出作品主人公明亮、快乐的心情。"母亲借着一片亮光缝补我的白衬衫"，结尾处出现了"白衬衫"这个色彩非常明亮的意象，也暗示出诗人心情的无比喜悦、满足与甜蜜。这首诗里既出现了父亲的形象，也出现了母亲的形象，给我们带来了一种特别温馨的亲情体验。因为我们都受过父母的关爱，特别是乡村贫穷人家的小孩，穿着母亲缝补过的白衬衫，更加能够体悟到母爱的淳朴与珍贵。

我觉得这首诗写得很见功力，简短，但含蓄有味道。整个作品节奏欢快，明亮的色彩、丰富的细节、温馨的体验都有机地融合在一起，这是一首极富韵味的乡土诗。

最后，我们来讲一下田禾的《江汉平原》，这是描写乡村风景的诗作。请苟瀚心同学来读一下。

江汉平原

往前走，江汉平原在我眼里不断拓宽、放大

过了汉阳，前面是仙桃、潜江，平原就更大了

那些升起在平原上空的炊烟多么高，多么美

炊烟的下面埋着足够的火焰

火光照亮烧饭的母亲，也照亮劳作的父亲

平原上一望无涯的棉花地连着村庄和河流

棉花摘完了，棉花秆砍去了一半

剩下的，有人在接着砍，河水从他身边

静静流过，水中的落日可能被绊了一下

没到黄昏就落了下去。这时候，远处村庄里

点起了豆油灯，大平原变得越来越小

小到像只有一盏油灯那么大

豆油灯的火苗在微风中轻轻摇晃

我感觉黑夜里的江汉平原也在轻轻摇晃

王力可同学：诗歌一开始写的是江汉平原逐渐扩大，然后又从远景走向微观的视角，具体写到一些农民的生活情景，在这种具象中，江汉平原越来越

小。诗人在这种大小的对比中，传达出了对乡间生活的热爱。

罗雪峰同学：作品中的平原里有一种很温情的东西，包括烧饭的母亲、劳作的父亲、豆油灯，都让人感到很温馨。

谭五昌：这首诗写了江汉平原的风景和诗人的感受。在艺术表现上，此诗有一个观察角度的变化，一开始是近景描写，呈现江汉平原的景色，"那些升起在平原上空的炊烟多么高，多么美/炊烟的下面埋着足够的火焰/火光照亮烧饭的母亲，也照亮劳作的父亲"，这个场景是很温馨动人的，是诗人童年乡村生活记忆场景的再现，很美。接着，镜头就往前推移了，"平原上一望无涯的棉花地连着村庄和河流/棉花摘完了，棉花秆砍去了一半/剩下的，有人在接着砍，河水从他身边/静静流过，水中的落日可能被绊了一下/没到黄昏就落了下去"。从近景变远景，镜头角度变化了，风景也相应出现了变化。"水中的落日可能被绊了一下"，这是一个很棒的联想，艺术感觉非常好。而后，诗人完全采用了远镜头，直到"大平原变得越来越小/小到像只有一盏油灯那么大"，这是神来之笔。为什么说大平原像豆油灯那么大？因为在一个乡村孩子的经验里面，小就只能小到豆油灯。一个在黄昏回家的乡村小孩，他的眼中当然只有灯火，因为他想家，想早些回到家里。"豆油灯的火苗在微风中轻轻摇晃"，这个幻觉场景把"我"思家的心情非常生动地表达出来了。结尾这一句更妙，"我感觉黑夜里的江汉平原也在轻轻摇晃"，显示了诗人极为灵动的艺术感觉。

我给这首诗的打分是比较高的，它近景与远景的巧妙转换、丰富的想象、温馨的场景、微妙与灵动的艺术感觉，很好地融合在一起，称得上是21世纪一首非常优秀的写景之作。

田禾的乡土诗，既有农民苦难经验的着力书写，也有温馨田园生活场景的审美描写，把乡村生活的图景比较全面地展现出来了。田禾具有自己比较独特的艺术特色，质朴、深沉，忠实于自己的内心感受。他的诗歌写作有效地传达了当代中国的乡土经验，并且反映了当下被卷入现代化进程的中国农民的命运和喜怒哀乐，具有重要的认知价值与审美价值。田禾的大部分作品是能引起读者强烈共鸣的，我相信他会越写越好，越来越出彩，因为他是个非常勤奋并热爱学习的诗人。

二、阎志诗歌解读

谭五昌：接下来的时间里，我想给大家介绍另外一位优秀的乡土诗人——阎志。阎志也是湖北人，年纪比田禾要小一些。阎志是一个非常传奇的诗人，他现在是湖北非常成功的企业家，声名远扬，但他却保持着浓郁的诗人情怀，自己拿出一笔巨款创办了一本名为《中国诗歌》的刊物，专门聘请谢克强、邹建军等一批资深的湖北籍诗人、学者来具体负责编务工作。同时阎志还设立了一个全国性的诗歌大奖——闻一多诗歌奖，迄今已经成功举办过好几届，在国内诗坛颇具影响。

阎志在青春年少的时候就爱上了诗歌，并开始了创作生涯，他出生于农村并热爱自己的家乡，写的诗歌作品都可以归入乡土诗的范畴。即使后来他与田禾一样，离开农村来到大都市武汉，但其骨子里依然不改乡土情怀，他身在大都市，心念乡村田园，笔下写出来的仍然是乡村景象与田园风情。阎志陆续创作了一大批意境优美、富有韵味的精短乡土诗，例如《想念》《也好》等，受到了人们的关注。前几年，阎志推出了一部苦心经营十余年的抒情长诗《挽歌与纪念》，在诗坛上引起了比较强烈的反响，谢冕、韩作荣等诗坛名家对此纷纷撰文予以肯定。因为时间的关系，我今天就给同学们重点评介一下阎志的这部长诗。现在，我给大家选读这部长诗第一部、第四部、第十二部中的几个诗节。

《挽歌与纪念》（节选）

第一部：泪水的完结

梦游（一）

最先开始歌唱的

永远是童年

成长中的婴儿

啼哭来自我们

所有的梦中

寻找不仅仅是过程
对影子的寻找
更是一种精神

在若干世纪后
我们再回望
童年的啼哭
与我们的最初
永存梦中

让上帝在我们梦中安歇
让我们在梦中
游走
如风

第四部：安魂曲

四

这是又一个深夜
我除了继续用诗歌面对你
别无他法

我似乎已记不起你的容颜
我似乎已经忘却被上帝收藏的
所有美好
我甚至不相信记忆
我甚至不相信时间

我甚至不相信生命

如果没有这一切

你会依然在这个午夜听我倾谈

九

我的故乡

成为你去天堂之门

也是上帝的意志吗

也许几十年后

我们在天堂相遇

你依然清纯

而我除了记住你的名字外

一无所有

你还会用你纯净的手拨开云层

告诉我

那里就是我们的故乡

那青翠葱茏的山林和洁净的河水才是我们的故乡

也许几十年后

我们在天堂相遇

你的美丽还是令我心动

而你的气息让我记起

某一个世纪中一个不可再遇的爱情故事

也许几十年后

我在故乡的某个山岗

遇上一个女孩

她会告诉我

一个曾经属于我们的传奇

第十二部：临终的风暴

梦游（十二）

一

我的逃离仓促而惶恐
霉乱的人们无望地看着
最后一列车驶出
死亡之区

在这一瞬间
我想到了乡村
我想到了乡村广袤的田野
清新的风

在这一瞬间
我想到了母亲
我想到了母亲温暖的怀抱
亲切的叮咛

在这一瞬间
我想到了乡村的兄弟姐妹
我想到了
乡村的博大的情怀
和温暖的风光

乡村在我心中
我因乡村而再生
乡村在所有的城市之上
遥远地召唤着我

指引着我

一颗永不平静的心

乡村的农作物

我们的粮食

我们的黎明与正午

我们的鲜血与热泪

雪只会降临在这样的土地上

雪只会在这样的土地上

孕育下一季的情愫

山流喷薄而出

清澈的水像风

不，不是风

是少女的纯真脸庞

不，不只是脸庞

是少女的一切

纯真的少女

乡村是纯真的少女

乡村是纯真的少女吗

斧削般的冷峻

与乡村无关

与感情无关

与一种蒸发了的理论

密切相关

我的逃离

我的没有归期的逃离

某一刻

城市与城市中硕大的屁股

让我怀念

某一刻

城市的立交桥无比恢宏

某一刻

我忘记了赞美和悼念

乡村的蛇

正是在此时探望了我

感谢蛇

把城市的旌旗污浊

然后毁灭

于是

我又回到了我的乡村

真正的乡村

二

麦穗告诉我

青稞告诉我

苍柏告诉我

过去的展现

令我眼花缭乱

现在我回来了

当然有炊烟

当然有母亲

当然有一碗热的酒

和着暗黄的油灯

一宿尽醉

母亲的月亮

与牛们、猪们尽情欢唱

蝉鸣

还有木棉

不仅仅是蛙声

不仅仅是唢呐

不仅仅是声音

不仅仅是我

不仅仅是诗人

不仅仅是一位哲人

不仅仅是

宁静仍如少女

我的安睡再一次从乡村开始

　　谭五昌：这首长诗是诗人在城市化进程空前加快的时代背景下，面对乡村文明的日益式微所唱出的一曲挽歌，同时也是对乡村生活经历一次总结性的记忆书写，这也是长诗《挽歌与纪念》的含义所在。我本人曾认真拜读过这首长诗，感触很深，现在重点谈四点感受与想法，希望对大家理解这首长诗有所帮助。

　　第一，这首长诗勾勒与呈现了诗人个体精神的流变过程，是一部诗人诗性书写的心灵史。但是，必须指出的是，诗人的个人心灵史不是个体生命的纯粹表达，而负载了深广的社会、历史与精神内容。它从个人化叙事逐渐过渡到宏大叙事，最终企图建构的与其说是个人心灵史，不如说是一个时代精神命运的巨型寓言。从气质上说，这种具史诗倾向与追求的诗歌写作精神更接近20世纪

80年代诗歌的精神氛围。

第二，由于诗人浓郁的乡土情结，他在《挽歌与纪念》中所刻意表现的是一种回归性的心灵之旅。诗人将乡村设置为个人精神的最后归宿地与价值目标，体现了诗人浓郁的乡土情结。

第三，诗中的"城市"意象正是艾略特意义上的"荒原"，城市作为阴影式的庞然大物与身处其中的麻木、冷漠、微小的人形成一种"悬空"的关系。在这个"悬空"里，梦游成为最恰当的行动方式。"我"始终在梦中，在"我"与梦浑然不分的世界里，已然分不清何者为主体。这是中国后工业时代与空前加速的现代化、城市化进程中一个有梦想有情怀的中国人的悲哀。

第四，《挽歌与纪念》是一部元气充沛的诗作，诗风亲切质朴，不追逐花哨的诗歌修辞风尚，又不限于对当代生存问题做平面、单向的思考，而是融入了诗人的独立省察与深刻忧思，诗人浓郁、真挚的理想主义人文情怀令人肃然起敬。人类的精神出路与归宿问题始终是诗歌和文学表现的最高母题。诗人阎志的这部抒情性长诗给了我们诸多深刻有益的启示，尽管诗中设置的城市与乡村二元对立的生存方式、理想化的乡村图景能否作为人类的最终归宿，还值得进一步商榷与探讨。

此外，阎志的这首长诗抒情色彩浓烈，它的语言方式与意象运用，具有20世纪80年代抒情诗的纯正品质，似乎还有一点海子诗歌的味道，很有特点，也很有意思，值得研究。

总体来看，我认为阎志是一个很有特点也很有才华的乡土诗人。在他迄今为止的诗歌创作中，怀乡诗或乡土诗占据着颇为重要的分量与位置。阎志的乡土诗与那些传统意义上的乡土诗不尽相同，诗人在处理乡土情感与城市经验的内在冲突时，始终隐含着一种现代性的视野。诗人在乡土诗中充分抒发的纯粹而饱满的乡土情感，因与历史进程的内在抵牾而彰显出浓郁的悲剧意味。诗人对于乡村、田园、故乡等心灵风景不断颓败与消逝命运的挽歌式吟唱与叙述，成为全球化时代中国乡村历史宿命的寓言性证词，这是阎志乡土诗重要而独特的文化价值之所在。综观阎志的诗歌创作，其语言审美风格以单纯、质朴、亲切、深沉见长，诗人并不刻意追求复杂的技艺与深邃的思想，而是将对自身和人类生存境遇的沉潜、深刻的现实关怀与人文关怀，投射到日常生活场景的描述与书写之中。他的诗歌充盈着丰富的生命细节与细腻、真挚的情感体验，其逼近本真的人文抒情品质，带给读者一种淡淡的而又回味悠长的审美感动，以回归心灵与灵魂的方式有力地凸显出其诗歌与土地紧密联系而产生的动人艺术力量。

后　记

　　由于长期从事中国当代诗歌的研究、批评与教学工作，我对于中国当代诗歌的热爱便顺理成章地内化为一种职业性的热情了。这次，《在北师大课堂讲诗》全五辑的文字整理工作令我耗时费心、倍感辛苦但又充满精神的愉悦。在它们即将付梓之际，我要对自2005年下半年以来，十年之间，陆续前来听我主讲"中国当代诗歌研究"这门课程的北京师范大学文学院中国现当代文学专业的硕士生、博士生及部分访问学者，真诚地说一声"谢谢"！没有他们的热情参与和激发，就没有《在北师大课堂讲诗》的问世。尤其要感谢2009级、2011级、2012级、2013级、2014级中国当代文学专业全体研究生同学对这个诗歌课堂的积极参与和热情支持，他们是这个北师大诗歌课堂的主体。由于累积起来的听课人数达一二百人之多，恕不一一写出他们的名字，但我会记住那些青春洋溢的、燃烧着文学热情的年轻面孔，与他们共同度过的那一个个充满诗意的日子，将构成我对北师大最为美好、亮丽的回忆。

　　在这里，我也要对北京师范大学文学院把中国当代诗歌研究作为一个专业研究方向所表现出来的学科性重视，深表感谢、钦佩与欣慰。自从我2004年进入北师大文学院工作至今，在我平日里与文学院领导和同事们的接触与交流中，我深切地感受到他们对于中国当代诗歌及中国当代诗歌研究并不存在所谓厚古薄今的学科性偏见或学术性歧视。作为一名主要致力于中国当代诗歌研究与批评工作的学者与教师，我以自己能置身这样饱具学术包容性与开放性的学院为幸，我要真诚感谢文学院的领导与同事们（恕我不能在此一一列出他们的大名）。另外，我

329

还要感谢北师大艺术与传媒学院教授于丹女士、张同道先生、邓宝剑先生，新闻传播学院教授万安伦先生，社会学院教授萧放先生，外语学院教授章燕女士、宛金章先生等诸位北师大同人对我所从事的诗歌工作的热情肯定、鼓励与支持，这将成为我继续搞好中国当代诗歌教学与研究工作的强大动力之一。

在此需要说明一下的是，由于课时及篇幅所限，尽管我本人选择讲解的杰出的中国当代诗人人数较多，但依然有不少优秀的诗人未能获得解读的机会。也许任何事情都会有遗珠之憾，希望能够得到诗人们的体谅。好在我还可以以其他方式进行弥补，我会利用合适的平台与媒介去大力宣传那些优秀诗人们的诗歌创作，力求让中国当代诗歌的整体创作风貌得到更为充分、全面的展示。

借此机会，我要对陕西师范大学出版总社社长刘东风先生及社里其他领导对《在北师大课堂讲诗》选题价值与学术价值的充分认可与大力支持表示由衷的感谢！感谢陕西师范大学出版总社大众文化出版中心主任郭永新先生对我工作的深切理解与充分包容。作为《在北师大课堂讲诗》出版事宜的具体负责人，郭永新先生处处为我着想，他不催稿，不给我增加压力，唯求书稿质量为上；他淡定从容，但又把握有度，体现了他深厚的文化涵养与出众的业务水平，令人肃然起敬。我还要真心感谢陕西诗人高彦平先生，青海诗人杨廷成先生，安徽诗人韩庆成先生，湖南诗人吴昕孺先生、胡建文先生，湖北诗人田禾先生、阎志先生、车延高先生与李强先生，以及国内知名诗评家燎原先生、罗振亚先生、杨四平先生、庄伟杰先生、何言宏先生、赵金钟先生等诸多诗界同行对我诗歌研究与批评工作一贯的大力支持与热情鼓励。

最后，我要对我的弟子陈琼、苏明、程龙、任美玲、吉候路立、董旭等人为促成这套成规模的诗歌讲稿的问世所付出的辛勤劳动深表谢意。作为正在攻读硕士学位或准备攻读博士学位的青年学子，他们在对书稿的初步校定过程中，不但对一些问题的表述提出了很好的意见与建议，还对这套诗歌讲稿的学术价值表达了由衷的认可。我十分乐意和他们共同分享这些劳动成果，并且愿意与他们共同构想与设计出更具诱惑力的学术研究目标。

谭五昌